U. G. E. 10|18
12, avenue d'Italie - PARIS XIIIe

Du même auteur
dans la collection 10/18

RETOUR AU CLUB DES VEUFS NOIRS, n° 2015.
À TABLE AVEC LES VEUFS NOIRS, n° 2061.
CASSE-TÊTE AVEC DES VEUFS NOIRS, n° 2146.
PUZZLE AU CLUB DES VEUFS NOIRS, n° 2183.

LE CLUB DES VEUFS NOIRS

PAR

ISAAC ASIMOV

Traduit de l'anglais

Présentation de Jean-Claude Zylberstein

10/18

Série « Grands Détectives »
dirigée par Jean-Claude Zylberstein

ISBN 2-264-01274-9

PRÉSENTATION

Isaac Asimov est l'un des plus célèbres écrivains de science-fiction, sinon le plus célèbre de tous. Ce biochimiste américain d'origine russe, né à Smolensk en 1920, est l'auteur d'un des classiques de la science-fiction : *Fondation* qui, à l'instar de ses autres ouvrages comme *Le Cycle des Robots* et ses dizaines de nouvelles ont été traduits dans le monde entier.

Depuis la publication dans la collection P.J. de son roman *Une bouffée de mort*, on connaît son goût pour le genre policier et l'on sait qu'il l'a plus d'une fois combiné avec celui de la fiction spéculative.

Un détective scientifique, Wendell Urth, est apparu dans plusieurs nouvelles, mais c'est en 1971 qu'il mit pour la première fois en scène *The Black Widowers/Les Veufs Noirs*.

Les six personnages composant ce groupe ne sont ni veufs, ni même célibataires mais ils se réunissent chaque mois entre eux, hors toute présence féminine, pour dîner, boire et bavarder. Un invité différent est présent à chaque soirée mais on remarquera surtout la présence constante de l'étonnant Henry, maître d'hôtel, qui les sert à table et les aide à résoudre avec génie les énigmes les plus difficiles.

Demaître Ioakimidis a révélé, dans le *Livre d'Isaac*

*Asimov**, qu'Asimov avait choisi comme modèle de ce club une organisation parfaitement réelle, les Trap-Door Spiders, que Fletcher Pratt, lui-même auteur de science-fiction, avait fondée à New York en 1944. Plusieurs traits physiques de Pratt se retrouvent dans ceux d'un des Veufs Noirs, Emmanuel Rubin. Un autre membre du groupe, Geoffrey Avalon, emprunte pour sa part ses traits à un autre écrivain, Sprague de Camp, qui est un des plus vieux amis d'Asimov. D'autres similitudes ont été relevées chez d'autres membres des Veufs Noirs avec des personnages bien réels comme Lester Del Rey, George Scithers et Martin Gardner. Les Veufs Noirs s'efforcent de résoudre des énigmes d'une façon particulièrement originale, en ne visitant jamais les lieux du crime et en n'examinant que rarement des pièces à conviction ; ils se bornent à interroger leur invité du soir.

Tout se passe donc à travers des conversations où l'on retrouve à son affaire le grand Asimov : rationnel, logique et intelligent.

* Presses-Pocket, 1980.

A ELLÈRY QUEEN'S MYSTERY MAGAZINE
A DAVID FORD
ET AUX ARAIGNÉES DE LA TRAPPE
POUR LES RAISONS PRÉCISÉES
DANS L'INTRODUCTION

INTRODUCTION

Parce qu'en écrivant, je m'adresse personnellement et amicalement aux lecteurs, ils ont tendance à m'envoyer des lettres personnelles et amicales, et à me poser toutes sortes de questions personnelles et amicales. Et parce que je suis réellement à l'image de mon style, quelle que soit sa valeur, je réponds à ces lettres. Et comme je n'ai pas de secrétaire ni d'assistant d'aucune sorte, ça me prend une grande partie du temps que je devrais consacrer à écrire.

Il est donc tout naturel que j'aie pris l'habitude de rédiger des introductions pour tenter de répondre par avance à quelques-unes des questions que je prévois et pour prévenir ainsi certaines de ces lettres.

Ainsi par exemple, comme il se trouve que j'écris dans des domaines divers, on me pose fréquemment des questions de ce type :

— Comment pouvez-vous avoir l'ambition d'écrire un ouvrage en deux volumes sur Shakespeare, alors que vous n'êtes qu'un modeste écrivain de science-fiction ?

— Pourquoi avez-vous choisi d'écrire des romans de science-fiction à suspense, alors que vous êtes un spécialiste de Shakespeare ?

— Comment vous, biochimiste, avez-vous le toupet d'écrire des ouvrages d'histoire ?

— Qu'est-ce qui vous fait croire que vous savez quelque chose en sciences, vous qui n'êtes qu'un simple historien ?

Et ainsi de suite.

Il semble donc à peu près certain qu'on me demandera, avec amusement ou exaspération, pourquoi j'écris des nouvelles policières.

Alors, allons-y.

J'ai débuté ma carrière d'écrivain dans le domaine de la science-fiction et j'en écris toujours quand je peux, car elle reste mon premier et grand amour littéraire. Je m'intéresse toutefois à beaucoup de choses, et parmi elles, au policier. Je lis des romans policiers depuis presque aussi longtemps que je lis de la science-fiction. Je me rappelle avoir risqué ma vie quand, à dix ans, j'allais chiper des exemplaires défendus de *The Shadow* sous l'oreiller de mon père pendant qu'il faisait la sieste. (Je lui avais demandé pourquoi il avait le droit de les lire si ça m'était interdit et il m'avait répondu qu'il en avait besoin pour apprendre l'anglais, tandis que moi, j'avais la chance d'aller à l'école. Je me disais que c'était une raison complètement fumeuse.)

En écrivant de la science-fiction, il m'est donc souvent arrivé d'introduire un thème policier. Deux de mes romans, *The Caves of Steel* (Doubleday, 1953) et *The Naked Sun* (Doubleday, 1957), sont des romans policiers achevés, avec un meurtre à la clé, tout en appartenant également au domaine de la science-fiction (traductions françaises : *Les Cavernes d'acier* et *Face aux feux du soleil*, éd. Opta). J'ai écrit assez de nouvelles policières de science-fiction pour permettre la publication d'un recueil intitulé *Asimov's Mysteries* (Doubleday, 1968)[1].

J'ai également écrit un "vrai" roman policier, *The Death Dealers* (Avon, 1958)[2], qui a finalement été réédité

1. *Histoires Mystérieuses*, Denoël, coll. Présence du Futur.

2. Eh bien, il a été refusé par Doubleday, si vous tenez à le savoir. *(I.A.)*

en 1968 par Walker & Company sous le titre original que j'avais choisi, à savoir *A Whiff of Death* (traduction française : *Une bouffée de mort*, éd. Julliard). Ce livre se déroulait cependant complètement dans le milieu scientifique et son atmosphère était toujours celle d'un roman de science-fiction, tout comme c'était le cas pour deux nouvelles policières que j'avais vendues à des revues de littérature policière.

De plus en plus, je me sentais tenaillé par l'envie d'écrire du policier sans y mêler la science. Une chose me retenait cependant, c'était que la littérature policière, contrairement à mes goûts, avait évolué pendant le dernier quart de siècle. De nos jours, les romans policiers baignent dans l'alcool et la drogue, marinent dans le sexe et sont assaisonnés de sadisme, tandis que mon détective idéal est Hercule Poirot et ses petites cellules grises.

Et puis, en 1971, j'ai reçu une lettre de cette superbe jeune femme blonde, Eleanor Sullivan, qui est rédactrice en chef d'*Ellery Queen's Mystery Magazine* (ou *EQMM*, en abrégé) dans laquelle elle me demandait si j'accepterais d'écrire une nouvelle pour sa revue. Bien sûr, j'ai accepté avec jubilation parce que je me disais que si on venait me demander une histoire, on n'aurait sûrement pas la cruauté de la rejeter une fois écrite, ce qui signifiait que je pouvais tranquillement écrire le genre d'histoires qui me plaisait — des histoires très cérébrales.

Avec anxiété, je commençais à retourner dans ma tête des intrigues possibles car je voulais quelque chose qui fasse intervenir un effet de surprise plausible, et Agatha Christie, à elle toute seule, avait utilisé presque toutes les possibilités.

Pendant que les rouages de mon cerveau se mettaient lentement en marche, il s'est trouvé que je suis allé rendre visite à l'acteur David Ford (il a joué dans *1776*, à la fois au cinéma et à la scène). Son appartement était rempli de toutes sortes de curiosités intéressantes et il m'a dit qu'un jour, il avait été convaincu que quelqu'un lui avait volé quelque chose, mais qu'il ne pourrait jamais en être sûr parce qu'il était incapable d'affirmer qu'il lui manquait quelque chose.

Je me suis mis à rire et mes petites cellules grises, enfin soulagées, se sont arrêtées de s'agiter. Je tenais mon effet de surprise.

Ensuite, il me fallait un cadre pour mettre mon effet de surprise en scène et là encore, il s'est passé quelque chose.

Au début des années 40, d'après la légende, quelqu'un avait épousé une dame qui trouvait les amis de son mari insupportables et vice versa. Pour éviter de rompre une relation à laquelle ils tenaient, ses amis avaient fondé un club sans bureau ni statuts, dans le seul but de se retrouver à un dîner une fois par mois. Il s'agissait d'une association strictement masculine, de sorte que le mari en question pouvait être invité à se joindre aux réunions et que, bien entendu, sa femme n'y était pas conviée. (De nos jours, avec un mouvement féministe aussi puissant, ça n'aurait peut-être pas marché.)

L'organisation fut appelée les Araignées de la Trappe (The Trap-Door Spiders, ou TDS en abrégé), probablement parce que ses membres avaient l'impression d'agir dans la clandestinité.

Trente ans ont passé depuis la fondation de cette organisation mais elle existe toujours. Elle est toujours réservée aux hommes, bien que le membre dont le mariage avait inspiré sa création ait divorcé depuis longtemps. (Pour ne pas être taxés de chauvinisme, les membres des Araignées de la Trappe ont organisé, le 3 février 1973, un cocktail au cours duquel leurs femmes ont pu se rencontrer ; une telle réunion pourrait d'ailleurs se répéter tous les ans.)

Une fois par mois, les Araignées de la Trappe se réunissent, toujours un vendredi soir, presque toujours à Manhattan, parfois dans un restaurant, parfois chez l'un des membres. Chaque réunion est organisée par deux volontaires qui se partagent tous les frais et qui ont le droit d'amener un invité chacun. Le nombre de participants est de douze en moyenne. On y boit et on y bavarde de dix-huit heures trente à dix-neuf heures trente, on y mange et on y bavarde de dix-neuf heures trente à vingt heures trente et ensuite, on se contente de bavarder.

Après le repas, chaque invité est cuisiné sur ses intérêts dans la vie, sa profession, ses loisirs, ses opinions et le résultat est presque toujours intéressant, souvent même fascinant.

Parmi les excentricités habituelles des Araignées de la Trappe, les principales sont les suivantes : 1) On s'adresse à chaque membre en l'appelant "docteur", ce titre allant de pair avec sa qualité de membre ; 2) chaque membre est censé essayer de s'arranger pour que l'organisation soit mentionnée dans sa nécrologie.

J'ai été moi-même invité à deux reprises et quand je me suis installé à New York en 1970, j'ai été élu membre.

Alors, je me suis dit : pourquoi ne pas raconter mes histoires policières avec, en toile de fond, une organisation du type des Araignées de la Trappe ? Mon club s'appellerait les Veufs Noirs et j'en réduirais la taille de moitié par commodité — six membres et un invité.

Naturellement, il y a des différences. Les membres des Araignées de la Trappe n'ont jamais, dans la réalité, essayé de résoudre des énigmes, et aucun d'eux n'est aussi typé que les membres des Veufs Noirs. En fait, les membres des Araignées de la Trappe sont tous des gens très sympathiques et ils font preuve d'une affection mutuelle touchante. Par conséquent, soyez assurés, je vous prie, que les personnages et événements des récits de ce livre sont le produit de mon imagination et qu'ils ne sont en rien comparables aux Araignées de la Trappe, si ce n'est qu'ils peuvent paraître, comme eux, intelligents et sympathiques.

Henry, le serveur, est notamment purement imaginaire, et il n'a pas d'équivalent, de près ou de loin, chez les Araignées de la Trappe.

Ayant donc trouvé une intrigue et un cadre, j'ai écrit une nouvelle que j'ai intitulée *The Chuckle*. Elle a été acceptée par *EQMM*, qui l'a rebaptisée *The Acquisitive Chuckle*[1] ("le Sourire acquisiteur" dans la traduction française).

Après avoir placé cette première nouvelle, j'étais bien entendu incapable de m'arrêter. J'ai rédigé un récit des *Veufs Noirs* après l'autre et en un peu plus d'un an, j'en avais écrit huit et je les avais tous cédés à *EQMM*.

Le problème, c'est que j'avais beau me retenir et ne pas en écrire autant que j'aurais voulu, j'en produisais plus rapidement que *EQMM* ne pouvait en publier.

J'ai fini par craquer et j'en ai écrit trois de plus, à mon rythme habituel. J'ai décidé de ne pas les infliger à la revue. Puis j'en ai écrit un quatrième que je leur ai vendu. Le total atteignait donc douze récits, qui comptaient assez de pages pour composer un recueil. Comme mon loyal éditeur, Doubleday & Company, les attendait patiemment dans les coulisses depuis la rédaction de la première nouvelle, je les rassemble donc maintenant dans ces *Récits des Veufs Noirs* — et voilà.

Vous avez des questions [2] ?

1. *EQMM* change toujours mes titres. Ça ne m'ennuie pas, parce que j'espère toujours publier mes récits en recueil et rétablir le titre original. Parfois, je ne le fais pas, car en de rares occasions, j'approuve le changement de titre qui a été fait par la rédaction. Par exemple, je pense sincèrement que *The Acquisitive Chuckle* est meilleur que *The Chuckle*, alors, je le garde. (*I.A.*)

2. J'espère que non. (*I.A.*)

AVERTISSEMENT

Le lecteur érudit de la maison d'édition m'a fait remarquer que, comme les récits qui vont suivre ont été conçus pour être publiés séparément dans un magazine, je présente à chaque fois les personnages et je me répète donc beaucoup. Il m'a signalé plusieurs des exemples les plus insupportables et par respect pour sa prise de position enflammée, j'ai effectué des corrections qui tiennent compte de ses suggestions. Il reste certainement des dizaines de répétitions qui pourraient être revues mais je déteste introduire trop de changements par rapport aux originaux. Me pardonnerez-vous d'avoir laissé ces redites ?

LE SOURIRE ACQUISITEUR

Ce soir-là, Hanley Bartram était l'invité des Veufs Noirs, qui se réunissaient chaque mois dans leur repaire tranquille, jurant la mort de toute femme qui viendrait les déranger. C'est en tout cas ce qu'ils faisaient en cette nuit-là, chaque mois.

Le nombre des participants était variable : cette fois-ci, ils étaient cinq.

Geoffrey était l'hôte de la soirée. Il était grand, portait une moustache soigneusement taillée et une petite barbe plus blanche que brune, mais ses cheveux n'avaient rien perdu de leur noirceur.

En tant qu'hôte, il se devait de porter le toast rituel qui marquait le commencement du dîner lui-même. D'une voix forte et avec entrain, il dit :

— En hommage au vieux King Cole[1]. Que sa pipe ne s'éteigne jamais, que sa coupe soit toujours pleine, que ses violonistes jouissent toujours d'une bonne santé. Puissions-nous être aussi joyeux que lui pendant toute notre vie.

Ils s'écrièrent tous les six « Amen », portèrent leur verre

1. Personnage de ronde enfantine, prototype du joyeux luron. *(N.d.T.)*

à leurs lèvres et s'assirent. Avalon posa son verre à côté de son assiette. C'était son deuxième, et il en était maintenant exactement à la moitié. Il allait rester là pendant tout le reste du dîner sans être touché une seule fois. C'était un conseiller en brevets et il reportait dans sa vie sociale toute la minutie de son travail. Un verre et demi était précisément ce qu'il se permettait en de telles occasions.

Thomas Trumbull surgit en haut des escaliers à la dernière minute, en s'écriant comme d'habitude :

— Henry, un scotch à l'eau de Seltz pour un mourant !

Henry, qui était déjà leur serviteur depuis plusieurs années (et pas un seul Veuf Noir n'avait jamais entendu son nom de famille), avait déjà préparé le scotch. Il avait soixante ans environ mais son visage était lisse et posé. Sa voix semblait s'éloigner à des lieues de là tandis qu'il parlait.

— Voilà, monsieur Trumbull.

Trumbull remarqua tout de suite Bartram et dit à Avalon en aparté :

— Votre invité ?

— Il a demandé à venir, dit Avalon d'une voix aussi basse qu'il pouvait. Un gentil garçon. Vous l'aimerez.

La variété du dîner fut à l'image de tout ce que faisaient les Veufs Noirs. Emmanuel Rubin, qui portait l'autre barbe — une petite barbe rabougrie sous une bouche aux dents largement espacées —, abandonnant sa réserve d'écrivain, racontait en détail l'histoire qu'il venait de terminer. James Drake, qui avait un visage rectangulaire et portait, non pas une barbe, mais une moustache, l'interrompait pour raconter ce dont il se souvenait d'autres histoires. Drake était un chimiste organicien mais avait une connaissance encyclopédique de la fiction.

Trumbull, en tant qu'expert en codes secrets, se considérait comme un des membres des conseils internes du gouvernement et estimait que les déclarations politiques de Mario Gonzalo lui faisaient outrage.

— Nom d'un chien ! hurla-t-il, et il n'était pas d'humeur à être très injurieux ce soir, pourquoi ne vous contentez-vous pas de vos collages et de vos sacs en toile d'emballage ridicules et ne laissez-vous pas les problèmes du monde à ceux qui sont plus capables que vous ?

Trumbull ne s'était pas remis de l'exposition qui avait été consacrée entièrement à Gonzalo au début de cette année, et Gonzalo, comprenant cela, se mit à rire de bonne grâce en disant :

— Montrez-moi ceux qui sont plus capables que moi. Citez-m'en un.

Bartram, petit et rond, aux cheveux formant de minuscules boucles, s'en tenait fermement à son rôle d'invité. Il écoutait chacun, souriait à chacun et parlait peu.

Le moment vint finalement où Henry versa le café et plaça les desserts devant chaque invité avec une adresse étudiée. C'était à ce moment précis que commençait la cuisine traditionnelle de l'invité.

Presque par tradition, le premier interrogateur était Thomas Trumbull. Son visage basané, aux rides figées dans une expression de mécontentement perpétuel, exprimait la colère tandis qu'il posait son invariable première question :

— Monsieur Bartram, comment justifiez-vous votre existence ?

Bartram sourit.

Il fit une réponse précise, disant :

— Je n'ai jamais essayé. Lorsque je leur donne satisfaction, mes clients trouvent que mon existence est justifiée.

— Vos clients ? dit Rubin. Que faites-vous, monsieur ?

— Je suis détective privé.

— Bien, dit James Drake, je ne pense pas que nous en ayons jamais eu un. Manny, quand vous écrirez vos histoires d'enquêtes privées, vous pourrez décrire les procédures telles qu'elles sont réellement, pour changer.

— Pas grâce à moi, s'empressa de dire Bartram.

Trumbull se renfrogna.

— Si vous n'y voyez pas d'inconvénient, messieurs, en tant que cuisinier désigné, laissez-moi faire. Monsieur Bartram, vous parlez des occasions auxquelles vous donnez satisfaction. Donnez-vous toujours satisfaction ?

— Il arrive que ce soit discutable, dit Bartram. En fait, je voudrais vous parler ce soir d'une affaire pour laquelle c'était particulièrement discutable. Il se peut même qu'à cet égard l'un d'entre vous puisse se montrer utile. C'est pour cette raison que j'ai demandé à mon excellent ami, Jeff Avalon, de m'inviter à une réunion lorsque j'ai appris les caractéristiques de votre organisation. Il a accepté, et j'en suis très heureux.

— Etes-vous prêt maintenant à ce que nous essayions de voir si vous avez ou non donné satisfaction, suivant le cas ?

— Oui, avec votre permission.

Trumbull regarda les autres pour voir s'il y avait une opposition quelconque. Gonzalo, les yeux saillants fixés sur Bartram, dit :

— Pouvons-nous vous interrompre ?

Rapidement, avec une économie de traits remarquable, il dessinait une caricature de Bartram au dos d'un menu. Elle rejoindrait les autres, autant de souvenirs de leurs invités, qui formaient une frise sur les murs tel un vaillant bataillon.

— S'il y a une raison, dit Bartram.

Il s'arrêta pour boire une petite gorgée de café et dit :

— L'histoire commence avec Anderson, auquel je ne me référerai que de cette façon. C'était un acquisiteur.

— Un inquisiteur ? demanda Gonzalo, en fronçant les sourcils.

— Un acquisiteur. Il acquérait des choses, il les gagnait, il les achetait, il les ramassait, il les collectionnait. Pour lui, le monde n'allait que dans une direction : vers lui, jamais dans le sens inverse. Il avait une maison dans laquelle ce flot d'objets, de valeur variable, venait se reposer et n'en repartait plus jamais. Avec les années, il grossissait de plus en plus et devenait d'une hétérogénéité de plus en plus extraordinaire. Il avait aussi un associé, que j'appellerai Jackson.

Trumbull l'interrompit, fronçant les sourcils, non pas parce qu'il y avait de quoi froncer les sourcils mais parce qu'il fronçait toujours les sourcils.

— Est-ce une histoire vraie ? dit-il.

— Je ne raconte que des histoires vraies, répondit lentement et avec précision Bartram. Je n'ai pas assez d'imagination pour mentir.

— Est-ce confidentiel ?

— Je raconterai l'histoire de telle sorte qu'il sera difficile de la reconnaître. Mais si elle était reconnue, alors elle serait confidentielle.

— Je comprends le conditionnel, dit Trumbull, mais je désire vous certifier que tout ce qui est dit entre les murs de cette pièce n'est jamais répété ou évoqué hors de ces murs. Henry comprend cela, lui aussi.

Henry, qui remplissait de nouveau deux des tasses à café, sourit légèrement et baissa la tête en signe d'approbation. Bartram sourit aussi et continua.

— Jackson avait aussi une faiblesse. Il était honnête, inévitablement et profondément honnête. Ce caractère imprégnait son âme comme si, depuis qu'il était très jeune, il n'avait cessé de baigner dans l'intégrité.

Pour un homme tel qu'Anderson, il était extrêmement utile d'avoir l'honnête Jackson comme associé, car leur activité, que je ne prendrai pas soin de décrire en détail, nécessitait de nombreux contacts avec le public. Handicapé par son acquisivité, Anderson ne pouvait se charger de ces contacts. A chaque objet acquis, c'était une nouvelle ride de sournoiserie qui se creusait sur son visage, si bien qu'il ressemblait à une toile d'araignée dont la simple vue effrayait toutes les mouches. C'était Jackson, le pur, l'honnête, qui représentait la façade, l'homme vers lequel toutes les veuves se pressaient avec leurs deniers et les orphelins avec leurs pauvres sous.

D'autre part, Jackson ne pouvait pas, lui non plus, se passer d'Anderson, car, malgré toute son honnêteté, et peut-être à cause d'elle, il ne savait pas s'y prendre pour multiplier un dollar par deux. Abandonné à lui-même, il aurait perdu, sans avoir eu la moindre intention, tout ce qu'on lui aurait confié jusqu'au dernier centime et aurait dû choisir une curieuse forme de restitution : sa propre mort. Cependant, les mains d'Anderson étaient à l'argent ce que l'engrais est aux roses. Lui et Jackson formaient une association toujours victorieuse.

Pourtant, aucun paradis n'est éternel. Un trait de caractère fortement marqué, abandonné à lui-même, s'approfondit, s'amplifie et va jusqu'à l'extrême. L'honnêteté de Jackson prenait des proportions tellement colossales qu'il arrivait à Anderson, malgré toute son habileté, de devoir faire marche arrière et de se résoudre à perdre de l'argent. Parallèlement, l'acquisivité d'Anderson atteignait des profondeurs tellement monstrueuses que Jackson, malgré toute sa moralité, se trouvait occasionnellement entraîné à accomplir des actions discutables. Naturellement, comme Anderson n'aimait pas perdre d'argent et comme Jackson détestait perdre sa réputation, une certaine froideur grandit entre les deux hommes. Dans une telle situation, il est évident que l'avantage était du côté d'Anderson, qui agissait sans se fixer de limites raisonnables, tandis que Jackson se sentait lié par un code moral.

Sournoisement, Anderson travailla et manœuvra jusqu'à ce que, finalement, le pauvre et honnête Jackson se vît obligé de vendre sa part de l'affaire dans les conditions les plus désavantageuses.

On pourrait dire que l'acquisivité d'Anderson en était alors à son plus haut point : il devint propriétaire de l'affaire. Il avait maintenant l'intention de se retirer, d'abandonner le travail journalier à des employés, pour s'occuper uniquement des opérations qui consistaient à empocher les bénéfices. Jackson, pour sa part, n'avait plus guère que son honnêteté, et bien que l'honnêteté soit une admirable qualité, elle a bien peu de valeur effective dans une affaire de prêteur sur gages.

— C'est à ce moment-là, messieurs, que j'entrai en scène... Ah ! Henry, merci !

On passa les verres de brandy.

— A l'origine, vous ne connaissiez pas ces gens ? demanda Rubin en clignant ses yeux perçants.

— Non, dit Bartram, qui humait délicatement le brandy et le frôlait de sa lèvre supérieure. Mais je pense que l'un d'entre vous les connaissait. C'était il y a quelques années. La première fois que je vis Anderson, il entra dans mon bureau dans un état de violente surexcitation. « Je veux que vous trouviez ce que j'ai perdu », me dit-il. Au cours de ma carrière, je me suis occupé de beaucoup d'affaires de vols. Aussi, naturellement, lui demandai-je : « Qu'avez-vous perdu ? » Et il me répondit : « Bon sang ! mais c'est justement ce que je vous demande de trouver ! »

J'appris l'histoire d'une manière plutôt décousue. Anderson et Jackson s'étaient disputés avec une intensité surprenante. Jackson était hors de lui, comme seul un honnête homme peut l'être lorsqu'il réalise que son intégrité n'oppose aucune barrière à la connivence des autres. Il jura de se venger, mais, n'y prêtant pas attention, Anderson haussa les épaules en riant.

— Prenez garde à la colère d'un homme patient, rappela Avalon avec ce mélange de précision et de recherche dont il accompagnait même les moins sinistres de ses déclarations.

— C'est ce que j'ai entendu dire, dit Bartram, mais je n'ai jamais eu l'occasion d'expérimenter la maxime. Ni Anderson, apparemment, parce qu'il n'avait pas peur de Jackson. Comme il l'a expliqué, Jackson était si intrinsèquement honnête et si maladivement soumis à la loi qu'il était impossible qu'il se laisse aller à mal agir. Ou c'est tout du moins ce que pensait Anderson. Il ne lui venait même pas à l'idée de demander à Jackson de lui rendre la clef du bureau — ce qui était d'autant plus curieux que le bureau était situé dans la maison d'Anderson, au milieu de tous ses bibelots.

Anderson se rappela cette omission quelques jours plus tard quand, de retour d'un rendez-vous auquel il s'était rendu en début de soirée, il trouva Jackson dans sa maison. Jackson transportait sa vieille mallette qu'il fermait précisément au moment où Anderson entrait. Il la fermait avec hâte et effroi, sembla-t-il à Anderson.

Anderson fronça les sourcils et dit : « Que faites-vous ici ? »

« Je rapporte des papiers qui étaient en ma possession et qui dorénavant vous appartiennent, dit Jackson, et je rapporte la clef du bureau. » Ce disant, il tendit la clef, montra les papiers sur le bureau, et poussa la serrure à combinaisons de sa mallette. Anderson pouvait jurer que ses doigts tremblaient. Des yeux, Jackson fit le tour de la pièce avec aux lèvres ce qui sembla être à Anderson un sourire bizarre, presque de secrète satisfaction, et dit : « Maintenant, je vais partir. » C'est ce qu'il fit.

Ce n'est qu'après avoir entendu le moteur de la voiture de Jackson se mettre en marche, puis le bruit s'éloigner dans le lointain, qu'Anderson put sortir de l'espèce de stupeur qui l'avait paralysé. Il savait qu'il avait été volé, et il vint me voir le jour suivant.

Drake fit la moue, fit tourner entre ses doigts son verre de brandy à moitié plein et dit :

— Pourquoi pas la police ?

— Il y avait un problème, dit Bartram. Anderson ne savait pas ce qui avait été pris. Quand la certitude du vol se fit jour en lui, il se précipita naturellement vers le coffre-fort. Tout y était. Il fouilla son bureau. Apparemment rien ne manquait. Il alla de pièce en pièce. Autant qu'il put en juger, tout était intact.

— N'en était-il pas certain ? demanda Gonzalo.

— Il ne pouvait pas l'être. La maison regorgeait d'une quantité extraordinaire d'objets les plus variés et il ne se souvenait pas de tout ce qu'il avait. Il me dit, par exemple, qu'à une époque il avait collectionné les montres anciennes. Il les avait mises dans un petit tiroir de son bureau. Il y en avait six. Elles étaient là toutes les six, mais il était hanté par le vague souvenir d'en avoir eu sept. Il ne s'en souvenait pas exactement. En fait, c'était même pire : l'une de ces six montres lui paraissait étrange. Peut-être n'en avait-il toujours eu que six dont l'une aurait été remplacée par une autre de moindre valeur ? Une bonne douzaine de fois, dans chaque coin, pour chaque objet, c'était à peu près le même dilemme qui se répétait. Alors, il vint me voir.

— Attendez un instant, interrompit Trumbull, posant brutalement la main sur la table. Pourquoi était-il si sûr que Jackson lui avait pris quelque chose ?

— Ah ! dit Bartram, voilà justement ce qu'il y a de fascinant dans l'histoire. C'est lorsque Jackson ferma sa mallette et regarda la pièce avec aux lèvres un sourire dissimulé que les soupçons d'Anderson s'éveillèrent. Puis, en fermant la porte derrière lui, Jackson se mit à rire. Ce n'était pas un rire ordinaire, mais je vais laisser Anderson expliquer cela en ses propres termes, que je répéterai aussi exactement que ma mémoire me le permet.

« Bartram, dit-il, j'ai entendu ce rire une quantité innombrable de fois au cours de ma vie. J'ai ri moi-même de cette façon une centaine de fois. C'est un rire caractéristique, un rire qu'on ne peut manquer de reconnaître, un rire qu'on ne peut dissimuler, c'est le rire acquisiteur ; c'est le rire d'un homme qui vient d'obtenir ce qu'il voulait intensément aux dépens de quelqu'un d'autre. S'il est un homme dans le monde qui connaisse ce rire et qui puisse le reconnaître, même derrière une porte fermée, cet homme, c'est moi. Je ne peux m'y tromper. Jackson m'a pris quelque chose et il en était fier. »

Sur ce point, il était impossible de discuter avec lui. Il bavait pratiquement de rage à l'idée qu'il avait été dupé et, assurément, je dus le croire. Je dus supposer que, malgré son honnêteté pathologique, Jackson avait finalement été entraîné à voler, sa patience l'ayant exceptionnellement abandonné. Il devait savoir qu'Anderson tenait ardemment à ce qu'il possédait, et comprendre que le coup porté serait ressenti avec une intensité dépassant la valeur de l'objet volé, quelle qu'elle soit.

— C'était peut-être la mallette qu'il avait volée, dit Rubin.

— Non, non, elle appartenait bien à Jackson. Il l'avait depuis des années.

Maintenant, vous voyez le problème. Anderson voulait que je trouve ce qui avait été pris car, avant d'avoir pu identifier l'objet volé et montré que cet objet était, ou avait été, en la possession de Jackson, il ne pouvait pas le poursuivre — et il tenait à le poursuivre. Ma tâche était donc de chercher dans sa maison et de lui dire ce qui manquait.

— Comment cela aurait-il pu être possible si lui-même ne pouvait pas le dire ? grogna Trumbull.

— Je le lui fis remarquer, dit Bartram, mais il était furieux et aveugle. Il m'offrit beaucoup d'argent, que je réussisse ou que j'échoue. Une très belle somme, assurément, et il m'en donna une bonne partie comme avance. Il était clair que, par-dessus tout, il détestait toute insulte délibérée à son acquisivité. La pensée qu'un amateur non acquisiteur comme Jackson ait osé le défier sur ce qui était sa passion la plus sacrée l'avait précisément rendu fou et il était prêt à dépenser sans compter pour empêcher que l'autre ne remporte la victoire finale.

Moi aussi, je suis humain. C'est pourquoi j'acceptai l'avance et les honoraires. Après tout, je me disais que j'avais mes méthodes. Je m'occupai d'abord des listes d'assurance. Elles étaient périmées, mais elles servirent à éliminer les meubles et tous les gros objets que Jackson aurait pu voler ; car tout ce qui était sur les listes se trouvait encore dans la maison.

— De toute façon, ils étaient éliminés puisqu'il fallait que l'objet volé tienne dans la mallette, dit Avalon.

— En supposant que ce soit la mallette qui ait été utilisée pour transporter l'objet hors de la maison, fit patiemment remarquer Bartram. La mallette aurait très bien pu être un piège. Avant le retour d'Anderson, Jackson aurait pu faire venir jusqu'à la porte un camion qui aurait servi à transporter le grand piano, si tel avait été l'objet qu'il avait choisi. Puis il aurait fermé sa mallette devant Anderson pour l'induire en erreur.

Mais oublions cela. J'admets que c'était peu probable. Je lui ai fait faire le tour de la maison pièce par pièce, suivant un plan systématique qui consistait à considérer le sol, les murs, le plafond, à examiner toutes les étagères, à ouvrir toutes les portes de chaque meuble, à regarder dans chaque placard. Je ne négligeai ni le grenier ni le sous-sol. Jamais auparavant Anderson n'avait été obligé de se pencher sur chaque objet de sa collection, qui était énorme et désordonnée, pour que, quelque part, d'une manière ou d'une autre, un objet fasse surgir dans sa mémoire le souvenir d'un compagnon qui n'était pas là.

C'était une maison énorme, hétérogène, une maison sans fin. Cela nous prit des jours entiers, et chaque jour la confusion d'Anderson grandissait.

J'étudiai ensuite le problème dans l'autre sens. Il était évident que Jackson avait délibérément choisi un objet qui passait inaperçu, probablement petit, certainement un objet qui avait peu de chances de manquer à Anderson, et donc auquel Anderson n'était pas très attaché. D'autre part, il semblait logique de supposer que c'était quelque chose que Jackson tenait absolument à emporter, et qui avait pour lui de la valeur. Bien sûr, son acte lui apporterait la plus grande satisfaction si Anderson y attachait, lui aussi, de la valeur — après avoir découvert sa disparition. Alors, qu'est-ce que cela pouvait bien être ?

— Une petite toile, dit Gonzalo avec ardeur, que Jackson savait être un authentique Cézanne mais qu'Anderson prenait pour une œuvre sans valeur.

— Un timbre de la collection d'Anderson, dit Rubin, qui, Jackson l'avait remarqué, portait une erreur de gravure. (Il avait une fois écrit une histoire qui tournait autour de ce point précis.)

— Un livre, dit Trumbull, qui contenait quelque secret de famille caché et avec lequel, le moment venu, Jackson pourrait faire chanter Anderson.

— Une photographie, dit Avalon d'une voix dramatique, représentant le portrait d'une ancienne bien-aimée, et qu'Anderson devrait racheter pour une très forte somme.

— Je ne sais pas devant quelle sorte d'affaire nous nous trouvons, dit Drake d'un air pensif, mais peut-être est-ce une de celles où une pacotille prend pour un concurrent une valeur telle qu'Anderson se voit acculé à la faillite. Je me souviens d'un cas où la formule d'un hydrazo-intermédiaire...

— Chose curieuse, interrompit Bartram avec fermeté, j'ai envisagé chacune de ces possibilités, et je les ai toutes passées en revue avec Anderson. Il est évident qu'il n'avait pas de goût artistique et que ce qu'il possédait était réellement de la camelote. Aucune erreur possible. Il ne collectionnait pas les timbres, et, s'il avait beaucoup de livres et ne pouvait pas affirmer que l'un d'eux n'avait pas disparu, il jura qu'il n'avait pas de secrets de famille dignes de faire battre à coups précipités le cœur d'un maître chanteur. Il n'avait pas non plus de bien-aimée, puisque, plus jeune, il s'adressait uniquement à des professionnelles, et il ne faisait pas cas de leurs photographies. Quant aux secrets concernant son affaire, ils étaient davantage susceptibles d'intéresser le gouvernement qu'un concurrent. D'ailleurs les documents de ce genre étaient gardés loin des yeux honnêtes de Jackson et se trouvaient encore dans le coffre-fort ou avaient depuis longtemps été brûlés. J'ai pensé à d'autres possibilités, mais elles furent éliminées une par une.

Bien sûr, Jackson pourrait se trahir lui-même. Il pourrait soudain devenir riche et, en dénichant l'origine de cette richesse, nous pourrions apprendre l'identité de l'objet volé.

C'est Anderson lui-même qui suggéra cela et paya généreusement pour faire surveiller Jackson pendant vingt-quatre heures. Ce fut inutile. L'homme avait toujours une vie monotone et se conduisait exactement comme le ferait quelqu'un privé d'économies. Il vivait parcimonieusement et prenait de temps en temps un emploi de domestique, où son honnêteté et son calme étaient des atouts prisés.

Finalement, je n'eus plus qu'une seule solution...

— Attendez, attendez, dit Gonzalo. Laissez-moi deviner.

Il avala d'un trait le reste de son brandy, fit signe à Henry de lui en apporter un autre et dit :

— Vous avez demandé à Jackson ce qu'il avait volé ?

— J'étais fortement tenté de le faire, dit tristement Bartram, mais cela aurait été difficilement possible. Dans ma profession, il est interdit ne serait-ce que de faire allusion à une accusation sans preuve. Les licences sont trop fragiles. Et, de toute façon, il nierait simplement le vol, s'il était acculé, et se garderait de toute action pouvant l'incriminer.

— Eh bien, alors... dit Gonzalo d'un air déconcerté, et il se tut.

Bartram, qui avait attendu patiemment, dit :

— Vous ne devinerez pas, messieurs, parce que vous n'êtes pas du métier. Vous ne savez que ce que vous lisez dans les histoires. C'est pourquoi vous pensez que des hommes comme moi ont un nombre illimité d'alternatives et qu'ils trouvent les solutions de toutes les affaires. Moi, étant du métier, je sais qu'il en est autrement. Messieurs, il ne me restait qu'une solution : confesser mon échec.

Anderson m'a payé, cependant. J'admets cela en sa faveur. Quand je lui dis au revoir, il avait perdu près de cinq kilos. Ses yeux étaient vides d'expression et, tandis qu'il me serrait la main, ils faisaient et refaisaient le tour de la pièce dans laquelle il était, regardant encore, cherchant encore. Il marmonnait : « Je vous dis que je ne pouvais pas me méprendre sur ce rire. Il m'a pris quelque chose. Il m'a pris quelque chose. »

Je l'ai revu plus tard, à deux ou trois reprises. Il n'arrêtait jamais de regarder, mais il n'arriva jamais à trouver ce qui manquait. Il déclina. Les faits que j'ai exposés se sont passés il y a presque cinq ans, et il mourut le mois dernier.

Il y eut un court silence. Avalon dit :

— Sans avoir jamais trouvé l'objet manquant ?

— Sans jamais l'avoir trouvé.

Trumbull dit avec désapprobation :

— Est-ce que vous venez nous demander de vous aider à résoudre le problème ?

— D'une certaine manière, oui. C'est une occasion à ne pas manquer. Anderson est mort et, quoi que nous disions ici, rien ne sortira de ces murs, nous sommes tous d'accord sur ce point. Aussi, je peux maintenant poser la question qu'avant je devais taire. Henry, puis-je avoir du feu, s'il vous plaît ?

Henry, qui avait écouté avec une sorte de déférence lointaine, présenta une boîte d'allumettes et alluma la cigarette de Bartram.

— Permettez-moi de vous présenter, Henry, à ceux que vous servez si efficacement. Messieurs, laissez-moi vous présenter Henry Jackson.

Il y eut un choc très net, qui dura un instant. Puis Drake dit :

— Le Jackson ?

— Exactement, dit Bartram. Je savais qu'il travaillait ici, et lorsque j'ai appris que c'était dans ce club que vous vous réunissiez chaque mois, je dus, plutôt effrontément, solliciter une invitation. Ce n'était qu'ici que je pouvais trouver l'homme au sourire acquisiteur, et le faire d'une manière à la fois discrète et simple.

Henry sourit et baissa la tête.

Bartram dit :

— Par moments, au cours de l'enquête, je ne pouvais m'empêcher de me demander, Henry, si Anderson ne s'était pas trompé et je me disais que, peut-être, il n'y avait pas eu de vol du tout. Toujours, cependant, j'en revenais au sourire acquisiteur, et je faisais confiance au jugement d'Anderson.

— Vous aviez raison de le faire, dit doucement Henry, parce que j'ai effectivement volé quelque chose à mon ancien associé, l'homme que vous avez appelé Anderson. Et depuis, pas un instant je n'ai regretté cette action.

— C'était un objet de valeur, je présume.

— Il était de la plus grande valeur et pas un seul jour ne s'est achevé sans que je pense au vol et sans que je me réjouisse du fait que cet homme pervers n'avait plus ce que je lui avais pris.

— Et vous avez éveillé ses soupçons volontairement pour éprouver une joie plus grande.

— Oui, c'est exact.

— Et vous n'avez pas eu peur d'être arrêté.

— Pas un seul instant.

— Mon Dieu ! hurla soudain Avalon. Je le répète. Prenez garde à la colère d'un homme patient. Je suis un homme patient, mais je suis las de ces discussions sans fin. Prenez garde à ma colère, Henry. Qu'avez-vous emporté dans votre mallette ?

— Mais, rien, dit Henry. La mallette était vide.

— Au nom du ciel ! Où avez-vous mis ce que vous lui aviez pris ?

— Je n'avais pas besoin de le mettre quelque part.

— Bien, alors, qu'avez-vous pris ?

— Seulement sa tranquillité d'esprit, dit doucement Henry.

Remarque

Cette nouvelle a été publiée pour la première fois dans le numéro de janvier 1972 d'*Ellery Queen's Mystery Magazine*.

Elle m'a donné l'occasion d'apprendre quelque chose en matière d'enchaînement d'une déduction logique. Je me suis souvent dit que la facilité avec laquelle les détectives de roman tissaient leurs toiles inexorablement logiques était trop plaquée, et que dans la vie, il y aurait forcément toujours d'énormes failles.

Parfois, les failles apparaissent même dans la littérature. Après la parution de *The Acquisitive Chuckle*, un lecteur m'a écrit pour me dire que j'avais négligé de spécifier que la mallette appartenait bien à Jackson, car sinon, elle aurait très bien pu constituer l'objet du délit. Ça ne m'était pas venu à l'esprit, donc, bien entendu, ça n'était pas venu à l'esprit d'un des personnages de ce récit.

Par conséquent, dans le recueil, j'ai ajouté une ou deux lignes pour tenir compte de cette possibilité. (Ce qui vous montre, par la même occasion, que les lecteurs ne sont pas seulement des gens qui vous ennuient avec leurs multiples questions, comme l'introduction semblait le laisser supposer. Ils se montrent parfois très utiles, ce que j'apprécie énormément.)

DRÔLE DE DOCTORAT !

La réunion était quelque peu gâchée par la nervosité de James Drake.

Il était dommage qu'il en fût ainsi, car le dîner était ce soir-là exceptionnel, et servi par le « Milano » à son petit groupe avec le même soin amoureux que chaque mois. Et la touche suprême de raffinement qu'il fallait au *Veau cordon-bleu* était ajoutée par le service méticuleux d'Henry, qui faisait apparaître et disparaître les assiettes devant les convives sans que personne ne puisse saisir la moindre allée et venue.

C'était au tour de Thomas Trumbull d'être l'hôte, privilège dont il abusa sauvagement (ce que personne, d'ailleurs, ne sembla remarquer), en n'estimant pas bienséant d'arriver plus d'une seconde avant que l'on ait passé deux fois les apéritifs (trois fois pour Rubin qui, apparemment, le supporta fort bien).

Trumbull, selon l'usage, s'était fait accompagner d'un invité à mettre sur la sellette. Celui-ci était grand, presque aussi grand que Geoffrey Avalon, l'avocat spécialisé des Veufs Noirs. Il était maigre, presque aussi maigre que Geoffrey Avalon. Il était rasé de près, mais n'avait pas la distinction d'Avalon. Son visage rond aux joues bien remplies formait un tel contraste avec le reste de son corps qu'on aurait juré qu'une autre tête que la sienne lui avait été greffée. Son nom était Arnold Stacey.

— Arnold Stacey, docteur. (C'est ainsi que le présenta Trumbull.)

— Ah ! dit Avalon de l'air sinistre qu'il arborait automatiquement à la remarque la plus anodine. Docteur docteur Stacey.

— Docteur docteur ? murmura l'invité, les lèvres entrouvertes, comme s'il s'apprêtait à sourire au trait d'esprit qui allait suivre.

— C'est une règle chez les Veufs Noirs, dit Trumbull, avec impatience, que tous les membres soient docteurs dès leur adhésion. Celui qui est docteur pour une autre raison, quelle qu'elle soit, est...

— ...un docteur docteur, termina Stacey. (Et il sourit.)

— Vous pouvez aussi compter les docteurs honoraires, dit Rubin dont les dents blanches brillaient au-dessus d'une barbe aussi maigre que celle d'Avalon était crépue. Mais il faudrait les appeler docteur docteur docteur...

A ce moment précis, Mario Gonzalo montait les escaliers, apportant avec lui une légère odeur d'essence de térébenthine, comme s'il venait directement de son atelier d'artiste (Trumbull prétendait que rien n'était moins sûr, et qu'en fait Gonzalo se mettait une goutte d'essence de térébenthine derrière chaque oreille avant de se rendre à toute invitation de caractère social).

Gonzalo arriva à temps pour entendre la déclaration d'Emmanuel Rubin et dit, avant d'avoir tout à fait atteint la dernière marche :

— Quels doctorats honoraires avez-vous jamais reçus, Manny ? Plutôt des doctorats « déshonoraires », j'imagine.

Le visage de Rubin se figea comme il le faisait lorsqu'il

était attaqué à l'improviste. Mais ce n'était qu'une petite pause dont il avait besoin pour réunir ses forces.

— Je peux vous en faire la liste, dit-il. En 1938, lorsque je n'avais que quinze ans, il se trouve que je prêchais pour le retour de la religion et j'ai reçu un DD[1] de...

— Non, je vous en prie, dit Trumbull, ne nous en donnez pas la liste. Nous vous croyons sur parole.

— Vous vous attaquez à plus fort que vous, Mario, dit Avalon avec une froide amabilité. Vous savez que lorsqu'il commence à parler de sa jeunesse, Rubin ne se contredit jamais.

— Bien sûr, dit Gonzalo, et c'est pour cette raison que ses histoires sont si monotones. Elles sont toutes authentiques. Aucune poésie.

— J'ai écrit de la poésie, commença Rubin.

Puis Drake arriva. Généralement, il était le premier. Ce jour-là, il était le dernier.

— Mon train a eu du retard, dit-il rapidement. (Comme il devait venir du New Jersey pour participer aux soirées, le plus étonnant était que cela ne se produisît pas plus souvent.)

— Présentez-moi à l'invité, ajouta Drake, en se tournant pour prendre le verre qu'Henry le serveur lui tendait.

— Docteur docteur Arnold Stacey. Docteur docteur Drake, dit Avalon.

— Bienvenue, dit-il en levant son verre pour le saluer. D'où vient le second docteur, docteur Stacey ?

— Doctorat de chimie, docteur docteur, et appelez-moi Arnold.

La petite moustache grisonnante de Drake sembla se hérisser.

— Mon doctorat est aussi un doctorat de chimie, dit-il.

1. D.D. : du latin *divinitatis doctor* : Docteur en Prophétie *(N.d.T.)*

Ils se regardèrent pendant un instant. Puis Drake dit :

— Industrie ? Gouvernement ? Enseignement ?

— J'enseigne. Professeur assistant à l'Université de Berry, répondit Stacey.

— *Où ?*

— A l'Université de Berry. Ce n'est pas une grande école. C'est dans...

— Je sais où c'est, dit Drake. J'y ai fait mes études supérieures, mais bien avant vous. Avez-vous fait vos études à Berry avant d'entrer dans la carrière professorale ?

— Non, je...

— Asseyez-vous, bon sang, mugit Trumbull. On boit de plus en plus et on mange de moins en moins ici.

Il occupait le siège de l'hôte. Il tenait son verre levé et fixait les autres tandis qu'ils prenaient place.

— Asseyez-vous, asseyez-vous.

Puis il entonna le toast rituel au Vieux King Cole d'une voix traînante de baryton tandis que Gonzalo battait tranquillement la mesure avec une boule de pain dure qu'il cassa, beurra et mangea dès la fin de la dernière syllabe.

— Qu'est-ce ? dit soudain Rubin, en fixant son assiette avec consternation.

— Du pâté maison, monsieur, dit doucement Henry.

— C'est ce que je pensais. Du foie haché. Bon Dieu ! Henry, je le demande à l'homme pathologiquement honnête que vous êtes, est-ce que cela se mange ?

— La question est subjective, monsieur. Cela dépend du goût personnel du convive.

Avalon abattit son poing sur la table.

— Rappel à l'ordre ! Je fais objection à l'utilisation par Manny de l'expression « pathologiquement honnête ». Violation de confiance.

Rubin rougit légèrement.

— Voyons, Jeff. Je ne viole aucune confiance. Il se

trouve que c'est mon opinion sur Henry et cela indépendamment de ce qui s'est passé ici le mois dernier.

— Nous sommes tous témoins, persista Avalon.

— Fermez-la, tous les deux, dit Trumbull. Nous sommes tous témoins qu'Henry peut être considéré par les Veufs Noirs comme un phénomène rare : un homme parfaitement honnête. Il n'est besoin de donner aucune raison. C'est un fait acquis, et admis de tout le monde.

Henry sourit légèrement.

— Dois-je remporter le pâté, monsieur ?

— Le mangeriez-vous, Henry ? demanda Rubin.

— Avec plaisir, monsieur.

— Alors, je le mangerai aussi.

Et c'est ce qu'il fit avec tous les signes d'un dégoût à peine contrôlé.

Trumbull se pencha vers Drake et dit à voix basse :

— Mais, bon sang, qu'est-ce qui vous tracasse ?

Drake tressaillit légèrement et dit :

— Rien. Qu'est-ce qui vous tracasse, vous ?

— Vous-même, dit Trumbull. De ma vie, je n'ai jamais vu une boule de pain cassée en autant de morceaux.

Puis la conversation se fit générale et se centra principalement sur l'affirmation chagrinée de Rubin que l'existence n'avait plus la même valeur que dans le passé et que les forces de la sélection naturelle se liguaient pour rayer l'honnêteté des traits du caractère humain. Il défendit bien sa thèse jusqu'à ce que Gonzalo lui demande s'il attribuait son propre succès d'écrivain (« tel qu'il est », dit Gonzalo) au plagiat. Lorsque Rubin aborda ce point de front et essaya de prouver par un raisonnement serré que le plagiat était fondamentalement différent de toutes les autres formes de malhonnêteté et qu'il devait donc être traité indépendamment, on le fit taire.

Entre le plat principal et le dessert, Drake se rendit aux toilettes. Trumbull l'y suivit.

— Connaissez-vous ce Stacey, Jim ? dit Trumbull.

Drake secoua négativement la tête.

— Non, pas du tout.

— Eh bien ! Qu'est-ce qui ne va pas, alors ? Je sais bien que vous n'êtes pas une aiguille de phonographe perpétuellement en mouvement comme Rubin, mais nom d'un chien, vous n'avez pas dit un mot de tout le dîner ! Et vous n'arrêtez pas de regarder Stacey.

— Accordez-moi une faveur, Tom, dit Drake. Laissez-moi le questionner après le dîner.

Trumbull haussa les épaules.

— Bien sûr !

Pendant qu'ils prenaient le café, Trumbull dit :

— Le moment est venu de mettre notre invité sur la sellette. Dans des circonstances normales, c'est moi, le seul autour de cette table à posséder un esprit logique, qui aurait commencé. Cette fois-ci je cède cette faveur au docteur docteur Drake puisqu'il est de la même secte professionnelle que notre hôte d'honneur.

— Docteur docteur Stacey, commença brusquement Drake, comment justifiez-vous votre existence ?

— De moins en moins à mesure que le temps passe, dit Stacey sans sourciller.

— Bon sang, qu'est-ce que cela veut dire ? interrompit Trumbull.

— C'est moi qui pose les questions, dit Drake avec une fermeté inhabituelle.

— Je veux bien répondre, dit Stacey. Etant donné que l'université semble aller de plus en plus mal chaque année et que je fais rien pour y remédier, ma fonction à l'université peut de moins en moins être justifiée.

Drake ignora ces paroles.

— Vous enseignez à l'école à laquelle j'ai obtenu mon diplôme. Avez-vous entendu parler de moi ?

Stacey hésita.

— Je suis désolé, Jim. Il y a beaucoup de chimistes dont je n'ai pas entendu parler. Cela dit sans vouloir vous blesser.

— Je ne suis pas susceptible. Je n'ai d'ailleurs jamais entendu parler de vous non plus. Ce que je voulais vous demander, c'est si vous aviez entendu parler de moi à l'Université de Berry ? En tant qu'étudiant ?

— Non.

— Je n'en suis pas surpris. Mais il y avait à Berry un autre étudiant qui y resta pour faire son doctorat : son nom était Faron. F-A-R-O-N. Lance Faron. En avez-vous entendu parler ?

— Lance Faron ? (Stacey fronça les sourcils.)

— Lance était peut-être un diminutif de Lancelot, Lancelot Faron. Mais nous l'appelions toujours Lance.

Stacey secoua la tête.

— Non. Ce nom ne m'est pas familier.

— Mais vous avez entendu parler de David Saint-George, dit Drake.

— Le professeur Saint-George ? Bien sûr. Il est mort l'année même où j'ai commencé à enseigner. Je ne peux pas dire que je le connaissais, mais, certes, j'ai entendu parler de lui.

— Diable, Jim. Qu'est-ce que c'est que ces questions ? Est-ce la semaine des anciens élèves ?

Drake, qui était plongé dans ses pensées, en sortit précipitamment.

— Attendez, Tom. J'y arrive. Je ne poserai plus de questions. Je veux d'abord raconter une histoire. Mon Dieu, cela fait des années que cela me tracasse et je n'avais jamais pensé à vous soumettre cela jusqu'à maintenant, maintenant que notre invité...

— Je vote pour l'histoire, interrompit Gonzalo.

— A une condition, dit Avalon. Que cela ne crée pas un précédent.

— C'est le président de séance qui en décidera, grogna Trumbull. Allez-y Drake. Mais, au nom du ciel, n'y passez pas la nuit.

— C'est très simple, dit Drake, et c'est au sujet de Lance Faron, c'est son vrai nom. Et, puisque je vais le calomnier, vous comprendrez, Arnold, que tout ce qui sera dit entre ces murs devra rester strictement confidentiel.

— On me l'a expliqué, dit Stacey.

— Allez-y, cria Trumbull. Vous allez y passer la nuit.

— Je ne pense pas que Lance ait jamais eu l'intention de devenir chimiste. Sa famille était riche, je reviendrai sur ce point. Lorsqu'il préparait son diplôme, il avait un laboratoire avec un sol couvert de liège pour lui tout seul.

— Avec un sol de liège ? interrogea Gonzalo.

— Si vous aviez jamais fait tomber un vase sur un carrelage vous n'auriez pas besoin de le demander, dit Drake. Lance a choisi la chimie parce qu'il lui fallait choisir quelque chose. Puis il continua ses études supérieures dans le même domaine parce que la Seconde Guerre mondiale faisait rage en Europe, que l'on commençait à recruter — c'était en 1940 — et que faire des études de chimie produirait une impression favorable sur le bureau de conscription. Et c'est bien ce qui s'est passé. Autant que je sache, il n'a jamais été appelé. Mais c'était parfaitement légal. Moi non plus, je n'ai jamais porté l'uniforme, alors je n'accuse personne.

Avalon, qui avait été officier dans la marine, prit un air sévère, mais acquiesça :

— Parfaitement légal.

— Il ne prenait pas cela au sérieux, je veux dire la chimie. Il n'avait aucune aptitude naturelle pour cette branche et n'a jamais vraiment travaillé. Il se contentait de faire semblant. Rien à redire à cela, je suppose, et cela lui suffit pour décrocher une maîtrise — qui ne vaut pas grand-chose. Mais ses notes n'étaient pas assez élevées pour lui permettre de faire de la recherche en vue d'un doctorat. Là était le problème. Nous pensions tous — nous qui préparions cette année-là notre diplôme de chimie — qu'il n'irait que jusqu'à la maîtrise, et qu'il prendrait ensuite un emploi qui lui permettrait encore d'échapper à l'armée. Nous pensions que son père l'y aiderait.

— Etiez-vous jaloux de lui, vous tous? demanda Rubin. Parce que ce genre de type...

— Nous n'étions pas jaloux de lui, dit Drake. Bien sûr, nous enviions sa situation. Diable, c'était avant que les bourses du gouvernement ne nous tombent dessus comme des flocons de neige. Au début de chaque semestre, je vivais la même histoire à suspense: « Réunirai-je le montant des frais d'inscription ou faudra-t-il que j'abandonne ». Nous aurions tous voulu être riches ou avoir un père riche. Mais Lance était un gentil garçon. Il n'étalait pas ses avantages et n'hésitait pas à nous prêter quelques dollars lorsque nous étions dans la gêne; il le faisait d'ailleurs sans ostentation. Et il était tout à fait prêt à admettre qu'il n'était pas brillant. En contrepartie, nous étions disposés à l'aider. Gus Blue lui donna des leçons de chimie organique moyennant finances. Mais je dois admettre que Lance n'était pas toujours scrupuleux. Par exemple, un jour, il prétendit avoir effectué une préparation en laboratoire alors que nous savions tous qu'il en avait acheté un échantillon dans un magasin de produits chimiques. Nous étions sûrs que c'était ce qu'il avait fait mais cela ne nous dérangeait pas.

— Pourquoi cela? C'était malhonnête, n'est-ce pas? dit Rubin.

— Parce que cela ne lui apportait rien, dit Drake l'air ennuyé. Cela voulait simplement dire un autre C. Mais la raison pour laquelle je raconte cela est que nous savions tous qu'il était non seulement capable de tricher mais aussi qu'il trichait effectivement.

— Vous voulez dire que le reste d'entre vous ne l'aurait pas fait? interrompit Stacey. (Il y avait une touche de scepticisme dans sa voix.)

Drake leva les sourcils.

— Je ne garantis pas qu'aucun d'entre nous ne l'aurait fait s'il y avait vraiment été contraint. C'est un fait que nous ne l'étions pas. Nous avions tous une chance de réussir sans prendre le risque de tricher. C'est pourquoi aucun d'entre nous ne le fit. En tout cas, pas moi. Puis vint le moment où Lance décida de préparer son doctorat. C'était au cours d'une réunion. Les emplois libérés par la guerre commençaient à apparaître sur le marché et il y en avait déjà qui étaient venus recruter sur le campus. Cela équivalait à la certitude de ne pas être engagé dans l'armée, mais nous tenions tous à obtenir notre doctorat et nous nous demandions toujours si, après avoir quitté l'école pour une raison quelconque, nous y reviendrions un jour.

« Quelqu'un, ce n'était pas moi, dit qu'il aurait voulu être à la place de Lance. Pour Lance, il n'y avait pas à choisir. Nous étions certains qu'il prendrait l'emploi. " Je ne sais pas, avait dit Lance, ce sera peut-être le contraire. Je pense que je vais rester ici même et préparer un doctorat. " Peut-être plaisantait-il. Quoi qu'il en soit, c'est ce que nous pensions, et nous nous mîmes à rire. Mais, ce soir-là, nous étions tous un peu gris, et ce rire devint un de ces rires dont on ignore finalement la raison, vous comprenez. Si l'un d'entre nous commençait à se calmer, il rencontrait toujours un autre regard et repartait de plus belle. En fait, ce n'était pas drôle à ce point. Mais nous avons ri jusqu'à ce que nous soyons à moitié étouffés. Lance était devenu rouge, puis blanc. Je me souviens que j'essayais de dire : " Lance, tu ne ris pas de toi-même ", mais je n'y parvins pas. Je m'étranglais et bredouillais. Alors Lance prit le parti de s'en aller.

« Après cela, il prépara bel et bien son doctorat. Il n'en

parla pas, mais il signa tous les papiers nécessaires et il sembla satisfait. Puis, après quelque temps, la situation redevint ce qu'elle était auparavant. Nos relations amicales reprirent.

« — Ecoute, Lance, lui dis-je, tu seras déçu. Tu ne pourras pas obtenir l'accord de l'université pour faire tes recherches de doctorat avec un simple C. C'est impossible.

« — Pourquoi pas ? me répondit-il. J'ai parlé au comité. Je leur ai dit que je suivrais les cours de chimie cinétique du professeur Saint-George, et que j'aurais un A dans cette matière. Je leur ai dit que je leur montrerais ce que je pouvais faire.

« Pour moi, cela rimait à moins que rien. C'était bien plus drôle que la remarque à laquelle nous avions ri. Il faudrait que vous connaissiez Saint-George. Vous sauriez ce que je veux dire, Arnold.

Stacey acquiesça.

— Son cours de cinétique était ardu. Un ou deux parmi les plus intelligents avaient généralement B ; et le reste, des C et des D.

— Il y a des professeurs, dit Drake en haussant les épaules, qui s'enorgueillissent de ce genre de chose. C'est en quelque sorte la version en professeur du capitaine Bligh. Mais Saint-George était un bon chimiste, probablement le meilleur qu'ait jamais eu Berry. C'est le seul membre du corps enseignant à avoir acquis une réputation nationale après la guerre. Si Lance pouvait suivre son cours et obtenir une note élevée, ce ne pouvait qu'être remarqué. Même s'il avait des C dans toutes les autres matières, on se contenterait de dire : « Eh bien... il n'a pas beaucoup travaillé parce qu'il n'y était pas obligé, mais quand il a finalement décidé de s'atteler au travail, il a montré qu'il était capable de faire des éclats. »

« Lui et moi avions tous deux choisi le cours de cinétique. Chaque jour ce cours était pour moi un véritable supplice. Mais, Lance, assis juste à côté de moi, ne cessait de sourire. Il prenait des notes soigneusement et je sais qu'il les étudiait parce que quand je le voyais à la bibliothèque il était toujours en train de faire de la cinétique.

« Jusqu'à la fin du cours il en fut ainsi. Saint-George ne donnait pas de colles. Notre sort dépendait donc des discussions que nous avions et de l'examen final, qui durait trois heures, trois heures entières. Pendant l'ultime semaine de l'année scolaire, il n'y avait pas de cours et les étudiants avaient une dernière chance de se mettre au point avant la semaine d'examen. Lance souriait toujours. Dans les autres matières, son travail était toujours égal à lui-même, mais cela ne semblait pas l'ennuyer. Lorsque nous lui disions : " Comment te débrouilles-tu en cinétique, Lance ?" il disait : " Pas de panique " et semblait joyeux, sapristi. Puis vint le jour de l'examen final.

Drake fit une pause et ses lèvres se pincèrent.

— Eh bien ? dit Trumbull.

Et Drake dit d'une voix un peu plus basse :

— Lance Faron réussit. Il fit même plus que réussir. Il eut 96. Personne n'avait jamais eu plus de 90 aux examens finals de Saint-George et je ne pense pas que quiconque ait obtenu cette note depuis lors.

— Je n'ai jamais entendu dire que quelqu'un ait eu aux alentours de 90 récemment.

— Combien avez-vous eu ? demanda Gonzalo.

— J'ai eu 82, dit Drake et, à l'exception de la note de Lance, c'était la meilleure de la classe.

— Et qu'est-il devenu ? demanda Avalon.

— Il a continué à préparer son doctorat, bien sûr. Les professeurs l'ont qualifié sans hésitation et c'est en fait Saint-George lui-même qui a plaidé pour lui. Après cela, je suis parti. J'ai travaillé sur la séparation isotopique pendant la guerre et j'ai finalement opté pour l'université du Wisconsin pour faire mes recherches de doctorat. Mais il m'arrivait encore d'entendre parler de Lance par de vieux amis. Lorsque j'ai eu pour la dernière fois de ses nouvelles, il était quelque part dans le Maryland et dirigeait son propre laboratoire privé. Il y a environ dix ans, je me souviens avoir lu son nom dans le précis des chimistes et y avoir trouvé mentionnés divers articles écrits de sa main. Une question de gros sous. Du Lance tout craché.

— A-t-il encore de la fortune personnelle ? demanda Trumbull.

— Je le suppose.

Trumbull se pencha en arrière sur sa chaise.

— Si telle est votre histoire, Jim, alors bon sang quelle mouche vous a piqué ?

Drake regarda les convives l'un après l'autre, puis abattit son poing si fort sur la table que les tasses à café en sautèrent et se mirent à vibrer.

— Parce qu'il avait triché, sacrebleu ! Et s'il a eu son doctorat de manière frauduleuse, le mien s'en trouve diminué d'autant et le vôtre aussi, dit-il à Stacey.

— Docteur en herbe, murmura Stacey.

— Comment ? dit Drake.

— Rien, dit Stacey. J'étais seulement en train de penser à un de mes collègues qui a travaillé pendant un certain temps dans une école médicale dans laquelle les étudiants considéraient la maîtrise comme le seul diplôme valable dans l'univers entier. Pour eux, le doctorat était réservé aux docteurs en herbe.

Drake bâilla.

— En fait, commença à arguer Rubin, si vous...

Avalon le coupa brusquement de toute sa hauteur imposante.

— Eh bien, voyons, Jim, s'il a triché, comment a-t-il obtenu son doctorat ?

— Parce qu'on ne trouva jamais rien pour prouver qu'il avait triché.

— Avez-vous jamais pensé, dit Gonzalo, qu'il n'avait peut-être pas triché ? Peut-être était-ce vrai que lorsqu'il s'y mettait réellement, il était capable — comment avez-vous dit ? — de faire des éclats.

— Non, dit Drake, en abattant de nouveau son poing sur la table et en faisant vibrer les tasses. C'est impossible. Jamais auparavant il n'avait montré cette aptitude, et par la suite il ne l'a davantage montrée. De plus, il y a cette confiance qui ne l'a pas quitté pendant toute la durée du cours, cette confiance qui ne pouvait que signifier qu'il avait mis au point un plan infaillible pour obtenir son A.

— Très bien, admettons qu'il l'ait fait, dit Trumbull en haussant les épaules. Il a eu son doctorat mais, par la suite, il ne s'est pas si bien débrouillé. D'après ce que vous dites, il est installé quelque part, dans un coin perdu en train de bricoler. Vous savez très bien, Jim, que des tas de types atteignent sur le plan professionnel une situation élevée, même sans tricher, et cela malgré une intelligence extrêmement limitée. Et alors ? Pourquoi en vouloir à un seul d'entre eux parce qu'il s'en est bien tiré ? Savez-vous pourquoi je pense que cette histoire vous a un peu tourné la tête, Jim ? Ce qui vous tracasse, c'est que vous ne savez pas comment il a fait. Si vous arriviez à le trouver, tout cela serait oublié.

Henry, le serveur, les interrompit :

— Encore un peu de brandy, messieurs ?

Cinq petits verres délicats se levèrent. Avalon qui, du regard, contrôlait ce qu'il buvait comme avec un compte-gouttes, ne tendit pas son verre.

— Eh bien, alors, Tom, dit Drake, c'est à vous de me le dire. Comment a-t-il fait ? C'est vous l'expert en codes secrets.

— Mais il n'est pas question de codes. Je ne sais pas. Peut-être a-t-il obtenu que quelqu'un d'autre passe l'examen à sa place ou peut-être a-t-il rendu le devoir d'un autre ?

— Avec l'écriture de quelqu'un d'autre? dit Drake avec mépris. De plus, j'ai déjà pensé à cela. Nous y avons tous pensé. Vous n'imaginez tout de même pas que j'étais le seul à savoir que Lance avait triché, n'est-ce pas ? Nous le savions tous. Lorsque nous vîmes ce 96 sur le tableau de résultats nous eûmes le souffle coupé pendant un bon moment, et nous demandâmes à voir sa copie. Il nous la tendit sans un mot et nous la lûmes. C'était un travail presque parfait, mais c'était sans aucun doute écrit de sa main et l'on y retrouvait ses tournures de phrases. Les quelques erreurs qu'il avait faites n'ont pas ébranlé mes soupçons. C'était le genre d'erreurs qu'il aurait pu commettre délibérément afin que son devoir ne soit pas absolument parfait.

— Très bien, dit Gonzalo, d'une façon ou d'une autre quelqu'un d'autre a passé l'examen pour lui et votre ami l'a recopié en utilisant ses propres tournures et sa propre écriture.

— C'est impossible. Il n'y avait dans la classe que les étudiants et l'assistant de Saint-George. L'assistant a ouvert l'enveloppe cachetée contenant les sujets de l'épreuve juste avant que l'examen ne commence. Personne n'aurait pu écrire un devoir pour Lance et un autre pour lui-même, en supposant que cela puisse passer inaperçu. De plus, personne dans la classe n'était capable de rendre un devoir d'un niveau équivalant à un 96.

— Si vous faisiez ce devoir dans la salle d'examen, cela aurait effectivement été impossible. Mais supposez que Lance se soit arrangé pour obtenir les questions bien avant l'examen et qu'il se soit plongé dans ses livres jusqu'à ce qu'il ait composé des réponses parfaites. N'aurait-il pas pu faire cela ?

— Non. Il n'aurait pas pu, dit froidement Drake. Vous

ne suggérez rien que nous n'ayons déjà évoqué, croyez-moi. Il y avait eu un autre scandale à l'université, quelques années auparavant, et tout le système des examens avait été durci. Saint-George suivait ce nouveau système. Il préparait les questions et les remettait à sa secrétaire le jour précédant l'examen. Elle en tirait le nombre de copies nécessaires puis détruisait les originaux, c'est-à-dire celui de Saint-George et le stencil. Les feuilles de questions étaient empaquetées, scellées et placées dans le coffre-fort de l'école. Le coffre-fort était ouvert juste avant l'examen et les copies données directement à l'assistant de Saint-George. D'aucune façon, Lance ne pouvait voir les questions.

— A ce moment-là, peut-être pas, dit Avalon. Mais même si Saint-George avait fait tirer les questions le jour précédant l'examen, combien de temps avait-il pu les avoir en sa possession ? Ou il avait peut-être utilisé un ensemble de questions déjà données auparavant.

— Non, interrompit Drake. Nous avions soigneusement étudié tous les examens précédents préparés par Saint-George. Pensez-vous que nous étions idiots ? Les questions n'ont pas été posées deux fois.

— Très bien, mais même s'il avait préparé un examen entièrement nouveau, il se peut qu'il l'ait préparé au début du semestre. Et il se peut que d'une manière ou d'une autre Lance ait vu les questions au cours du semestre. Et il est bien plus facile de travailler les réponses d'un nombre limité de questions que d'essayer d'apprendre le sujet entier.

— Je pense que vous êtes dans le vrai, Jeff, dit Gonzalo.

— Certainement pas, jeta Drake. Parce que ce n'est pas ainsi que Saint-George s'y prenait. Chaque question de l'examen final de ce semestre s'avéra être un point particulier sur lequel un élève de la classe s'était fait avoir. L'une d'elles, la plus subtile, couvrait un point que, pendant la toute dernière semaine de cours, je n'avais pas compris. Je l'avais signalé comme étant, à mon avis, une faute de dérivation, et Saint-George... enfin, peu importe. Le questionnaire avait nécessairement été préparé avant le dernier cours.

— Saint-George faisait-il toujours cela ? dit brusquement Arnold Stacey. Si c'était le cas, cela devait donner des tas de renseignements aux élèves.

— Vous voulez dire que les étudiants se seraient attendus à n'avoir que des questions portant sur les erreurs qui avaient été faites pendant les périodes de discussion ?

— Bien plus. Il se peut que les étudiants aient délibérément fait des bourdes sur les parties du cours qu'en fait ils connaissaient afin de pousser Saint-George à donner vingt points à chacune d'entre elles.

— Je ne peux répondre à cela, dit Drake. Comme nous n'avions jamais suivi son cours auparavant, nous ne savions pas si les examens précédents avaient été établis de la même manière.

— Ses classes précédentes vous l'auraient dit, n'est-ce pas ? Tout du moins, si les classes des années quarante étaient un tant soit peu comparables à celles d'aujourd'hui.

— Elles auraient pu le faire, dit Drake avec un sourire forcé, mais elles ne l'ont pas fait.

— Dites-moi, Jim, dit Gonzalo, comment Lance se débrouillait-il pendant les discussions ?

— Il restait silencieux, ne prenait pas de risques. Nous étions tous certains qu'il adopterait cette attitude. Nous ne fûmes donc pas surpris.

— Et la secrétaire de la section ? Lance n'aurait-il pas pu l'embobiner pour lui faire dévoiler les questions ? Ou lui graisser la patte ?

— Vous ne connaissez pas la secrétaire, dit Drake d'un

air menaçant. De plus, il n'aurait pas pu le faire, non plus qu'ouvrir le coffre par effraction. D'après la nature des questions, nous pouvions dire que l'examen avait été mis sur pied pendant la dernière semaine précédant l'examen et il lui était impossible alors de faire quoi que ce soit.

— En êtes-vous sûr ? demanda Trumbull.

— Vous parlez ! Il nous empoisonna avec sa confiance inaltérable. Nous, nous avions tous une peur bleue d'échouer et lui, il n'arrêtait pas de sourire. Le jour du dernier cours, quelqu'un dit : « Il va voler la feuille de questions ». En fait, ce quelqu'un, c'était moi, mais les autres acquiescèrent et nous décidâmes de... eh bien, de l'avoir à l'œil.

— Vous voulez dire que vous ne l'avez jamais quitté des yeux un instant ? demanda Avalon. L'avez-vous surveillé la nuit ? L'avez-vous suivi dans les W.-C. ?

— Ma foi, presque. Il partageait une chambre avec Burroughs et Burroughs avait le sommeil léger. Il jurait qu'il entendait Lance chaque fois qu'il se retournait.

— Il se peut qu'un soir on ait administré des somnifères à Burroughs, dit Rubin.

— C'est possible, mais il ne le pensait pas, et personne d'autre ne le pensait. Lance n'agissait absolument pas d'une manière suspecte : il n'avait même pas l'air ennuyé d'être observé.

— Savait-il qu'il était observé ? dit Rubin.

— Sans aucun doute. Chaque fois qu'il allait quelque part, il faisait un large sourire et disait : « Qui vient avec moi ? »

— Où allait-il ?

— Seulement à des endroits tout à fait normaux. Il mangeait, buvait, dormait. Il allait à la bibliothèque ou restait dans sa chambre. Il allait à la poste, à la banque, ce genre d'endroits. En le suivant, nous montâmes et descendîmes toutes les rues et les routes de Berry. De plus...

— De plus, quoi ? demanda Trumbull.

— De plus, même s'il avait pu se procurer le questionnaire, il aurait seulement pu le faire durant les quelques jours qui précédaient le test, et peut-être seulement la nuit précédente. Etant Lance, il lui aurait fallu, pour composer les réponses parfaites, des jours et des jours de travail ardu passés sur ses livres. S'il avait pu y répondre immédiatement après les avoir lues, il n'aurait pas eu besoin de tricher ; et il n'étudia pratiquement pas pendant cette dernière semaine.

— Il me semble, Jim, que vous vous êtes fourvoyés, dit sardoniquement Rubin. Votre homme n'avait absolument pas pu tricher.

— Là est toute la question, cria Drake. Il est impossible qu'il n'ait pas triché et il l'a fait avec une telle adresse que personne ne l'a pris en défaut. Personne n'a réussi à trouver comment il avait fait. C'est cela qui me tourmente.

Henry, le serveur, toussa légèrement.

— Si je peux me permettre de faire une suggestion, messieurs ?

Tous les visages se levèrent avec un bel ensemble, comme si un marionnettiste les avait actionnés.

— Oui, Henry ? dit Trumbull.

— Il me semble, messieurs, que vous êtes trop familiers avec les petites malhonnêtetés pour bien les comprendre.

— Comment, Henry, vous me blessez cruellement, dit Avalon, avec un sourire, et ses sourcils noirs se recourbèrent pratiquement jusqu'à ses yeux.

— Je ne voudrais pas vous manquer de respect, messieurs, mais M. Rubin a maintenu que la malhonnêteté avait de la valeur. M. Trumbull pense que le Dr Drake est uniquement troublé par le fait que la tricherie était suffisamment habile pour échapper à tous, et non parce qu'il y avait eu tricherie. D'ailleurs, peut-être êtes-vous tous d'accord sur ce point.

— Je pense que vous voulez dire, Henry, que vous êtes si honnête que vous êtes plus sensible à la malhonnêteté que nous et qu'en conséquence, vous la comprenez mieux, dit Gonzalo.

— Je serais presque tenté de le penser, monsieur, si je considère que pas un d'entre vous n'a noté que l'histoire du Dr Drake contenait une invraisemblance flagrante, une invraisemblance qui me semble à moi tout expliquer.

— Quelle est-elle ? demanda Drake.

— Eh bien, l'attitude du Pr Saint-George, monsieur. Voilà un professeur qui s'enorgueillit de coller un grand nombre d'étudiants, qui ne laisse jamais personne avoir une note supérieure à 90 à l'examen final. Et puis un étudiant, dont tout le monde sait qu'il est profondément médiocre (et j'ai cru comprendre que tout le monde dans la section — que ce soit les professeurs ou les étudiants — était au courant de cette médiocrité), obtient 96, et le professeur non seulement accepte cela, mais, en plus, le soutient devant le comité de qualification. Sans aucun doute, il aurait dû être le premier à suspecter une malhonnêteté. Et il aurait dû aussi en être le plus indigné.

— Peut-être ne pouvait-il pas se résoudre à admettre qu'un élève de son propre cours ait triché, dit Drake.

— Vous n'arrêtez pas de trouver des excuses, monsieur. Chaque fois qu'un professeur pose des questions et qu'un étudiant y répond, on a toujours l'impression que s'il y a malhonnêteté, elle est du côté de l'étudiant. Pourquoi ? Et si c'était le professeur qui était malhonnête ?

— Qu'en retirerait-il ? dit Drake.

— Qu'en retire-t-on généralement ? De l'argent, je le crains, monsieur. La situation telle que vous l'avez décrite est celle d'un étudiant très à l'aise financièrement et d'un professeur qui a le salaire qu'un professeur obtenait à l'époque où il n'y avait pas encore de participation du gouvernement. Imaginez que l'étudiant lui ait offert quelques milliers de dollars...

— Pourquoi ? Pour trafiquer la note de Lance ? Nous avons vu Lance répondre au questionnaire et il n'a commis aucune irrégularité. Pour laisser Lance voir les questions avant qu'elles ne soient imprimées ? Cela n'aurait servi à rien. Lance n'aurait pas eu le temps d'apprendre les réponses.

— Considérez cela en sens inverse, monsieur. Supposez que l'étudiant ait offert au professeur quelques milliers de dollars pour que lui, l'étudiant, donne les questions au professeur.

Le marionnettiste invisible se mit à nouveau au travail et un chœur de " Quoi ? " se fit entendre, proposant diverses inflexions.

— Supposez, monsieur, continua patiemment Henry, que M. Lance Faron ait établi les questions une par une au cours du semestre. Qu'il ait choisi les erreurs intéressantes commises pendant les cours en restant silencieux lors des discussions, afin de pouvoir écouter plus soigneusement. Il a façonné les questions au cours du semestre. Comme l'a dit M. Avalon, il est plus facile de retenir quelques points particuliers que d'apprendre le sujet entier. Puis il a délibérément et habilement inséré une question évoquée pendant la dernière semaine afin que vous soyez tous certains que le questionnaire avait été entièrement composé juste avant l'examen. C'est aussi la raison pour laquelle cet examen était bien différent de ceux que proposait en général Saint-George. Jamais les devoirs n'avaient porté sur les erreurs des étudiants. Pas davantage depuis lors, si j'en juge par la surprise du Dr Stacey. Puis à la fin du cours, une fois le questionnaire composé, il l'a tout simplement envoyé au professeur par la poste.

— Par la poste ? dit Gonzalo.

— Le Dr Drake a dit que le jeune homme se rendait

régulièrement à la poste. Il pouvait donc l'avoir posté. Le professeur aurait reçu les questions avec, peut-être, une partie du paiement en petites coupures. Il les aurait ensuite recopiées de sa propre écriture, ou à la machine à écrire, et les aurait transmises à sa secrétaire. A partir de là, tout se serait déroulé normalement. Et, bien sûr, le professeur aurait eu pour tâche de soutenir l'étudiant par la suite.

— Pourquoi pas ? dit Gonzalo avec enthousiasme. Cela se tient !

— Je dois admettre, dit lentement Drake, que c'est une possibilité à laquelle nous n'avions jamais pensé. Mais, bien sûr, jamais nous ne saurons la vérité.

Stacey intervint d'une voix forte.

— Je n'ai pratiquement rien dit de toute la soirée, bien que l'on m'ait dit que je serais sur la sellette.

— Désolé, dit Trumbull. Drake, cette grosse tête, avait une histoire à raconter parce que vous venez de Berry.

— Oui, eh bien, puisque je viens de Berry, permettez-moi d'ajouter quelque chose à l'histoire. Le Pr Saint-George est mort l'année même de mon entrée à Berry, ai-je dit, et je ne l'ai jamais vraiment connu. Mais j'ai entendu dire des tas de choses sur lui.

— Vous voulez dire qu'il avait la réputation d'être malhonnête ? demanda Drake.

— Personne n'a dit cela. Mais il avait la réputation de manquer de scrupules et j'ai eu des échos assez répugnants sur la manière dont il se débrouillait pour tirer un revenu personnel des subventions de l'Etat. Lorsque j'ai entendu votre histoire sur Lance, Jim, je dois admettre que je ne pensais pas que Saint-George eût pu être impliqué à ce point. Mais, maintenant que Henry a pris la peine de penser à l'impensable en voyant le problème du haut de sa propre honnêteté, eh bien... je pense qu'il a raison.

— Ça y est, Jim. Trente ans ont passé et vous pouvez maintenant oublier cette histoire.

— Sauf... sauf.

Un demi-sourire éclaira le visage de Drake et puis, soudain, il éclata de rire.

— Je suis malhonnête parce que je ne peux m'empêcher de penser que, si Lance avait eu les questions, pendant tout ce temps, le traître aurait pu nous donner un tuyau ou deux, à nous autres.

— Une fois que vous vous étiez tous bien moqués de lui, monsieur ? demanda calmement Henry.

Puis, il commença à débarrasser la table.

Remarque

Cette nouvelle a été publiée pour la première fois dans le numéro de juillet 1972 d'*Ellery Queen's Mystery Magazine* sous le titre *The Phony PH.D.* (Le Faux Doctorat).

La raison pour laquelle la revue avait changé le titre est claire. *EQMM* publie une série d'excellentes nouvelles écrites par Lawrence Treat qui portent comme titre *H as in Homicide* (H comme Homicide), *C as in Cutthroat* (C comme Coupe-gorge) etc. Naturellement, le magazine voulait réserver ce genre de titres à M. Treat.

J'espère toutefois que M. Treat ne m'en voudra pas si je reviens dans ce recueil à *PH as in Phony* dans la mesure où ce titre me paraît parfait. Je vous promets que je ne recommencerai pas.

Incidemment, cette histoire m'a par ailleurs amené à faire montre d'une certaine petite vanité d'un genre inhabituel pour moi. (Car il y a certains autres genres de vanité qui me sont habituels). Un certain professeur Porter, de l'Université de l'Oregon, m'a écrit pour me signaler quelques petites choses qui n'allaient pas dans la procédure selon laquelle l'université autorise les étudiants de troisième cycle à faire des recherches. Il a signé sa lettre en ajoutant à son nom son titre de docteur pour indiquer qu'il était qualifié pour juger de cette question.

Et il l'était bien, car il avait entièrement raison. C'est pourquoi j'ai remanié la version que je présente ici conformément à ses objections. Cependant, en répondant à sa lettre, j'étais si inquiet qu'il me prenne moi-même pour un incompétent en la matière que j'ai également ajouté mon titre de docteur à ma signature. Je l'ai fait à bon droit puisque j'ai obtenu mon doctorat de chimie à Columbia en 1948, mais je crois que c'est la seule fois que je me suis servi de ce titre ailleurs que dans une correspondance universitaire officielle.

RIEN QUE LA VÉRITÉ

Lorsque Roger Halsted fit son apparition en haut de l'escalier le jour de la réunion mensuelle des Veufs Noirs, seuls Avalon et Rubin, l'écrivain, étaient déjà présents. Ils l'accueillirent avec joie.

— Eh bien, vous vous êtes finalement décidé à revenir à vos vieux amis ? s'exclama Emmanuel Rubin.

Il s'avança vers lui en trottinant et, lorsqu'il lui tendit les deux mains en arborant un large sourire, on aurait dit que sa barbe rabougrie s'allongeait d'elle-même en signe de salut.

— Comment se fait-il que vous n'étiez pas présent aux deux dernières réunions ?

— Bonjour, Roger, dit Geoffrey Avalon, en souriant de toute sa hauteur.

Halsted se débarrassa de son manteau.

— Il fait bougrement froid dehors. Henry, apportez-moi...

Henry, le seul serveur qu'avaient jamais eu les Veufs Noirs et le seul qu'ils auraient jamais, avait déjà préparé un verre à son intention.

— Je suis heureux de vous revoir, monsieur.

Halsted prit le verre en faisant de la tête un petit signe de remerciement.

— Les deux fois, il s'est passé quelque chose au dernier moment... Dites, savez-vous ce que j'ai décidé de faire ?

— D'abandonner les mathématiques et de gagner honnêtement votre vie ? demanda Rubin.

Halsted soupira.

— Enseigner les mathématiques dans un lycée est, parmi toutes les façons de gagner sa vie, l'une des plus honnêtes qui soit. Et c'est précisément la raison pour laquelle cela paie si mal.

— Dans ce cas, dit Avalon en agitant doucement son verre, pourquoi est-ce un boulot si malhonnête que de travailler comme journaliste indépendant ?

— Il n'y a rien de malhonnête à cela, répondit Rubin, mordant immédiatement à l'hameçon.

— Qu'avez-vous décidé de faire, Roger ? demanda Avalon.

— C'est un projet que je caresse depuis longtemps, dit Halsted.

Son front était blanc et immense, et nulle trace des cheveux qui y étaient encore plantés il y a environ dix ans n'y apparaissait, et cela malgré une chevelure encore abondante sur les côtés et sur la nuque.

— Je vais récrire l'*Iliade* et l'*Odyssée* sous forme de petits poèmes, un pour chacun des quarante-huit chants.

Avalon acquiesça d'un signe de tête.

— Avez-vous déjà écrit quelque chose ?

— J'en ai déjà terminé avec le premier chant de l'*Iliade*. Voici ce que cela donne :

Agamemnon des Grecs le plus grand
A Achille tint un discours violent
Après moult discussion
En Achille monta la passion
Et ils se séparèrent pleins de ressentiment.

— Pas mal, dit Avalon. Assez bien même. L'essence du premier chant est parfaitement transmise. Bien sûr, le véritable nom du héros du premier chant est Achilleus, avec un son « ch » comme dans…

— Cela détruirait le vers, dit Halsted.

— De plus, tout le monde penserait que c'est une faute d'impression.

Mario Gonzalo, l'artiste, monta l'escalier en courant. C'était lui l'hôte de cette réunion.

— Personne d'autre n'est arrivé ?

— Non, nous sommes seuls, dit Avalon.

— Mon invité arrive. C'est quelqu'un de vraiment très intéressant. Henry l'appréciera car il ne dit jamais de mensonge.

Henry haussa les sourcils en tendant son verre à Mario.

— Ne me dites pas que vous amenez le fantôme de George Washington, dit Halsted.

— Roger, quel plaisir de vous revoir. Pendant que j'y pense, Jim Drake ne se joindra pas à nous aujourd'hui. Il a renvoyé la carte en disant qu'il devait assister à une réunion de famille. L'invité de ce soir s'appelle Sand. John Sand. Bien que nous ne nous voyions que par intermittence cela fait des années que je le connais. Un véritable cinglé. Un passionné des courses qui ne ment jamais. C'est à peu près sa seule qualité, dit Gonzalo en clignant de l'œil.

Avalon hocha la tête.

— Tant mieux pour ceux qui le peuvent… Cependant, à mesure que l'on vieillit…

— Je pense que ce sera une réunion intéressante, s'empressa d'ajouter Gonzalo, essayant visiblement d'éviter les chastes confessions d'Avalon. Je lui parlais du Club des Veufs Noirs et des mystères qui, lors des deux dernières réunions, nous ont été exposés…

— Des mystères ? dit Halsted, brusquement intéressé.

— Vous êtes membre du Club à part entière. Nous pouvons donc vous le dire. Mais demandez à Henry de le faire. Pour ces deux occasions, il était le principal intéressé.

— Henry ? dit Halsted, passablement surpris, en regardant par-dessus son épaule. Vous entraînent-ils à prendre part à leurs préoccupations ridicules ?

— Je vous assure que j'ai essayé de ne pas l'être, répondit Henry.

— Essayé de ne pas l'être, s'exclama Rubin. Ecoutez, la dernière fois, Henry a été le Sherlock Holmes de la réunion. Il...

— Le fait est, dit Avalon, que vous avez peut-être trop parlé, Mario. Qu'avez-vous raconté sur nous à votre ami ?

— Que voulez-vous dire par « trop parlé » ? Je ne suis pas Manny Rubin, vous savez. J'ai consciencieusement expliqué à Sand que nous étions les uns et les autres aussi muets que des prêtres au confessionnal en ce qui concerne tout ce qui est dit entre ces murs. Et il a émis le vœu d'en faire partie parce qu'il a un problème qui le rend fou. C'est ce qui m'a poussé à lui dire qu'il pourrait venir la prochaine fois ; c'était à mon tour d'être l'hôte, il pourrait être mon invité. C'est tout !

Un homme mince, le cou enveloppé dans une écharpe épaisse, montait l'escalier. Sa minceur apparut encore plus nettement lorsqu'il retira son manteau. Il portait sous son écharpe une cravate rouge sang qui semblait prêter quelque couleur à son visage émacié d'une extrême pâleur. Il avait environ la trentaine.

— John Sand, dit Mario, le présentant cérémonieusement à tour de rôle à tous les membres de l'assemblée.

Il fut soudain interrompu par le pas lourd de Thomas Trumbull sur les marches de l'escalier et par la voix forte de l'expert juridique annonçant :

— Henry, un scotch à l'eau de Seltz pour un mourant !

— Tom, dit Rubin, vous pourriez être ici plus tôt si vous ne vous efforciez pas aussi obstinément d'être en retard.

— Plus je viens tard, dit Trumbull, et moins il me faut

écouter vos remarques stupides. Avez-vous déjà pensé à cela ?

On le présenta à son tour et tout le monde s'assit.

Le menu ayant été préparé avec une négligence telle qu'il commençait par des artichauts, Rubin se lança dans une dissertation sur la seule préparation adéquate de la sauce d'accompagnement. Puis, lorsque Trumbull déclara avec dégoût que la seule préparation qui convenait aux artichauts était une poubelle, Rubin répondit :

— Bien sûr, si vous ne disposez pas exactement de la sauce qu'il faut, dans ce cas-là, bien sûr.

Sand mangea avec difficulté et laissa au moins un tiers de son excellent steak. Halsted, qui avait une tendance à l'embonpoint, fixait sur ces restes un regard envieux. Il avait été le premier à vider son assiette. Il n'avait laissé qu'un os décharné et un peu de gras.

Sand sembla s'apercevoir du regard d'Halsted.

— A dire vrai, je suis si inquiet que j'ai bien peu d'appétit, dit-il. Désirez-vous le reste de mon steak ?

— Moi, non, merci, lui répondit Halsted d'un air maussade.

— Puis-je parler avec franchise ? demanda Sand avec un sourire.

— Bien sûr. Si vous avez écouté notre conversation, vous avez certainement réalisé que la franchise est aujourd'hui à l'honneur.

— Très bien, car elle le serait de toute façon. C'est mon fétiche. Vous mentez, monsieur Halsted. Bien sûr, que vous voulez le reste de mon steak, et je dirai même que vous le mangeriez si vous saviez que personne ne le remarquerait. C'est absolument évident, mais les convenances sociales vous obligent à mentir. Vous ne voulez pas avoir l'air gourmand et vous ne voulez pas paraître ignorer les règles de l'hygiène en mangeant un plat qui aurait pu être contaminé par la salive d'un étranger.

Halsted fronça les sourcils.

— Et si les rôles étaient renversés ?

— Si je désirais davantage de steak ?

— Oui.

— Eh bien, peut-être ne désirerais-je pas manger le vôtre pour des questions d'hygiène, mais j'admettrais au moins que j'en ai envie. Presque tous les mensonges résultent d'un besoin que l'on éprouve de se protéger soi-même ou du respect que vous imposent les convenances. Quant à moi, cependant, il me semble qu'un mensonge est rarement un moyen de défense utile et les convenances ne m'intéressent absolument pas.

— En fait, dit Rubin, il est certain qu'un mensonge poussé jusqu'au bout est un moyen de défense utile. Le problème, c'est que la plupart des mensonges ne sont pas poussés assez loin.

— Avez-vous lu *Mein Kampf* récemment ? demanda Gonzalo.

Les sourcils de Rubin se soulevèrent.

— Vous pensez que Hitler était le premier à utiliser la technique du mensonge dans toute son ampleur ? Vous pouvez remonter dans le temps jusqu'à Napoléon III ; vous pouvez remonter jusqu'à Jules César. Avez-vous jamais lu ses *Commentaires* ?

Henry avait apporté le baba au rhum et servait le café lorsque Avalon déclara :

— Venons-en à notre invité.

— En tant qu'hôte et président de cette réunion, dit Gonzalo, je vais annuler la mise sur la sellette. Notre invité a un problème et je vais le prier de nous en expliquer les détails.

Il était en train de dessiner une caricature rapide de Sand sur l'envers de son menu, caricature qui faisait ressembler le mince visage triste à la tête d'un limier complètement déformée.

Sand s'éclaircit la voix.

— J'admets que tout ce qui est dit dans cette pièce soit pure confidence, mais...

Trumbull suivit le coup d'œil.

— N'ayez aucune inquiétude en ce qui concerne Henry, grogna-t-il. C'est le meilleur d'entre nous. Si vous voulez douter de la discrétion de l'un de nous, doutez de celle de quelqu'un d'autre.

— Merci, monsieur, murmura Henry, en posant les verres de brandy sur le buffet.

— Mon problème, messieurs, c'est que je suis accusé d'un crime.

— Quel genre de crime ? demanda Trumbull.

Il avait généralement pour tâche de cuisiner les invités et son regard était celui d'une personne qui n'avait aucune intention de laisser passer cette occasion.

— Le vol, dit Sand. Il manque une certaine somme d'argent et une liasse de titres négociables dans un des coffres-forts de la compagnie pour laquelle je travaille. Je suis l'un de ceux qui en connaissent la combinaison, et j'ai eu la possibilité de l'ouvrir sans me faire remarquer. J'avais aussi un motif pour le faire : j'avais perdu aux courses et j'avais désespérément besoin d'argent. Je suis donc dans une mauvaise posture.

— Mais ce n'est pas lui qui l'a fait, dit Gonzalo avec passion. Ce n'est pas lui.

En faisant tourner entre ses mains le verre à demi rempli qu'il n'allait pas terminer, Avalon prit la parole :

— Je pense que, pour plus de cohérence, nous devrions laisser M. Sand nous raconter son histoire.

— Oui, dit Trumbull, comment pouvez-vous savoir qu'il ne l'a pas fait, Mario ?

— Mais bon sang, c'est là toute la question. Il dit qu'il ne l'a pas fait, répliqua Gonzalo, et si c'est lui qui le dit, cela me suffit. Cela ne suffit peut-être pas pour tout un tribunal, mais, pour quelqu'un qui le connaît, il n'en faut pas plus.

— Et supposons que je le lui demande moi-même, d'accord ? dit Trumbull. Est-ce vous qui avez commis le vol, monsieur Sand ?

Pendant un instant, ses yeux bleus passèrent d'un visage à l'autre.

— Messieurs, je dis l'entière vérité. Je n'ai pas pris l'argent ou les titres.

Halsted se passa la main sur le front, comme pour essayer de faire disparaître ses doutes.

— Monsieur Sand, dit-il, vous semblez avoir un poste de confiance, n'est-ce pas. Vous avez accès à un coffre contenant des titres négociables. Et pourtant vous jouez aux courses.

— Des tas de gens le font.

— Et perdent.

— Ce n'est pas tout à fait ce que j'avais prévu.

— Mais ne risquez-vous pas de perdre votre emploi ?

— J'ai un avantage, monsieur, qui réside dans le fait que je suis employé par mon oncle, qui est conscient de ma faiblesse, mais qui sait aussi que je ne mens pas. Il savait que j'avais la possibilité et l'occasion de voler, et il savait que j'avais des dettes. Il savait aussi que je venais de rembourser mes dettes de jeu. Je le lui avais dit. Les circonstances étaient contre moi mais il s'est adressé directement à moi et m'a demandé si c'était moi le responsable de la perte. Je lui ai dit exactement ce que je vous ai dit à vous : je n'ai pas pris l'argent ou les titres. Comme il me connaît bien, il me croit.

— Comment avez-vous réussi à rembourser vos dettes de jeu ? demanda Avalon.

— Parce que après j'ai fait un beau coup. Cela arrive aussi quelquefois. C'est arrivé peu de temps avant la découverte du vol et j'ai remboursé le bookmaker.

— Vous n'aviez donc aucun mobile, dit Gonzalo.

— Impossible de le prétendre, car le vol a très bien pu être commis jusqu'à deux semaines avant sa découverte. Personne n'a regardé dans ce tiroir pendant tout ce temps — excepté le voleur, bien sûr. On pourrait prétendre que c'est après que j'eus pris l'argent et les titres que j'ai joué le bon cheval, ce qui rendait donc le vol inutile.

— On pourrait aussi avancer, dit Halsted, que vous avez pris l'argent afin de parier une grosse somme sur le cheval.

— Le pari n'était pas si important, et j'avais d'autres sources. Mais, c'est vrai, c'est un argument possible.

Trumbull les interrompit.

— Mais, si vous n'avez pas perdu votre poste, comme je le suppose, et si votre oncle ne vous poursuit pas en justice, comme je suis tenté de le croire... En a-t-il informé la police ?

— Non, il peut absorber la perte et il sent bien que la police essayera de me charger du vol. Il sait que je lui ai dit la vérité.

— Mais alors, quel est donc le problème, Grand Dieu ?

— C'est que, tout simplement, personne d'autre n'aurait pu le faire. Mon oncle ne parvient pas à imaginer aucune autre possibilité. Moi non plus, d'ailleurs. Et jusqu'à ce qu'il réussisse à trouver une autre éventualité, il y aura toujours un reste de malaise et de soupçon dans son esprit. Il gardera toujours un œil sur moi. Il hésitera à me faire confiance. Je garderai ma place mais je ne serai jamais promu à un poste plus élevé. Et il se peut que ma situation devienne si inconfortable que j'en sois amené à donner ma démission. En ce cas, je ne peux compter sur une recommandation des plus favorables et, de la part d'un oncle, une attitude mitigée ferait ma perte.

Rubin fronçait les sourcils.

— Si je comprends bien, monsieur Sand, vous êtes venu ici parce que Gonzalo vous a dit que nous résolvions les mystères. Vous voulez que nous vous disions quelle est la personne qui a effectivement pris l'argent.

Sans haussa les épaules.

— Peut-être pas. Je ne sais même pas si je peux vous donner suffisamment de renseignements. Ce n'est pas comme si vous étiez des détectives qui pouviez vous rendre sur les lieux pour enquêter. Si vous pouviez seulement me dire comment cela aurait pu se produire... Si je pouvais aller trouver mon oncle et lui annoncer : « Oncle, cela s'est peut-être passé ainsi, ne croyez-vous pas ? » Même s'il ne pouvait acquérir aucune certitude, même si cela ne pouvait lui permettre de récupérer l'argent, cela aurait au moins le mérite de disperser ses soupçons. Il n'aurait pas perpétuellement présente à l'esprit l'idée que j'étais le seul voleur possible.

— Bien, dit Avalon, nous pouvons essayer d'être logiques, je suppose. Et parmi les autres gens qui travaillent avec vous et votre oncle ? Y en a-t-il un qui ait terriblement besoin d'argent ?

Sand secoua la tête.

— Suffisamment pour risquer les conséquences éventuelles d'un tel vol ? Je ne le crois pas. L'un d'eux peut avoir des dettes, ou pratiquer le chantage, ou être très avide, ou avoir tout simplement saisi l'occasion et avoir agi par impulsion. Si j'étais détective, je pourrais leur poser des questions, ou je pourrais me procurer des documents, ou me renseigner sur leurs faits et gestes. Les choses étant ce qu'elles sont...

— Bien sûr, dit Avalon, nous ne pouvons pas davantage le faire. Mais vous dites que vous aviez les moyens et l'occasion. Quelqu'un d'autre les avait-il ?

— Au moins trois personnes auraient pu approcher le coffre avec plus de facilité que moi, en éveillant moins de soupçons, mais aucune d'elles ne connaissait la combinaison, et il n'y a pas eu effraction. C'est un fait certain.

A part mon oncle et moi, deux personnes connaissent la combinaison, mais l'une était hospitalisée pendant la période en question, et l'autre est un employé de la société si ancien et si digne de confiance qu'il serait impensable de le soupçonner.

— Ah ! dit Mario Gonzalo, voilà notre homme.

— Vous avez trop lu Agatha Christie, dit Rubin. En fait, il s'avère que pour presque tous les crimes, on s'aperçoit que la personne la plus équivoque est celle qui est coupable.

— Cela est hors de la question, coupa Halsted, et trop banal d'ailleurs. Nous nous trouvons tout simplement devant un exercice de logique. Laissons M. Sand nous raconter tout ce qu'il sait sur chaque employé de la société, et nous pourrons essayer de voir si d'une manière ou d'une autre nous pouvons découvrir chez une autre personne mobile, moyen et occasion.

— Mais diable, ajouta Trumbull, qui dit que ce doit être une personne et une seule ? Quelqu'un se trouve à l'hôpital. La belle affaire ! Le téléphone existe. Il suffit qu'il téléphone la combinaison à un complice.

— Très bien, très bien, dit précipitamment Halsted, nous devons envisager plusieurs possibilités dont certaines peuvent être plus plausibles que d'autres. Lorsque nous en aurons discuté à fond, M. Sand pourra choisir la solution la plus vraisemblable et la proposer à son oncle.

— Puis-je intervenir, monsieur ?

Henry parlait si vite, et d'une voix tellement forte comparée à son murmure habituel, que tout le monde se tourna vers lui.

Puis Henry se mit de nouveau à parler doucement :

— Bien que je ne sois pas un Veuf Noir...

— C'est faux, dit Rubin. Vous savez très bien que vous en êtes un. En fait, vous êtes le seul à ne pas avoir manqué un seul meeting.

— Alors puis-je souligner, messieurs, que si M. Sand

apporte vos conclusions à son oncle, quelles qu'elles soient, nos activités seront révélées en dehors de l'enceinte de ces murs.

Il y eut un silence gêné.

— Mais pour sauvegarder la réputation d'un innocent, certainement...

Henry secoua légèrement la tête.

— Mais en contrepartie, on ferait peser des soupçons sur une ou plusieurs autres personnes, qui pourraient, elles aussi, être innocentes.

— Henry n'a pas tort, dit Avalon. Apparemment, nous sommes coincés.

— A moins que nous parvenions à une solution définitive qui satisferait le Club et qui ne mettrait pas en cause le monde extérieur, dit Henry.

— A quoi pensez-vous, Henry ? demanda Trumbull.

— Si je peux me permettre de m'expliquer ainsi que M. Gonzalo le disait avant le dîner, cela m'intéresserait de rencontrer quelqu'un qui ne dit jamais de mensonges.

— Mais enfin, Henry, dit Rubin, vous êtes profondément honnête vous-même. Vous le savez bien. Cela a été prouvé plus d'une fois.

— Cela a peut-être été prouvé, continua Henry, mais il m'arrive de mentir.

— Doutez-vous de Sand ? Pensez-vous qu'il mente ? dit Rubin.

— Je vous assure... commença Sand, presque angoissé.

— Non, dit Henry. Je crois que tout ce qu'a dit M. Sand est vrai. Il n'a pas pris l'argent ou les titres. Logiquement, on ne peut que le soupçonner. Sa carrière peut être ruinée. Mais, par ailleurs, si l'on peut trouver une autre explication valable, même si elle n'aboutit pas en fin de compte à une solution, alors elle peut être protégée. Et comme il ne peut pas lui-même penser à une explication plausible, il veut que nous l'aidions. Je suis convaincu que tout cela est vrai, messieurs.

— Merci, dit Sand avec un signe de tête.

— Et pourtant, poursuivit Henry, quelle est la vérité ? Par exemple, monsieur Trumbull, je pense que votre habitude de toujours arriver en retard en criant « Un scotch à l'eau de Seltz pour un mourant » est impolie, inutile et, pire encore, terriblement lassante. Je suspecte les autres de penser comme moi.

Trumbull rougit, mais Henry continua avec fermeté.

— Pourtant, si, dans des circonstances ordinaires, on me demandait si je désapprouvais cette attitude, je répondrais non. Si l'on prenait les mots au pied de la lettre, ce serait un mensonge, mais je vous apprécie pour d'autres raisons, monsieur Trumbull, qui sont de loin plus importantes que votre astuce de langage. Vous dire la vérité, qui comprendrait une certaine animosité à votre égard, serait un mensonge bien plus grave. Je mens donc pour exprimer la vérité : mon amitié pour vous.

— Je ne suis pas sûr que j'apprécie la manière dont se manifeste votre amitié, Henry, marmonna Trumbull.

— Ou considérez le poème de M. Halsted sur le premier chant de l'*Iliade*. M. Avalon a dit très justement que le véritable nom du héros était Achilleus, ou même Akhilleus avec un « k », je pense, pour rendre le son exact. Mais M. Rubin a souligné que l'orthographe exacte serait prise pour une faute d'impression et détruirait l'effet du poème. Une fois encore, prise au pied de la lettre la vérité crée un problème. M. Sand affirme que tous les mensonges ont à leur origine un besoin de se protéger ou le respect des convenances sociales. Mais nous ne pouvons pas toujours faire abstraction de ce besoin naturel et des convenances. Si nous ne pouvons pas mentir, nous devons faire mentir la vérité pour nous.

— Ce que vous dites n'a aucun sens, Henry, s'exclama Gonzalo.

— Je pense que si, monsieur Gonzalo. Peu de gens écoutent les mots exacts, et bien souvent si on cesse de la prendre à la lettre, une vérité se transforme en mensonge. Qui peut mieux le savoir qu'une personne qui pratique justement ce genre de vérité ?

Les joues de Sand n'étaient plus aussi pâles, et sa cravate rouge reflétait davantage de couleur vers le haut.

— Que diable voulez-vous dire ? dit-il.

— Je voudrais vous poser une seule question, monsieur Sand. Si les membres du club le veulent bien, naturellement.

— Peu m'importe qu'ils le veuillent ou non, dit Sand, fixant sur Henry un regard menaçant. Si vous me parlez sur ce ton, il se peut bien que je décide de ne pas vous répondre.

— Vous n'aurez peut-être pas à le faire, dit Henry. Il est un fait que chaque fois que vous niez avoir commis le crime vous employez précisément les mêmes mots. Je n'ai pu que le remarquer étant donné que j'ai résolu d'écouter les mots exacts que vous employiez dès que j'ai entendu que vous ne mentiez jamais. A chaque fois, vous avez dit : « Je n'ai pas pris l'argent ou les titres. »

— Et c'est parfaitement exact, dit Sand d'une voix forte.

— Je suis certain que c'est vrai, sinon vous ne l'auriez pas dit. Maintenant voici la question que j'aimerais vous poser. Auriez-vous, par hasard, pris l'argent et les titres ?

Il y eut un court silence. Puis Sand se leva et dit :

— Je vais aller chercher mon manteau. Au revoir. Je vous rappelle que rien de ce qui a été dit ici ne peut être répété à l'extérieur.

Lorsque Sand fut parti, Trumbull dit :

— Eh bien, je vais être damné.

A cela, Henry répliqua :

— Peut-être pas, monsieur Trumbull. Il ne faut pas désespérer.

Remarque

Cette histoire a été publiée pour la première fois dans le numéro d'octobre 1972 d'*Ellery Queen's Mystery Magazine* sous le titre *The Man Who Never Told a Lie.* Je trouve le titre du magazine terne et je suis donc revenu à l'original.

J'ai écrit cette nouvelle le 14 février 1972. Je m'en souviens non pas parce que j'ai une mémoire phénoménale, mais parce qu'elle a été écrite à l'hôpital, la veille de mon opération (la seule que j'ai subie jusqu'à présent). Larry Ashmead, mon directeur de publication chez Doubleday, est venu me voir ce jour-là et je lui ai remis le manuscrit en lui demandant de veiller à ce qu'il soit porté à *EQMM* par coursier.

Je lui ai également demandé d'expliquer que j'étais à l'hôpital, dans la mesure où je remets généralement les manuscrits moi-même pour pouvoir flirter un peu avec la belle Eleanor (pour ne rien dire de la vive Constance DiRienzo, qui est la secrétaire de rédaction).

Larry a bien entendu fait ce que je lui avais demandé et j'ai appris que la nouvelle était acceptée pendant que j'étais toujours à l'hôpital, en convalescence. Depuis, je me suis toujours demandé si ce récit n'avait pas été accepté par compassion pour ma pauvre personne souffrante, mais je suppose que ce n'était pas le cas. Elle a été reprise dans l'anthologie des meilleures nouvelles policières publiées par Dutton, alors je pense que ça allait.

Oh ! et puis cela explique pourquoi cette nouvelle est la plus courte du recueil. Je devais la terminer avant que le chirurgien ne s'empare du scalpel qu'il avait entre les dents, qu'il ne l'affûte sur sa cuisse et qu'il se mette au travail.

VOGUE, PETITE PLAQUETTE

Un tremblement d'indignation agitait la barbe clairsemée de l'écrivain Emmanuel Rubin pendant qu'il disait :

— Ma femme vient encore d'acheter un taureau.

Les discussions concernant les femmes, et en particulier les épouses, étaient exclues des réunions mensuelles résolument masculines de ceux qui s'étaient à dessein dénommés les Veufs Noirs ; mais les habitudes ont la vie dure. Mario Gonzalo, qui faisait un croquis de l'invité du jour, demanda :

— Dans votre mini-appartement ?

— C'est un appartement parfaitement convenable, dit Rubin. Il a simplement *l'air* petit. Et il ne paraîtrait pas si réduit si elle n'y avait pas entassé des taureaux en bois, porcelaine, terre cuite, bronze, feutre — en n'importe quoi. Ils sont de toutes les tailles, depuis deux jusqu'à trente centimètres. Elle les a installés sur les murs, sur des étagères, par terre, elle en a suspendu au plafond...

Dominant l'assemblée de toute son austère hauteur, Avalon fit tourner lentement son verre dans sa main et dit :

— Je suppose qu'elle a besoin d'images viriles autour d'elle.

— Je suis là.

— Justement, dit Gonzalo avant de saisir le verre que lui tendait Henry, le fidèle et indispensable serveur des Veufs Noirs, et de se dépêcher d'aller s'asseoir pour éviter la réplique explosive de Rubin.

A l'autre bout de la table, James Drake dit à Roger Halsted :

— Hein ! (et il se tut).

— Quoi ? fit Halsted, son front haut et blanc rosissant et se plissant tandis que ses sourcils se haussaient.

— Eh bien, deux ! Vous ne savez donc pas compter, vous qui êtes mathématicien ? dit Drake en toussant à cause de sa cigarette, comme cela lui arrivait souvent.

Halsted eut l'air écœuré.

— J'ai eu le temps d'oublier le niveau de votre intelligence puisque vous n'étiez pas là le mois dernier, dit-il.

— Obligations familiales, dit brièvement Drake. Qu'est-ce que j'ai entendu dire, que vous récriviez l'*Iliade* en limericks[1] ?

— Un pour chaque chant, dit Halsted, visiblement très satisfait de lui-même. Et de même pour l'*Odyssée*.

— Jeff Avalon m'a récité celui du chant premier dès qu'il m'a vu.

— J'en ai écrit un pour le deuxième. Voudriez-vous l'entendre ?

— Non, dit Drake.

— Il débute ainsi :

La stratégie d'Agamemnon en défaut
Le moral de ses troupes en déclin rapide
D'abord Thersite récrimine
Mais Ulysse se contient
Puis ce sera le catalogue des vaisseaux.

1. Poème comique et absurde en cinq vers. *(N.d.T.)*

— Il y a beaucoup trop de pieds au dernier vers, dit Drake impassible.

— On ne peut pas l'éviter, dit Halsted. Il est impossible de traiter le deuxième chant sans faire mention du Catalogue des Vaisseaux.

— Cela ne donnerait pas satisfaction à un puriste, dit Drake en hochant la tête.

Thomas Trumbull, renfrogné et de mauvaise humeur, était en train de dire au garçon :

— Vous avez remarqué, j'espère, Henry, que je suis venu de bonne heure aujourd'hui, bien que je ne sois pas celui qui invite.

— Je l'ai remarqué en effet, monsieur Trumbull, répondit Henry avec un sourire.

— Le moins que vous puissiez faire, après ce que vous m'avez dit la dernière fois, c'est de m'en donner acte publiquement.

— Je suis d'accord avec vous, monsieur, mais ce serait une erreur de le déclarer ainsi. Cela donnerait l'impression qu'il vous est difficile d'arriver à l'heure et personne n'espérerait plus vous voir renouveler cet exploit la prochaine fois. Mais si nous n'en parlons pas, nous aurons l'air de considérer comme acquis le fait que vous pouvez le faire, et vous n'aurez plus besoin de recommencer.

— Donnez-moi mon scotch à l'eau de Seltz, Henry, et faites-moi grâce de votre dialectique.

C'était un fait, celui qui invitait était Rubin et son invité était l'un de ses éditeurs, un monsieur au visage rond, aux joues lisses, au bon sourire enjoué. Il s'appelait Ronald Klein. Comme la plupart des invités, il éprouvait des difficultés à sauter en marche sur le manège de la conversation, si bien qu'il finit par se rabattre sur le seul homme qu'il connût autour de cette table.

— Emmanuel, dit-il, je vous ai bien entendu dire que Jane avait acheté un nouveau taureau ?

— C'est exact, dit Rubin. Une vache, en réalité, parce qu'elle est juchée sur un croissant de lune, mais il est difficile de l'affirmer. Ceux qui font ces objets s'attachent rarement aux détails anatomiques.

Geoffrey Avalon, qui maniait son couteau et sa fourchette au-dessus du veau farci avec des gestes de travailleur, s'arrêta pour dire :

— La manie de la collection s'empare de presque tous les oisifs. Elle comporte plus d'une joie : l'excitation de la recherche, l'extase qui accompagne l'acquisition, ensuite la contemplation de l'objet. On peut faire ça avec n'importe quoi. Pour ma part, je collectionne les timbres.

— Les timbres, dit Rubin, c'est la pire des choses à collectionner. Ils sont entièrement artificiels. Des pays minuscules émettent des séries uniquement destinées à atteindre des prix élevés. Des erreurs, des fautes d'impression et autres choses semblables créent des valeurs fictives. Toute l'affaire est entre les mains des négociants et des financiers. Si vous devez collectionner, choisissez des choses sans valeur.

— Un de mes amis collectionne les livres qu'il écrit, dit Gonzalo. Jusqu'ici, il en a publié cent dix-huit et il rassemble soigneusement des exemplaires de chaque édition, américaine et étrangère, premières parutions, réimpression en livres de poche, en club du livre et en versions abrégées. Ils occupent toute une pièce de son appartement et il dit qu'il est le seul au monde à posséder une collection complète de ses œuvres et qu'un jour, ça vaudra une somme fabuleuse.

— Après sa mort, dit brièvement Drake.

— Je crois qu'il envisage de faire semblant de mourir pour pouvoir vendre sa collection un million de dollars et ensuite, il ressuscitera et il continuera à écrire sous un pseudonyme.

A ce moment, Klein remonta sur le « manège » :

— J'ai rencontré un type hier, dit-il, qui collectionne les pochettes d'allumettes.

— Je faisais ça quand j'étais gosse, dit Mario Gonzalo, l'artiste. Je fouillais le long des trottoirs et dans les ruelles...

Trumbull qui, jusque-là, mangeait en silence, éleva soudain la voix.

— Allez au diable, bande de bavards impénitents, notre invité a dit quelque chose. Monsieur... euh... Klein, qu'est-ce que vous disiez ?

Klein parut surpris.

— Je disais que j'avais fait hier la connaissance d'un garçon qui collectionne les pochettes d'allumettes.

— Ce serait intéressant si... commença Halsted d'un air aimable.

— Taisez-vous, je veux écouter cette histoire, rugit Trumbull en tournant vers Klein son visage fripé et basané. Quel est le nom de ce type ? Le collectionneur ?

— Je ne suis pas sûr de me le rappeler, dit Klein. Je l'ai vu pour la première fois hier à déjeuner. Nous étions six à table et nous nous sommes mis à parler de ses pochettes d'allumettes. Ecoutez, je l'ai d'abord pris pour un fou, mais quand il a eu terminé, j'avais décidé d'entreprendre moi-même une collection.

— Est-ce qu'il a des favoris grisonnants, avec quelques poils roux ? demanda Trumbull.

— Eh bien, oui. Vous le connaissez ?

— Hum ! dit Trumbull. Dites donc, Manny, je sais bien que c'est vous qui êtes l'hôte et je ne veux pas vous voler vos prérogatives...

— Mais vous allez quand même le faire, dit Rubin. C'est ça ?

— Pas du tout, bon sang ! s'exclama Trumbull en s'échauffant. Je suis en train de vous demander la permission. Je voudrais que notre invité nous raconte son déjeuner d'hier avec ce collectionneur de pochettes d'allumettes.

— Vous voulez dire, au lieu de se faire cuisiner ? dit Rubin. Décidément, on ne cuisine plus personne !

— Ça pourrait être important.

Rubin réfléchit, une expression de mécontentement peinte sur son visage, puis il dit :

— D'accord, mais après le dessert... Qu'est-ce qu'on a comme dessert aujourd'hui, Henry ?

— Du sabayon, monsieur, pour compléter la note italienne du menu de ce soir.

— Des calories, des calories ! marmonna doucement Avalon.

Halsted fit tinter sa cuiller en faisant fondre du sucre dans son café, ignorant savamment l'ukase de Rubin qui prétendait qu'il était barbare d'ajouter quoi que ce soit à un bon café.

— Est-ce qu'on fait plaisir à Tom et qu'on demande à notre invité de nous raconter son histoire de pochettes d'allumettes ?

Klein regarda autour de la table et dit avec un petit rire :

— Je veux bien le faire, mais je ne suis pas sûr que ça vous intéressera...

— Je peux vous affirmer que ça nous intéressera, dit Trumbull.

— Très bien. Je ne veux pas vous contredire. C'est un fait, j'ai fait démarrer toute cette affaire. Nous nous trouvions dans un restaurant de la 53e rue, *Le Coq et le Taureau...*

— Jane a insisté pour y aller une fois à cause du nom, dit Rubin en l'interrompant. Ce n'est pas si épatant.

— Je vais finir par vous étrangler, Manny, dit Trumbull. Qu'est-ce qui vous prend, aujourd'hui, de parler autant de votre femme ? Si elle vous manque, rentrez donc chez vous.

— Vous êtes le seul homme que je connaisse, Tom, qui réussirait à faire croire à un mari qu'il s'ennuie de sa femme.

— Je vous en prie, continuez, monsieur Klein, dit Trumbull.

Klein reprit :

— Bon. Comme je le disais, j'ai tout déclenché en allumant une cigarette pendant que nous attendions le menu ; je me suis alors senti mal à l'aise, je n'avais plus du tout envie de fumer. On dirait qu'on fume beaucoup moins pendant les repas, actuellement. A cette table, par exemple, M. Drake est le seul à fumer. Je pense que cela ne lui fait rien...

— Rien du tout, murmura Drake.

— Il n'en était pas de même pour moi. Après avoir tiré quelques bouffées, j'ai éteint ma cigarette. Seulement je me sentais toujours embarrassé, si bien que je tripotais la pochette d'allumettes que j'avais utilisée — vous savez, l'une de celles que les restaurants mettent toujours sur les tables.

— Et portant leur propre publicité, dit Drake. Oui.

— Et ce garçon... je retrouve son nom — Ottiwell. Mais je ne connais pas son prénom.

— Frédérick, grommela Trumbull, avec une satisfaction maussade.

— Alors, vous le connaissez vraiment.

— Je le connais vraiment. Mais, continuez.

— Je tenais toujours la pochette, Ottiwell a tendu la main en me demandant la permission de l'examiner. Je la lui passai donc. Il la regarda et il dit quelque chose de ce genre : « D'un intérêt moyen. Pas d'imagination particulière dans le dessin. Je l'ai déjà. » Ou quelque chose comme cela. Je n'ai pas retenu les mots exacts.

— C'est un point intéressant, dit Halsted, en prenant un air réfléchi. Au moins, vous savez, monsieur Klein, que vous ne vous rappelez pas les mots exacts. Dans tous ces récits faits à la première personne, le narrateur se rappelle toujours les termes exacts employés par chacun, et l'ordre dans lequel les mots ont été prononcés. En ce qui me concerne cela n'emporte jamais la conviction.

— C'est seulement une convention, mais j'avoue que je trouve un récit fait à la troisième personne plus commode, dit Avalon d'un ton sérieux tout en sirotant son café. Quand on utilise la première personne, on sait que le narrateur va survivre à tous les dangers mortels qu'il...

— Pour ma part, j'ai un jour écrit un récit à la première personne dans lequel le narrateur meurt, dit Rubin.

— C'est ce qui arrive également dans la chanson de l'Ouest " El Paso ", dit Gonzalo.

— Dans " Le Meurtre de Roger "... commença Avalon.

Trumbull se leva et abattit son poing sur la table.

— Je vous assure que je vais tuer le prochain qui se met à parler, bande d'idiots ! Vous ne me croyez pas quand je vous dis que ce que M. Klein a à vous dire est important ? Continuez, monsieur Klein.

Klein paraissait encore plus mal à l'aise.

— Je n'en vois pas l'importance moi-même, monsieur Trumbull. Il n'y a pas grand-chose en réalité dans tout cela. Cet Ottiwell se mit à nous parler de pochettes d'allumettes. Apparemment, c'est tout un monde pour les gens qui s'en occupent. Toutes sortes de facteurs interviennent pour en augmenter la valeur — pas seulement la beauté et la rareté, mais aussi le fait de savoir si les allumettes sont intactes, si le frottoir n'a pas été utilisé. Il parla de différences dans le dessin, dans l'emplacement occupé par le frottoir, dans le genre et l'importance de l'impression, dans le fait que le verso du rabat est vide ou non, et ainsi de suite. Il continua interminablement sur le même sujet. Mais il rendit la chose si intéressante qu'il a captivé mon imagination.

— Vous a-t-il invité à aller chez lui voir sa collection ?

— Non, dit Klein, il ne l'a pas fait.

— Moi, j'y suis allé.

Après cela, Trumbull se redressa sur sa chaise avec un air de profond mécontentement.

Il y eut un silence. Pendant que Henry distribuait les petits verres de brandy, Avalon dit, avec une légère nuance d'ennui :

— S'il n'est plus question de nous tuer, Tom, puis-je demander à quoi ressemblait la maison du collectionneur ?

Trumbull avait l'air de revenir de très loin.

— Quoi ? Oh ! c'est très étrange. Il a commencé sa collection quand il était gosse. Tout ce que je sais, c'est qu'il a ramassé ses premiers spécimens dans les ruisseaux et les ruelles, comme l'a fait Gonzalo ; mais à un certain moment c'est devenu sérieux. Il est célibataire. Il ne travaille pas — il n'a pas besoin de travailler. Il a hérité de quelque argent qu'il a placé avec sagesse, si bien qu'il ne vit que pour ces sacrées pochettes d'allumettes. Je pense que ce sont elles qui possèdent la maison, et elles ne le conservent que comme gardien.

« Il expose les pièces de valeur sur les murs — encadrées, s'il vous plaît. Il en a partout, dans des classeurs et des boîtes. Son sous-sol est entièrement occupé par des meubles de rangement dans lesquels les pochettes sont cataloguées selon leur modèle et l'alphabet de l'impression. Vous ne *croiriez* pas combien de dizaines de milliers de pochettes d'allumettes différentes ont été fabriquées dans le monde entier, combien de légendes différentes, combien de particularités les font distinguer les unes des autres. Je crois qu'il les a toutes, sans une seule exception.

« Il a les pochettes minuscules qui ne contiennent que deux allumettes, et d'autres, longues comme le bras, qui en contiennent cent cinquante. Il a des allumettes ayant la forme de bouteilles de bière, d'autres de battes de baseball ou de quilles de bowling. Il a des pochettes dont la couverture est vierge de toute impression ; d'autres sur lesquelles sont imprimées des phrases musicales. Il a même des pochettes d'allumettes pornographiques !

— Celles-là, j'aimerais les voir, dit Gonzalo.

— Pourquoi ? demanda Trumbull. Ça n'a rien de particulier. Le seul avantage, c'est qu'on peut s'en débarrasser plus facilement en brûlant la pochette d'allumettes.

— Vous avez une âme de censeur, dit Gonzalo.

— Non, mais je préfère la réalité aux fantasmes, dit Trumbull.

— A une certaine époque, peut-être, mais aujourd'hui... dit Gonzalo.

— Vous tenez vraiment à cet échange d'amabilités ? Nous avons à parler de quelque chose de très sérieux.

— Qu'est-ce que des pochettes d'allumettes ont de si sérieux ? demanda Gonzalo.

— Je vais vous le dire.

Trumbull marqua un temps, puis parcourut la table des yeux.

— Ecoutez-moi, bande de têtes de lard, ce qui se dit ici est *toujours* confidentiel.

— Nous savons tous cela, dit Avalon avec sécheresse. Si quelqu'un l'a oublié, c'est bien vous, sinon vous n'auriez pas besoin de nous le remettre en mémoire.

— Il faudra également que M. Klein...

— M. Klein comprend parfaitement, dit Rubin en l'interrompant. Il sait que rien de ce qui se dit dans cette pièce ne doit, quelles que soient les circonstances, être répété à l'extérieur. Je me porte garant pour lui.

— Bravo. C'est bien, acquiesça Trumbull. Je vais donc vous dire ce que je peux. Ainsi, Dieu me pardonne, je ne vous aurais rien révélé à part ce qui concerne le déjeuner de Klein hier. Cette chose me ronge depuis des mois à présent — plus d'un an, en réalité — et en la faisant revenir à la surface...

— Ecoutez, dit Drake carrément, ou vous nous le dites, ou vous ne nous le dites pas.

Trumbull se frottait les yeux avec colère.

— Il y a une fuite de renseignements.

— Dans quel genre ? Où cela ? dit Gonzalo.

— J'insiste tout particulièrement sur le fait que je ne dis pas que c'est le gouvernement. Je ne dis pas non plus que des agents de pays étrangers sont en cause, comprenez-vous. *Peut-être* s'agit-il d'espionnage industriel ; peut-être est-ce le voleur des panneaux de signalisation de l'équipe métropolitaine de base-ball de New York ; peut-être est-ce une tricherie sur un test, comme dans le problème que Drake nous a soumis il y a deux mois. Appelons ça simplement une fuite de renseignements. D'accord ?

— D'accord, dit Rubin. Qui est en cause ? Ce type qu'on appelle Ottiwell ?

— Nous sommes presque sûrs qu'il s'agit de lui.

— Alors, faites-le comparaître.

— Nous n'avons pas de preuve, dit Trumbull. Tout ce que nous pouvons faire, c'est essayer d'empêcher tout renseignement de lui parvenir, et nous n'y tenons pas non plus tellement.

— Pourquoi pas ?

— Parce que le problème n'est pas de savoir qui est le type. Mais comment il s'y prend. Si nous le faisons venir ici sans savoir quelle méthode il utilise, quelqu'un prendra simplement sa place. Peu nous importent les gens. C'est le *modus operandi* qu'il nous faut.

— Vous n'avez pas une théorie ? demanda Halsted en plissant lentement les yeux.

— Les pochettes d'allumettes. Quoi d'autre ? Il faut que ce soit cela. Toutes nos preuves désignent Ottiwell comme étant à l'origine des fuites et c'est un dingue qui collectionne des pochettes d'allumettes. Il faut qu'il y ait une relation.

— Vous voulez dire qu'il s'est mis à collectionner les pochettes d'allumettes de façon à pouvoir...

— Non, il fait cette collection depuis toujours. Il n'y a aucun doute sur ce point. La collection qu'il a actuellement représente l'œuvre de trente années. Mais dès l'instant où il l'a eue, après qu'il eut été recruté d'une façon ou d'une autre pour transmettre des renseignements, il a tout naturellement bâti un plan qui utilisait ses pochettes d'allumettes.

— Quel plan ? demanda Rubin avec impatience, en l'interrompant.

— C'est ce que je ne sais pas. Mais c'est le point. D'une certaine façon, les pochettes conviennent parfaitement. Elles transportent déjà des messages et si elles sont choisies comme il convient, elles ne nécessitent pas de surcharges. Par exemple, le restaurant où vous êtes allé hier, Klein, *Le Coq et le Taureau*. Ses pochettes portent sûrement cette inscription.

— Ça paraît logique. Je n'ai pas vérifié.

— J'en suis sûr. Bon. Supposons que vous vouliez annuler un précédent message. Vous mettez à la poste l'un de ces objets ou simplement la couverture. Ne disiez-vous pas que le message précédent n'était qu'une histoire de coq et de taureau ?

— Simplement de taureau, dit Gonzalo. Je regrette, Emmanuel, je n'avais pas l'intention de soulever un point délicat. Mais voyons, Tom, quiconque met à la poste une couverture de pochette d'allumettes, sans même parler d'une pochette entière, va au-devant des difficultés. Vous repérez immédiatement quelque chose de drôle ou de bizarre.

— Mais pas s'il y a une raison plausible d'expédier par la poste des pochettes d'allumettes.

— Quel genre de raison ?

— Les mordus de la pochette le font. Ils correspondent

et ils font des échanges. Ils envoient des pochettes d'allumettes et ils en reçoivent ? Peut-être un type a-t-il besoin d'un Coq et d'un Taureau pour enrichir une collection d'animaux qu'il est en train de réunir et il envoie en échange une image de fille qu'il a en double, destinée à quelqu'un qui se spécialise dans ce genre.

— Ottiwell fait ce genre de trafic ? demanda Avalon.

— Bien sûr qu'il le fait. J'en suis sûr.

— Et vous n'avez jamais trouvé le moyen d'intercepter ce qu'il envoie par la poste ?

Une expression de mépris se peignit un instant sur le visage de Trumbull.

— Nous l'avons fait, bien entendu. Nombre de fois. Nous avons intercepté l'envoi, nous l'avons passé au peigne fin, puis réexpédié. Voyons, vous savez que mon activité a trait aux codes et aux chiffres. Vous savez que je suis consulté par le gouvernement et que j'ai mes contacts de ce côté. Naturellement, ils sont intéressés. Ils le seraient même si la fuite ne concernait qu'un cas de bavardage entre voisins et je ne dis pas que c'est plus grave que cela.

— Pourquoi ? demanda Rubin. Sommes-nous aussi proches que cela de la politique du Grand Frère ?

— C'est simple, si vous réfléchissez un peu. Tout système de transmission de renseignements qui ne peut être rompu — quel que soit le renseignement — est dangereux au plus haut point. S'il est utilisé pour une chose futile, il peut être par la suite employé dans un but d'importance vitale. Le gouvernement ne tient pas à ce qu'un système de transmission reste infaillible, sauf s'il se trouve placé sous son contrôle. Vous devez le comprendre.

— Parfait, dit Drake. Ainsi vous avez étudié les pochettes qu'Ottiwell mettait à la poste. Qu'avez-vous appris ?

— Rien, grommela Trumbull. Nous avons étudié ces

sacrées publicités se trouvant sur chaque couverture et nous n'avons abouti à rien.

— Vous voulez dire que vous avez regardé si les initiales des mots formaient un mot, dit Klein.

— Si elles avaient été expédiées par un gosse de dix ans, oui, c'est ce que nous aurions essayé. Non, nous avons été beaucoup plus subtils et nous n'avons cependant pas abouti.

— Eh bien, dit Avalon, si vous n'avez rien pu trouver dans les textes imprimés sur les pochettes qu'il expédie, peut-être est-ce une fausse piste ?

— Vous voulez dire qu'il ne s'agit peut-être pas du tout de pochettes ?

— C'est cela, dit Avalon. Ce serait peut-être une erreur d'aiguillage. Cet homme a les pochettes sous la main, c'est un collectionneur de bonne foi, il s'arrange donc pour rendre sa collection aussi visible que possible pour attirer toute l'attention. Il la montre à tous ceux qui veulent la voir.

— Je vous ce que vous avez en tête, Jeff. Il a parlé de pochettes d'allumettes à Klein hier ; il en a parlé à tout le monde. Il a montré sa collection à tous ceux qui acceptaient de se rendre à Queens. C'est pourquoi j'ai demandé s'il avait invité Klein chez lui. Avec tous ces bavardages, toute cette publicité faite par ses soins, vous ne devriez pas être surpris s'il utilisait ensuite un procédé qui n'aurait rien à faire avec les pochettes. D'accord ?

— D'accord, dit Avalon.

— Erreur, dit Trumbull. Je n'y crois absolument pas. C'est lui l'objet de notre étude. C'est vraiment un mordu de la pochette, il n'a rien d'autre dans la vie. Il n'a aucun motif idéologique de courir le risque terrible qu'il court actuellement. Il n'a aucun lien avec le camp pour lequel il travaille, qu'il soit national, industriel, ou local — je ne décide pas lequel. Il n'y porte aucun intérêt. Il n'y a pour lui que les pochettes. Il a mis au point une nouvelle méthode pour utiliser ses sacrées pochettes d'allumettes, et, en ce qui le concerne, c'est ce qui fait sa fierté.

— Ecoutez-moi, dit Drake, qui sortait d'une profonde rêverie. Combien met-il de pochettes à la poste dans une seule expédition ?

— Qui peut le dire ? Les paquets que nous avons interceptés n'en contenaient pas plus de huit. Et en réalité, il n'en poste pas souvent, je dois le reconnaître.

— Très bien. Combien de renseignements peut-il faire passer dans quelques pochettes ? Il ne peut utiliser les messages littéralement et directement. S'il essaie d'utiliser le fragment du Coq et du Taureau pour annuler un message, mon petit neveu pourrait le repérer, vous à plus forte raison. C'est donc quelque chose de subtil ; peut-être une pochette ne transmet-elle qu'un mot, une seule lettre, même. Que pouvez-vous en conclure ?

— Beaucoup de choses, dit Trumbull avec indignation. Que faut-il, d'après vous, dans ce genre d'affaires ? Une encyclopédie ? Celui qui cherche un renseignement a, pour commencer, déjà presque tout. Il lui manque seulement un point essentiel et il ne lui en faut pas davantage.

« Supposons par exemple que nous soyons revenus à la Seconde Guerre mondiale. L'Allemagne a recueilli des rumeurs d'après lesquelles il se prépare quelque chose d'important aux Etats-Unis. Un message arrive ; il ne contient que deux mots : bombe atomique. Que faut-il de plus à l'Allemagne ? Aucune bombe atomique n'existait à cette époque, cela est sûr, mais n'importe quel Allemand issu de l'enseignement secondaire se ferait une idée d'après ces deux seuls mots ; quant à n'importe quel physicien allemand, il s'en ferait, lui, une sacrée idée, et comment ! Alors arrive un second message ainsi conçu : Oak Ridge, Tennessee. Les deux messages contenaient au total vingt lettres, et ils pouvaient modifier le cours de l'Histoire.

— Vous voulez dire que ce type, cet Ottiwell, fait

passer des renseignements de cette nature ? demanda Gonzalo, terrifié.

— Non, je vous ai dit que non, dit Trumbull, ennuyé. Il n'est pas du tout important de cette façon. Croyez-vous que, dans ce cas, je serais en train de vous raconter tout cela ? Simplement, ce *modus operandi* peut être utilisé dans ce but aussi bien que pour n'importe quel autre résultat, et c'est pourquoi nous devons le mettre en échec. En outre, ma réputation est en jeu. Je dis qu'il utilise les pochettes d'allumettes, mais je suis incapable de montrer comment. Vous croyez que ça me fait plaisir ?

— Il y a peut-être une écriture secrète à l'intérieur des pochettes, suggéra Gonzalo.

— Nous l'avons vérifié par routine. Si c'est cela, pourquoi se donner la peine d'employer des pochettes d'allumettes ? Cela peut se faire dans des lettres ordinaires, et cela attirerait moins l'attention. C'est une affaire de psychologie. Si Ottiwell se met à utiliser les pochettes d'allumettes, il va adopter un système qui ne peut fonctionner qu'avec des pochettes d'allumettes et cela signifie qu'il ne va se servir que des messages qui se trouvent déjà dessus — d'une manière ou d'une autre.

— Imaginez que j'ai déclenché tout cela uniquement en parlant de mon déjeuner d'hier. Avez-vous une liste des pochettes qu'il a envoyées ? Nous pourrions peut-être la regarder tous...

— Et découvrir un code qui m'aurait échappé. C'est cela ? dit Trumbull. Depuis que Conan Doyle a, comme vous savez, opposé Sherlock Holmes aux bousilleurs de Scotland Yard, il semble admis une fois pour toutes que les professionnels ne sont bons à rien. Je vous assure que si je n'y arrive pas...

— Et alors, pourquoi pas Henry ? dit Avalon.

Henry avait écouté avec sérieux ; une lueur d'intérêt apparaissait sur son visage sans rides de sexagénaire, il eut un bref sourire et hocha la tête. Mais Trumbull sembla se plonger dans des réflexions profondes.

— Henry, dit-il, j'oubliais Henry. Vous avez raison, Jeff. C'est l'homme le plus intelligent qu'il y ait ici. Cela devrait passer pour un compliment, si vous n'étiez pas tous des champions d'imbécillité. Henry, continua-t-il, vous êtes l'honnête homme. Vous pouvez voir la malhonnêteté du monde sans que votre vision soit brouillée par vos tendances à commettre des actes répréhensibles. Etes-vous d'accord avec moi ? Croyez-vous que cet Ottiwell, se trouvant sur le point de s'engager dans ce genre de travail, se mettrait à utiliser dans ce but ses pochettes d'allumettes d'une façon qui les rendrait exclusivement utiles ?

— C'est un fait, monsieur Trumbull, dit Henry. Je suis d'accord avec vous.

— Nous avons ici la déclaration d'un homme qui sait de quoi il parle, dit Trumbull avec un sourire.

— Parce qu'il est d'accord avec vous, ironisa Rubin.

— Je ne suis pas *entièrement* d'accord avec M. Trumbull, ça c'est sûr, dit Henry.

— Tiens, tiens, dit Rubin. Alors, qu'est-ce que vous en dites, Tom ?

— Ce que je dis toujours, dit Trumbull. Que votre silence est d'or.

— Puis-je... puis-je faire un petit discours ? dit Henry.

— Attendez un peu, dit Rubin. Je suis toujours l'hôte et c'est à moi de reprendre les choses en main et de décider de la procédure à suivre. Je décide donc que Henry va nous faire un petit discours et qu'on va tous l'écouter en silence, sauf pour répondre à ses questions ou pour lui poser des questions pertinentes. En demandant le silence, je songe tout particulièrement à Tom qui ne cesse de nous casser les oreilles.

— Merci, monsieur Rubin, dit Henry. Je vous écoute toujours avec le plus vif intérêt, messieurs, lorsque vous

vous réunissez pour vos dîners mensuels. Je constate qu'à l'évidence, vous éprouvez un grand plaisir à vous jeter des amabilités à la figure, en toute innocence, bien sûr. Comme vous ne pouvez pas faire la même chose avec un invité, vous avez tendance à l'ignorer et à ne pas écouter ce qu'il dit.

— Oh! C'est ce que nous avons fait? demanda Avalon.

— Oui, et il me semble, monsieur Avalon, que vous avez très bien pu laisser passer un point très important. Comme ce n'est pas à moi de parler — d'habitude — il semblerait que j'aie entendu une chose qui vous a échappé. Monsieur Rubin, m'accorderez-vous l'autorisation de poser quelques questions à M. Klein? Ses réponses ne nous seront peut-être d'aucun secours, mais il y a tout de même une faible chance...

— Bien sûr, voyons, dit Rubin. De toute manière, il faut le cuisiner. Allez-y.

— Il ne s'agit pas vraiment de le cuisiner, rectifia doucement Henry. Monsieur Klein?

— Oui, Henry, répondit Klein qui rosissait de satisfaction de se savoir au centre de l'intérêt.

— Simplement ceci, monsieur Klein. Lorsque vous avez commencé, assez brièvement, à raconter votre déjeuner d'hier, vous avez dit quelque chose comme ceci (je ne peux pas répéter les termes exacts que vous avez employés) vous pensiez qu'il était fou, mais il a réussi à tout rendre si intéressant qu'au moment où il terminait, vous aviez décidé d'entreprendre vous-même une collection de pochettes d'allumettes.

— C'est exact, approuva Klein. Un moment d'idiotie, je suppose. Je n'aurais certainement jamais rien fait de semblable à ce qu'il faisait. Je ne parle pas de l'espionnage. Je veux dire cette énorme collection...

— Oui, dit Henry, mais mon impression, c'était que

vous vous sentiez poussé à entreprendre une collection séance tenante. Est-ce que par hasard vous n'auriez pas ramassé, à la fin du déjeuner, une pochette d'allumettes à l'effigie du Coq et du Taureau ? Peut-être pour commencer votre collection ?

— C'est exact, dit Klein.

— Sur quelle table, monsieur ?

— Sur la nôtre.

— Vous voulez dire que vous avez pris la pochette que vous aviez eue entre les mains et que vous aviez passée à Ottiwell. Elle fut reposée ensuite sur la table et vous l'y avez prise.

— Oui, confirma Klein, se mettant soudain sur la défensive. Il n'y a rien de mal à cela, n'est-ce pas ?

— Absolument rien, monsieur. Nous avons aussi des pochettes sur cette table. Mais, monsieur Klein, qu'avez-vous fait exactement de cette pochette après l'avoir ramassée ?

Klein réfléchit un instant.

— Je ne sais pas. Il m'est difficile de me rappeler. Je l'ai mise dans la poche de mon veston, je crois, ou bien, quand on nous rendit nos manteaux, je l'ai peut-être mise dans la poche du mien.

— En avez-vous fait quelque chose en rentrant chez vous ?

— Non, je n'y ai plus repensé. Toute cette histoire de pochettes d'allumettes m'est sortie de la tête jusqu'au moment où Manny Rubin a parlé de la collection de taureaux de sa femme.

— Vous ne portez pas le même veston, n'est-ce pas ?

— Non, mais le même pardessus.

— Voulez-vous regarder dans la poche de ce manteau si la pochette d'allumettes du *Coq et du Taureau* ne s'y trouverait pas ?

Klein disparut dans le vestiaire privé utilisé par les Veufs Noirs.

— Où voulez-vous en venir, Henry ? demanda Trumbull.

— Probablement à rien. Je prends les choses de loin, bien que nous l'ayons déjà fait une fois ce soir.

— C'est-à-dire ?

— Quand nous avons constaté que M. Klein avait déjeuné avec un homme qui s'est trouvé être quelqu'un que vous recherchiez. Demander de réussir cela deux fois de suite, c'est peut-être un peu beaucoup.

— La voici, dit Klein, tout joyeux.

Il revenait en brandissant un petit objet.

— Je l'ai !

Il le posa sur la table et tout le monde se leva pour regarder la pochette. On y voyait l'inscription du *Coq et du Taureau*, il y avait un petit dessin d'une tête de taureau, sur une corne de laquelle un coq était perché. Gonzalo tendit la main.

— S'il vous plaît, monsieur Gonzalo, dit Henry. Je crois que personne ne devrait encore y toucher. Monsieur Klein, ceci est la pochette qui était sur votre table, celle dont vous vous êtes servi pour allumer une cigarette et que M. Ottiwell a prise ensuite comme sujet de démonstration, pour indiquer la place où se trouve le frottoir et ainsi de suite.

— Oui.

— Puis il l'a reposée et vous l'avez ramassée ?

— Oui.

— Avez-vous, par hasard, remarqué le nombre d'allumettes qu'elle contenait lorsque vous avez allumé votre cigarette ?

Klein parut surpris.

— Je ne sais pas. Je n'y ai pas fait attention.

— Mais, en tout cas, vous avez détaché une allumette pour allumer votre cigarette ?

— Oui.

— Donc, même s'il y avait eu pour commencer une pochette pleine, il devrait actuellement en manquer au moins une. Comme cette pochette semble être du modèle courant donné par les restaurants, contenant trente allumettes, il ne peut pas y en avoir actuellement plus de vingt-neuf.

— Je pense.

— Et combien d'allumettes se trouvent actuellement dans cette pochette ? Voudriez-vous regarder ?

Klein ouvrit la pochette. Il l'examina un bon moment, puis déclara :

— Elle n'a pas été touchée. Les trente allumettes s'y trouvent bien. Laissez-moi compter. Oui, il y en a trente.

— Mais vous l'avez bien prise sur votre table et vous étiez bien sûr qu'il s'agissait de la pochette dont vous vous étiez servi ? Vous ne l'avez pas ramassée sur une autre table ?

— Non, c'était notre pochette. Ou du moins, j'en étais persuadé.

— Très bien. Maintenant, messieurs, si vous désirez l'examiner à votre tour, faites-le, je vous en prie. Vous le remarquerez, il n'y a aucune trace sur le frottoir, aucun indice permettant d'affirmer qu'une allumette a été allumée.

— Vous voulez dire qu'Ottiwell a substitué cette pochette à celle qui se trouvait sur la table ? demanda Trumbull.

— J'ai cru la chose possible dès que vous avez dit qu'il transmettait des renseignements, monsieur Trumbull. Je suis d'accord avec vous, monsieur Trumbull, sur le fait que M. Ottiwell utilisait les pochettes d'allumettes. Cela me paraît vrai du point de vue psychologique. Mais je suis d'accord avec M. Avalon sur le fait que la tromperie pourrait être également employée. Il est juste que M. Avalon n'a pas très bien aperçu la subtilité possible de cette tromperie.

— Car je suis moi-même trop tortueux pour voir clairement les choses, soupira Avalon. Je sais.

— En concentrant l'intérêt sur sa collection, dit Henry, sur les pochettes qu'il expédiait par la poste et recevait de même, il a nettement fixé votre attention, monsieur Trumbull. Cependant il me semble que M. Ottiwell s'intéressait aux pochettes d'allumettes dans un autre but que celui de réunir une collection. Toutes les fois qu'il dînait dans un restaurant convenable, ce qui devait être fréquent, il y avait à côté de lui une pochette d'allumettes. Même s'il était accompagné, il lui était facile de substituer une autre pochette à celle qui se trouvait déjà sur la table. Dès qu'il quittait l'établissement avec ses amis, un membre de son réseau pouvait venir la chercher.

— Mais pas cette fois-ci, dit Rubin sur un ton sardonique.

— Non, pas cette fois-ci. Lorsque les convives sont partis, il n'y avait plus aucune pochette sur la table. Ce fait inspire quelques pensées préoccupantes... Avez-vous été suivi, monsieur Klein ?

Klein parut inquiet.

— Non ! Du moins... du moins... je l'ignore ! Je n'ai rien remarqué.

— Aucune tentative de vol à la tire ?

— Non. Pas que je sache.

— Dans ce cas, ils ne sont peut-être pas sûrs de savoir qui a pris la pochette. Après tout, il y avait quatre autres convives en dehors de vous et d'Ottiwell. Ou bien ils se sont peut-être dit que la perte d'une pochette causerait moins d'ennuis qu'une tentative de récupération. Ou alors, je me suis trompé d'un bout à l'autre.

— Ne vous inquiétez pas, Klein, dit Trumbull. Je vais m'arranger pour qu'on ait l'œil sur vous pendant quelque temps. Je vois ce que vous voulez dire, Henry. Il y a dans un restaurant donné, à un moment déterminé, des douzaines de ces pochettes, toutes identiques. Ottiwell a pu facilement en prendre une ou deux lors d'une précédente visite — ou même une douzaine, s'il voulait — et ensuite les utiliser en remplacement. Qui l'aurait remarqué ? Qui s'en serait soucié ? Maintenant, est-ce que vous suggérez en ce moment qu'une simple pochette substituée à une autre pouvait à elle seule porter tous les renseignements ?

— Cela me semble tout à fait possible, répondit Henry.

— « Vogue, petit livre ! Du cœur de ma solitude / Je te jette à la mer... va ton chemin ! » marmonna Halsted. C'est de Robert Southey.

— Mais comment cela fonctionnerait-il ? dit Trumbull.

Il retournait en tous sens la pochette qu'il avait dans la main.

— Ce n'est qu'une pochette d'allumettes, comme toutes les autres. On y lit *Le Coq et le Taureau*, plus une adresse et un numéro de téléphone. Où se trouverait sur cette pochette un renseignement qui ne se trouverait pas sur les autres ?

— Il faut que nous regardions à l'endroit voulu, dit Henry.

— Et quel serait cet endroit ? demanda Trumbull.

— Je vous suis très bien, monsieur, dit Henry. Vous avez dit que M. Ottiwell avait la certitude d'utiliser la pochette d'une façon qui mette en jeu ses qualités particulières, et je suis d'accord.

« Mais qu'est-ce qu'il peut y avoir de particulier dans le message que porte une boîte d'allumettes ? Dans la quasi-totalité des cas, c'est de la publicité et vous trouverez la même dans presque tous les autres emplacements, depuis les couvercles de boîtes de céréales jusqu'aux pages d'annonces des magazines.

— Eh bien, alors ?

— Il n'y a qu'une seule chose de véritablement unique dans une pochette : les allumettes se trouvant à l'intérieur. Dans la pochette standard de restaurant il y a trente allumettes qui semblent disposées en quatre rangées décalées. Si vous examinez la base des allumettes, vous remarquez cependant qu'il n'y a que deux morceaux de carton, et que de chacun d'eux sortent quinze allumettes. Si vous comptez de gauche à droite, en commençant par la rangée arrière — comme elles vous apparaissent lorsque vous soulevez le rabat, et ensuite les autres rangées, vous pouvez attribuer à chaque allumette un numéro précis et sans ambiguïté — un numéro allant de un à trente.

— Oui, dit Trumbull, mais toutes les allumettes sont identiques entre elles et identiques aux allumettes des pochettes du même genre. Les allumettes de cette pochette prises en particulier sont rigoureusement standard.

— Mais, monsieur, est-ce que les allumettes doivent obligatoirement rester identiques ? Supposons que vous preniez une allumette — n'importe laquelle. Il y a trente façons différentes de prendre cette allumette. Si vous en prenez deux, ou trois, il y aura beaucoup plus de façons de le faire.

— Il ne manque aucune allumette dans cette pochette.

— Ce n'est qu'une façon de parler. Arracher les allumettes, ce serait une méthode beaucoup trop brutale. Supposez que certaines allumettes portent une piqûre d'épingle, ou de petites éraflures, ou à leur extrémité, une goutte minuscule de peinture fluorescente susceptible d'apparaître sous les rayons ultra-violets. Avec trente allumettes combien de combinaisons pouvez-vous créer en marquant n'importe quel nombre d'allumettes, compris entre zéro et trente ?

— Je vais vous le dire, dit Halsted en l'interrompant. Deux à la puissance trente, ce qui donne... un milliard et quart. Je dis bien *milliard,* et non pas million. Et si vous avez également marqué, ou si vous vous êtes abstenu de marquer le carton derrière les allumettes, le nombre de combinaisons atteint le double, c'est-à-dire deux milliards et demi.

— Eh bien, dit Henry, si vous pouviez donner à une pochette particulière un numéro allant de zéro à deux milliards et demi, ces numéros pourraient contenir, en code, une quantité considérable de renseignements.

— Allant facilement jusqu'à six mots, poursuivit Trumbull, pensif. Zut ! s'écria-t-il en se levant brusquement, donnez-moi cet objet, je m'en vais.

Il courut au vestiaire, revint en enfilant son manteau et en s'écriant :

— Prenez votre manteau, Klein, je vous emmène. J'ai besoin de votre déclaration et vous serez plus en sécurité avec moi.

— Je me trompe peut-être complètement, monsieur, dit Henry.

— Vous tromper ? Diable non. Vous êtes dans le vrai — je le *sais*. Tout cela colle très bien avec différents autres éléments que vous ne connaissez pas. Henry, voudriez-vous vous considérer comme engagé dans cette affaire ? Sur le plan professionnel, j'entends.

— Eh là-bas ! s'écria Rubin. Vous n'allez pas nous prendre Henry.

— N'ayez crainte, monsieur Rubin, dit Henry avec douceur. Je m'amuse beaucoup plus avec vous.

Remarque

Cette nouvelle a été publiée pour la première fois, dans une version légèrement plus courte, dans le numéro de décembre 1972 d'*Ellery Queen's Mystery Magazine,* sous le titre *The Matchbook Collector* (" Le Collectionneur de pochettes d'allumettes "). Encore une fois, j'estime que le titre du magazine est terne.

Je vous en laisse juge. L'expression " Go, little book ! " est le début d'un vers de Chaucer, elle se retrouve dans un poème de Robert Southey et ce vers de Southey a fait à son tour l'objet d'une satire très saisissante de la part de Lord Byron, de sorte qu'elle a une réelle signification dans l'histoire de la littérature anglaise. En outre, elle rend parfaitement le nœud de l'histoire dans laquelle les pochettes d'allumettes sont envoyées partout pour transmettre des informations.

Alors, qu'en dites-vous ? Est-ce que je ne dois pas à l'humanité entière de rechanger " The Matchbook Collector " en " Go, Little Book ! " ?

Et comment !

A propos, quand j'ai écrit cette nouvelle, j'ai calculé mentalement la valeur de 2^{30} (c'est-à-dire deux multiplié par deux trente fois) par pure vanité. Naturellement, j'ai obtenu une réponse qui n'était pas tout à fait exacte, et c'est bien fait pour moi. Une jeune femme qui s'appelle Mildred L. Stover m'a envoyé une lettre dans laquelle ce calcul était soigneusement reporté, multiplication par multiplication, et j'ai corrigé mon erreur pour la publication de ce recueil. Si ça vous intéresse,

$$2^{30} = 1\ 073\ 741\ 824.$$

Merci, mademoiselle Stover.

DIMANCHE MATIN, AUX AURORES

En venant s'asseoir à table, Geoffrey Avalon agita le second verre qu'on lui avait servi. Il était encore plus qu'à moitié plein et il ne boirait qu'une dernière gorgée avant de l'abandonner. Il avait l'air malheureux.

— Autant que je me souvienne, c'est la première fois que les Veufs Noirs se réunissent sans invité, dit-il.

Ses sourcils broussailleux, toujours noirs (alors que sa moustache et que sa barbe soignée avaient pris au fil des ans une teinte grise respectable) semblèrent s'agiter.

— Oh ! écoutez, dit Roger Halsted tout en donnant un petit coup sur la table avec sa serviette avant de la déplier sur ses genoux. En qualité d'hôte, je peux décider ce qui me plaît pour cette séance. C'est sans appel. D'ailleurs, j'ai mes raisons.

Il posa la paume de sa main sur son front haut et fit mine de repousser des cheveux qui avaient disparu depuis des années du dessus de son crâne.

— En fait, dit Emmanuel Rubin, il n'y a rien dans les statuts qui exige la présence d'un invité. La seule chose impérative, c'est de ne pas faire venir de femme au dîner.

— Ce sont les membres qui ne peuvent pas être des femmes, dit Thomas Trumbull, une expression maussade sur son visage perpétuellement bronzé. Il n'est précisé nulle part qu'un invité ne peut pas être une femme.

— Non, dit sèchement Rubin, sa maigre barbe frémissante. Tout invité est membre *ex officio* pendant la durée du repas et il doit donc satisfaire à toutes les règles, y compris celle de ne pas être une femme.

— A propos, qu'est-ce que ça veut dire *ex officio* ? demanda Mario Gonzalo. Je me le suis toujours demandé.

Mais Henry apportait déjà le premier plat, qui avait l'air d'être des cannellonis farcis avec du fromage aux épices, cuits au four et arrosés de sauce.

Finalement, Rubin dit d'un air peiné :

— Autant que je puisse en juger, ça m'a l'air d'être des cannellonis farcis au...

Mais à ce moment-là, la conversation était déjà devenue générale et Halsted profita d'une pause pour annoncer qu'il avait rédigé son limerick pour le troisième chant de l'*Iliade*. Trumbull dit :

— Mince, Roger, vous n'allez quand même pas nous en infliger un à chaque réunion ?

— Si, répondit Halsted d'un air pensif. C'était exactement mon intention. Ça me donne l'occasion de le peaufiner. D'ailleurs, il vous faut quelque chose d'intellectuel pendant le dîner... Dites, Henry, n'oubliez pas que s'il y a du steak ce soir, je veux le mien bien saignant.

— Il y a de la truite, ce soir, monsieur Halsted, dit Henry en remplissant les verres à eau.

— Bon, dit Halssed. Alors, le voici :

Ménélas, qui n'était pas très sage,
Mais plus fort que Pâris, le volage,
Se battit vaillamment en duel,
Duel dont l'enjeu était Hélène,
Mais il fut vaincu par la divine Aphrodite.

Gonzalo demanda :

— Mais qu'est-ce que ça veut dire ?

Avalon intervint :

— Oh ! vous savez, dans le troisième chant de l'*Iliade*, les Grecs et les Troyens décident de régler leur différend au moyen d'un duel entre Ménélas et Pâris. Le second avait enlevé Hélène, la femme du premier, et c'est ce qui avait provoqué la guerre. Ménélas a gagné, mais Aphrodite lui a arraché Pâris juste à temps pour qu'il ait la vie sauve... Je suis content que vous n'ayez pas parlé de Vénus au lieu d'Aphrodite, Roger. On emploie trop souvent les équivalents latins.

La bouche pleine, Halsted déclara :

— Je voulais éviter la tentation de rimes trop faciles.

— Est-ce que vous avez lu l'*Iliade*, Mario ?

— Ecoutez, je suis un artiste, répondit Gonzalo. Il ne faut pas que je me fatigue les yeux.

Une fois le dessert sur la table, Halsted annonça :

— Bon, laissez-moi vous expliquer ce que j'ai en tête. Les quatre dernières fois que nous nous sommes réunis, on en est à chaque fois arrivés à parler d'un méfait quelconque et au cours de la discussion, l'énigme a été résolue.

— Par Henry, l'interrompit Drake en écrasant sa cigarette.

— Exact, par Henry. Mais de quel genre de méfaits s'agissait-il ? De lamentables petits délits. La première fois, je n'étais pas là, mais on m'a dit qu'il s'agissait d'un vol, et encore d'un vol pas très caractérisé, d'après ce que j'ai cru comprendre. La seconde, c'était pire. Nom de Dieu, il s'agissait de tricherie à un examen.

— C'est quelque chose d'assez grave, marmonna Drake.

— Bon, ce n'est tout de même pas une affaire d'Etat. La troisième fois, et là, j'étais présent, c'était encore une histoire de vol, mais un peu plus sérieuse. Et la quatrième, c'était une histoire d'espionnage quelconque.

— Croyez-moi, ce n'était pas du tout insignifiant.

— D'accord, répondit Halsted de sa voix douce, mais il n'y avait de violence nulle part. Des meurtres, messieurs, des meurtres !

— Qu'est-ce que ça veut dire, ça, « des meurtres ! » ? demanda Rubin.

— Ça veut dire qu'à chaque fois qu'on invite quelqu'un, on est amenés à parler de quelque chose de mineur, parce que ça se présente comme ça. On n'invite pas délibérément des gens qui peuvent nous offrir des crimes intéressants. En fait, ils ne sont même pas censés nous parler de crimes du tout. Ils ne sont que des invités.

— Et alors ?

— Alors nous sommes aujourd'hui six, nous n'avons pas d'invité et il doit bien y avoir quelqu'un parmi nous qui ait connaissance d'un crime qui n'ait pas été élucidé et...

— Merde ! s'exclama Rubin, écœuré. Vous avez lu Agatha Christie. On va tous raconter une affaire mystérieuse à tour de rôle et Miss Marple va la résoudre... Ou Henry le fera.

Halsted avait l'air interloqué.

— Vous voulez dire qu'ils font des trucs comme ça...

— Seigneur ! fit Rubin avec émotion.

— Bon, c'est vous l'écrivain, dit Halsted. Moi, je ne lis pas de romans policiers.

— Tant pis pour vous, ça prouve que vous êtes un imbécile, dit Rubin. Vous vous targuez d'être un mathématicien. Une bonne intrigue policière est un puzzle aussi mathématique que tout ce que vous pouvez inventer et elle doit être construite à partir d'un matériau beaucoup moins facile à manier.

— Bon, attendez un peu, dit Trumbull. Tant qu'à

faire, puisque nous sommes là, pourquoi ne pas essayer de trouver un meurtre ?

— Vous en avez un à l'esprit ? demanda Halsted, plein d'espoir. Vous travaillez pour le gouvernement, à déchiffrer des codes secrets ou je ne sais quoi. Vous avez bien dû être mêlé à une affaire de meurtre. Vous n'êtes pas obligé de citer des noms. Et vous savez que tout ce qui se dit à l'intérieur de ces murs ne sera pas répété.

— Je le sais mieux que vous, dit Trumbull, mais je n'ai pas entendu parler de meurtre. Je peux vous indiquer quelques histoires intéressantes de codes, mais ce n'est pas ce que vous voulez... Et vous, Roger ? Puisque c'est vous qui avez abordé le sujet, je suppose que vous avez quelque chose derrière la tête. Un meurtre mathématique, peut-être ?

— Non, je ne pense pas me souvenir d'avoir été impliqué dans un seul meurtre, dit Halsted d'un air pensif.

— Vous ne pensez pas ? Ce qui signifie qu'il y a un doute dans votre esprit ? demanda Avalon.

— Je crois que j'en suis certain. Et vous, Jeff ? Vous êtes avocat.

— Pas le genre d'avocat qui a des assassins comme clients, dit Avalon en secouant la tête et en semblant déplorer ce fait. Ce sont les problèmes de brevets d'invention qui sont ma spécialité. Pourquoi ne pas demander à Henry ? Il est plus à l'aise que nous dans les histoires criminelles, ou du moins, c'est l'impression qu'il donne.

— Je regrette, monsieur, dit Henry en versant le café avec une adresse achevée. En ce qui me concerne, tout est purement théorique. J'ai eu la chance de n'avoir jamais été confronté à une mort violente.

— Vous voulez dire qu'à nous six, sept avec Henry, nous ne sommes pas capables de dégoter un seul meurtre ? dit Halsted.

Drake haussa les épaules.

— Dans ma partie, on a toujours une chance de mourir. Je n'ai pas assisté personnellement à un décès dans le labo de chimie, mais il y a déjà eu des empoisonnements, des explosions et même des électrocutions. En mettant les choses au pire, on pourrait qualifier ça d'homicide par imprudence. Je ne peux malheureusement rien vous raconter au sujet de l'un d'entre eux.

— Comment se fait-il que vous soyez si calme, Manny ? dit Trumbull. Dans toute votre carrière épique, vous n'avez pas trouvé l'occasion de tuer quelqu'un ?

— Et pourtant, ce serait parfois un vrai plaisir, répondit Rubin, maintenant, par exemple. Mais je n'en ai pas besoin. Je peux parfaitement parler de toutes sortes de meurtres sans avoir à en commettre moi-même. Ecoutez, je me rappelle...

Mais Mario Gonzalo, qui était resté assis sans rien dire, les lèvres serrées, lâcha soudain :

— Moi, j'ai déjà été confronté à un meurtre.

— Oh ! et de quel genre ? demanda Halsted.

— Celui de ma sœur, il y a trois ans, dit-il d'un air sombre. C'était avant que je ne fasse partie des Veufs Noirs.

— Je suis désolé, dit Halsted. Je suppose que vous n'avez pas envie d'en parler.

— Ce n'est pas que je ne veuille pas en parler, mais il n'y a rien à en dire, dit Mario en haussant les épaules et en regardant tour à tour chacun des convives de ses grands yeux saillants. Il n'y a pas de mystère. C'est l'une des choses qui rendent cette ville aussi amusante. Ils sont entrés dans l'appartement, ils ont essayé de le cambrioler et ils l'ont tuée.

— Qui ça, ils ? demanda Rubin.

— Qui sait ? Des drogués ! Ça arrive tout le temps dans ce quartier. Dans l'immeuble qu'elle habitait avec son mari, il y avait eu quatre cambriolages depuis le Jour de l'An et cette histoire s'est passée fin avril à peine.

— Il s'agissait à chaque fois de meurtre ?

— Ce n'est pas nécessaire. Quand un cambrioleur est malin, il choisit un moment où l'appartement est vide. Ou, s'il y a quelqu'un, il se débrouille pour effrayer les gens ou les attacher. Marge a été assez bête pour essayer de résister et de se battre. Il y avait de nombreux signes de lutte.

Gonzalo secoua la tête. Après une pause pénible, Halsted dit :

— Est-ce qu'on a attrapé ceux qui ont fait ça ?

Gonzalo leva les yeux et fixa Halsted sans chercher à dissimuler son mépris.

— Vous croyez qu'ils ont cherché ? Ce genre de choses se produit à longueur de journée. Personne n'y peut rien. Les gens s'en fichent. Et quand bien même ils auraient été attrapés ? Est-ce que ça nous rendrait Marge ?

— Ça pourrait les empêcher de recommencer.

— Il y a des tas d'autres sales cambrioleurs qui le feraient à leur place. Bon, dit Gonzalo après avoir pris une profonde inspiration, peut-être que je ferais mieux d'en parler pour me sortir ça de la tête. Tout était de ma faute, vous comprenez, parce que je m'étais réveillé trop tôt. Si ça n'avait pas été le cas, Marge serait peut-être encore en vie et Alex ne serait pas la loque humaine qu'il est maintenant.

— Qui est Alex ? demanda Avalon.

— Mon beau-frère. Il avait épousé Marge et je l'aimais bien. Pour être franc, je crois que je l'aimais plus que je n'ai jamais aimé ma sœur. Elle n'avait jamais approuvé mon mode de vie. Elle pensait qu'être artiste est seulement un prétexte pour se la couler douce. Bien sûr, quand j'ai commencé à gagner raisonnablement ma vie, elle... non, même à ce moment-là, elle n'approuvait pas ce que je faisais et la plupart du temps, sans vouloir manquer de respect à un mort, elle était plutôt emmerdante. Mais elle aimait bien Alex.

— Ce n'était pas un artiste ? fit Avalon en se chargeant de la lourde tâche de l'interrogatoire, les autres semblant tout prêts à s'en remettre à lui.

— Non. Il n'était pas grand-chose quand il s'est marié, il se contentait de se laisser aller. Mais ensuite, il est devenu exactement ce qu'elle voulait qu'il devienne. Il avait besoin d'elle pour se remuer un peu. Ils avaient besoin l'un de l'autre. Elle avait quelqu'un dont elle pouvait s'occuper...

— Ils n'avaient pas d'enfant ?

— Non. Aucun. A moins qu'on ne compte une fausse-couche. Pauvre Marge ! Elle avait une malformation quelconque, alors elle ne pouvait pas avoir d'enfant. Mais ça ne faisait rien, Alex était son gosse, et il poussait bien. Il a eu du boulot le mois de son mariage, il a eu une promotion et il s'en est bien sorti. Ils en étaient arrivés au point où ils envisageaient de déménager de ce fichu coupe-gorge quand c'est arrivé. Pauvre Alex ! Il était aussi responsable que moi. Plus, en fait. Il a fallu qu'il s'absente de l'appartement précisément ce jour-là.

— Il n'était donc pas sur les lieux ?

— Bien sûr que non. S'il avait été là, il aurait pu leur faire peur.

— Ou il aurait pu se faire tuer.

— Dans ce cas, ils auraient probablement filé et ils auraient laissé Marge en vie. Croyez-moi, je l'ai entendu m'énumérer toutes les possibilités. Il avait beau retourner la situation dans tous les sens, il en revenait toujours au même point : elle serait toujours en vie s'il n'était pas parti ce jour-là et c'est ce qui l'embêtait. Et laissez-moi vous dire qu'il est descendu bien bas depuis que c'est arrivé. Maintenant, il est redevenu un clodo. Je lui donne de l'argent quand je peux et il fait des petits boulots à droite et à gauche. Pauvre Alex ! Pendant ses cinq années de mariage, il s'en sortait vraiment bien. Il avait les dents longues. Ça n'a servi à rien. Maintenant, il a tout perdu.

Gonzalo secoua la tête.

— Ce qui m'énerve, c'est que ce n'est pas la situation de la victime qui est la pire. C'était un meurtre stupide, mince, tout ce qu'ils avaient dans l'appartement ne se montait pas à plus de dix, quinze dollars en petites coupures. Enfin, au moins, Marge est morte rapidement. Le couteau était planté dans le cœur. Mais Alex, lui, souffre tous les jours que Dieu fait, et ma mère en a été très affectée. Moi aussi, ça m'a marqué.

— Ecoutez, dit Halsted, si vous ne tenez pas à en parler...

— Non, non, ça va... J'y pense parfois la nuit. Je me dis que si je ne m'étais pas levé si tôt ce jour-là...

— C'est la deuxième fois que vous dites ça, dit Trumbull. Qu'est-ce que le fait de se lever tôt a à voir là-dedans ?

— Parce que les gens qui me connaissent comptent là-dessus. Ecoutez, je me réveille toujours à huit heures tapantes. Ça ne varie jamais de plus de cinq minutes dans un sens ou dans l'autre. Je n'ai même pas besoin de mettre le réveil près de mon lit. Je le laisse dans la cuisine. Ça a quelque chose à voir avec le rythme biologique.

— C'est ce qu'on appelle l'horloge interne, marmonna Drake. J'aimerais bien que ce soit le cas pour moi. Je déteste me lever le matin.

— Avec moi, ça marche tout le temps, dit Gonzalo qui, en disant ces mots, laissa deviner quelque suffisance malgré les circonstances. Même quand je me couche tard, à trois ou quatre heures du matin, je me réveille toujours à huit heures précises. Si je suis trop fatigué, je me rendors un peu dans la journée, mais à huit heures, je me réveille. Même le dimanche. On pourrait penser que j'ai bien le droit de faire la grasse matinée le dimanche, mais non, rien à faire, je me réveille.

— Vous voulez dire que ça s'est passé un dimanche ? demanda Rubin.

Gonzalo acquiesça.

— Oui, c'est ça. J'aurais dû dormir. J'aurais dû être le genre de personnes qu'on a intérêt à ne pas réveiller le dimanche matin... mais avec moi, les gens n'hésitent pas. Ils savent que je serai réveillé, même le dimanche.

— Mince alors ! s'exclama Drake, ressassant apparemment ses propres difficultés à se lever le matin. Vous êtes un artiste et vous êtes libre de votre emploi du temps. Pourquoi est-ce que vous devez donc vous lever le matin ?

— Eh bien, c'est le matin que je travaille le mieux. De plus, je vis avec l'heure. Je n'ai pas à respecter un horaire mais j'aime bien savoir l'heure qu'il est à tout moment. Par exemple, tenez, mon réveil, je l'ai bien habitué. Après cette histoire, après la mort de Marge, je ne suis pas rentré chez moi pendant trois jours et mon réveil s'est arrêté à huit heures, le dimanche soir ou le lundi matin. Je n'en sais rien. En tout cas, quand je suis revenu, il était là avec ses aiguilles qui indiquaient huit heures comme s'il voulait insister sur le fait qu'il était l'heure de se lever.

Gonzalo rumina ses pensées pendant un petit moment durant lequel personne ne prit la parole. L'air impassible si ce n'est qu'il avait la bouche légèrement pincée, Henry fit passer les verres à brandy. Gonzalo dit finalement :

— C'est marrant mais j'avais passé une fichue nuit, la veille, alors qu'il n'y avait aucune raison à ça. Cette époque de l'année, fin avril, avec l'éclosion des cerisiers, est l'une de mes saisons favorites. Je ne suis pas précisément un paysagiste, mais c'est le seul moment où j'aime bien sortir dans le parc pour faire des esquisses. En plus, il faisait beau. Je me rappelle que c'était un samedi d'une douceur très agréable, c'était le premier week-end de l'année où il faisait vraiment très beau et mon travail avançait bien.

« Je n'avais aucune raison de ne pas me sentir bien ce jour-là, mais j'étais de plus en plus agité. Je me rappelle avoir éteint mon petit poste de télévision juste avant le journal de onze heures. On aurait dit que je ne voulais pas entendre les informations. On aurait dit que je m'attendais à de mauvaises nouvelles. Je me rappelle parfaitement ça. Je n'ai pas été inventer ça par la suite, et je ne suis pas un mystique non plus. Mais j'avais une prémonition. Je vous assure.

— Plus probablement, vous aviez une légère indigestion, dit Rubin.

— Bon, dit Gonzalo en faisant un geste de la main pour accueillir cette suggestion. Appelez ça indigestion si vous voulez. Tout ce que je sais, c'est que ça m'a pris avant les informations de onze heures, que je suis allé dans la cuisine, que j'ai remonté mon réveil — je le remonte toujours le soir — et que je me suis dit : je ne peux quand même pas me coucher si tôt, mais en fait, c'est ce que j'ai fait.

« C'était peut-être trop tôt, d'ailleurs, parce que je n'ai pas pu m'endormir. Je me tournais et me retournais en me faisant du souci, je ne me rappelle plus à quel sujet. J'aurais dû me lever, travailler, lire ou regarder un film à la télé, mais je ne l'ai pas fait. J'ai décidé de rester au lit.

— Pourquoi ? demanda Avalon.

— Je n'en sais rien. Sur le moment, ça me semblait important. Seigneur, je m'en souviens, de cette nuit. Je me disais que j'allais peut-être me réveiller tard parce que je n'arrivais pas à m'endormir. Mais en fait, je savais bien que ce ne serait pas le cas. J'ai dû m'endormir vers quatre heures du matin, mais à huit heures, j'étais debout. Je m'étais sorti du lit pour préparer mon petit déjeuner.

« C'était une autre belle journée ensoleillée. Agréable et fraîche, mais on savait qu'il allait y avoir une chaleur printanière et non la canicule qu'on a en été. Une autre belle journée ! Vous savez, de temps en temps, ça me fait de la peine de ne pas avoir davantage aimé Marge. C'est-à-dire qu'on s'entendait bien, mais qu'on n'était pas proches l'un de l'autre. Je vous jure que j'allais chez eux plus pour voir Alex que pour la voir, elle. Et alors, on m'a appelé.

— Vous voulez dire, au téléphone ? demanda Halsted.

— Oui, à huit heures, un dimanche matin. Qui peut bien vous appeler à cette heure-là si ce n'est quelqu'un qui sait que vous avez la bêtise de vous lever invariablement à huit heures ? Si j'avais dormi et qu'on m'ait réveillé, j'aurais râlé dans l'appareil et tout aurait été différent.

— Qui était-ce ? demanda Drake.

— Alex. Il m'a demandé s'il me réveillait. Il savait bien que non, mais je suppose qu'il devait se sentir coupable de m'appeler si tôt. Il m'a demandé l'heure qu'il était. J'ai regardé mon réveil et je lui ai dit : " Il est huit heures neuf. Bien sûr que je suis réveillé. " J'en étais un peu fier, voyez-vous.

« Alors, il m'a demandé s'il pouvait venir me voir parce qu'il s'était disputé avec Marge et qu'il avait fichu le camp de la maison. Il ne voulait pas y retourner avant qu'elle se soit calmée... Je vous assure, je suis content de ne pas m'être marié.

« Enfin, si seulement, je lui avais dit non. Si seulement je lui avais dit que j'avais passé une mauvaise nuit, que j'avais besoin de dormir et que je ne voulais voir personne, il serait retourné chez lui. Il n'avait pas d'autre endroit où aller. Et tout cela ne serait pas arrivé. Mais non, Mario au grand cœur était si fier d'être un lève-tôt qu'il lui a dit : " Arrive, je vais te faire du café et des œufs. " Je savais que Marge n'aimait pas prendre le petit déjeuner tôt le dimanche matin, alors je me doutais qu'Alex n'avait pas mangé.

« Il est donc arrivé dix minutes plus tard et à huit heures et demie, je lui avais servi des œufs brouillés au bacon pendant que Marge était toute seule dans l'appartement, en train d'attendre ses assassins.

— Est-ce que votre beau-frère a dit à sa femme où il allait ? demanda Trumbull.

— Je ne crois pas, dit Gonzalo. Je suppose que non. J'imagine que ce qui s'est passé, c'est qu'il a fichu le camp dans un accès de fureur sans même savoir où il allait. Et puis il a pensé à moi. D'ailleurs, même en sachant qu'il allait venir me voir, il aurait très bien pu ne rien lui dire en pensant : laissons-la s'inquiéter.

— Bon, dit Trumbull, et alors, quand les drogués sont arrivés devant sa porte et ont peut-être essayé la serrure, elle s'est figuré que c'était Alex qui revenait et elle a ouvert. Je parie qu'il n'y a même pas eu effraction.

— Exactement, dit Gonzalo.

— Vous ne trouvez pas que le dimanche matin est un drôle de moment pour que des drogués partent en maraude ? demanda Drake.

— Ecoutez, ils font ça tout le temps, dit Rubin. Il n'y a pas d'heure pour avoir envie de drogue.

— A quel propos s'étaient-ils disputés ? demanda brusquement Avalon. Je veux dire, Marge et Alex ?

— Oh ! je ne sais pas. Une chose sans importance. Alex avait mal fait quelque chose à son travail et Marge ne supportait pas ça. Je ne sais même pas de quoi il s'agissait, mais quoi qu'il en soit, ça avait dû porter un coup à la fierté qu'elle plaçait en lui et elle s'était mise en colère.

« Le problème, c'est qu'Alex n'a jamais su attendre qu'elle ait fini de s'exciter. Quand on était gosses, je la laissais toujours dire. Je lui répondais " Oui, Marge, oui, Marge ", et alors, elle se calmait. Mais Alex essayait toujours de se défendre, ce qui ne faisait qu'aggraver les choses. Cette fois-là, ils s'étaient disputés presque toute la nuit. Bien sûr, maintenant, il dit que s'il n'en avait pas fait une affaire d'Etat et s'il n'était pas parti, rien de tout ça ne serait arrivé.

— On ne peut pas revenir en arrière, dit Avalon. Ressasser cette histoire n'arrange rien.

— Bien sûr, mais comment peut-on s'en empêcher, Jeff ? Bref, ils avaient passé une mauvaise nuit, et j'avais passé une mauvaise nuit. C'était comme si on avait eu une transmission de pensée.

— Oh ! qu'est-ce que c'est que ces foutaises ! dit Rubin.

— On était jumeaux, dit Gonzalo, sur la défensive.

— Seulement des faux jumeaux, à moins que vous ne soyez une fille, sous toutes ces frusques, dit Rubin.

— Et alors ?

— Alors ce sont les vrais jumeaux qui sont censés communiquer par télépathie, mais c'est aussi de la foutaise.

— Bon, en tout cas, Alex était avec moi, j'ai mangé, lui, il n'a pas beaucoup mangé et il a pleuré sur mon épaule en me racontant à quel point Marge était parfois dure avec lui. J'ai compati et je lui ai dit : " Ecoute, pourquoi est-ce que tu fais autant attention à elle ? C'est une gentille fille, simplement, il ne faut pas toujours tout prendre au sérieux avec elle. " Vous savez, ce qu'on dit généralement dans ces cas-là pour consoler les gens. Je me disais que dans une heure ou deux, il m'aurait sorti tout ce qu'il avait sur le cœur, qu'il rentrerait arranger les choses et que moi, j'irais au parc ou que je retournerais peut-être au lit. Mais quand le téléphone a sonné à nouveau deux heures plus tard, c'était la police.

— Comment est-ce qu'ils avaient su où joindre Alex ? demanda Halsted.

— Ils ne savaient pas. C'est moi qu'ils voulaient joindre. J'étais son frère. Alex et moi, on est allés reconnaître le corps. Pendant un moment, là-bas, Alex a eu lui-même l'air d'un cadavre. Ce n'était pas seulement le fait qu'elle était morte. Mais il s'était disputé avec elle et les voisins avaient dû l'entendre. Et maintenant, elle était morte et dans ces cas-là, on suspecte toujours le mari. Bien sûr, il a été interrogé, il a reconnu qu'il s'était disputé avec elle et qu'il avait quitté l'appartement pour venir chez moi, bref, il leur a tout raconté.

— Ça a dû paraître bien peu crédible, cette histoire, dit Rubin.

— J'ai corroboré le fait qu'il était chez moi. J'ai dit qu'il était arrivé chez moi à huit heures vingt, huit heures vingt-cinq, peut-être, et que depuis, il n'avait pas bougé. Le meurtre avait été commis à neuf heures.

— Vous voulez dire qu'il y avait des témoins? demanda Drake.

— Non, tout de même pas. Mais il y avait eu du bruit. Les gens du dessous avaient entendu. Ceux d'à côté aussi. Un bruit de meubles renversés, un cri. Bien sûr, personne n'avait rien vu. Ils étaient restés derrière leurs portes verrouillées. Mais ils avaient entendu du bruit aux alentours de neuf heures. Ils étaient tous d'accord là-dessus.

« Pour la police, c'était une affaire réglée. Dans ce quartier, quand ce n'est pas le mari qui est responsable, c'est un petit malfrat, généralement un drogué. Alex et moi, on est partis, il s'est soûlé et je suis resté quelques jours avec lui parce que dans l'état où il était, il ne pouvait pas rester seul, et voilà, l'histoire s'arrête là.

— Est-ce que vous voyez Alex en ce moment? dit Trumbull.

— De temps en temps. Je lui prête quelques dollars par-ci, par-là. Je n'espère d'ailleurs pas être remboursé un jour. Il a quitté son boulot une semaine après la mort de Marge. Je crois qu'il n'est jamais retourné travailler. Il était complètement abattu parce qu'il s'en voulait, vous comprenez. Pourquoi est-ce qu'il avait fallu qu'il se dispute avec elle ? Pourquoi est-ce qu'il avait fallu qu'il vienne chez moi ? En tout cas, voilà, c'est bien un meurtre, mais il n'y a pas de mystère là-dedans.

Il y eut un silence pendant un certain temps, puis Halsted dit :

— Ça ne vous ennuie pas, Mario, si on élabore quelques conjectures juste pour... juste pour...

— Pour le plaisir ? dit Mario. Mais comment donc, allez-y, amusez-vous. Si vous avez des questions, j'y répondrai de mon mieux, mais pour ce qui est du meurtre, il n'y a rien à en dire.

— Voyez-vous, commença maladroitement Halsted, personne n'a vu quoi que ce soit, en fait. Vous ne faites que supposer que des drogués inconnus seraient entrés et l'auraient tuée. Quelqu'un a très bien pu la tuer pour une meilleure raison, sachant qu'on mettrait le meurtre sur le compte de drogués et qu'il, ou elle, n'avait rien à craindre.

— Qui est ce quelqu'un ? demanda Mario d'un air sceptique.

— Est-ce qu'elle avait des ennemis ? Est-ce qu'elle avait de l'argent qui aurait pu intéresser quelqu'un ? suggéra Halsted.

— De l'argent ? Ce qu'ils avaient était à la banque. Tout est allé à Alex, bien sûr. C'était à lui pour commencer. Ils avaient un compte commun.

— Et n'y aurait-il pas eu une affaire de jalousie ? dit Avalon. Elle avait peut-être une aventure. Ou lui. C'est peut-être à cause de ça qu'ils s'étaient disputés.

— Et il l'a tuée ? dit Gonzalo. Le problème, c'est qu'il était chez moi à l'heure où elle a été tuée.

— Pas lui nécessairement. Supposez que ce soit son petit ami, ou la petite amie d'Alex qui l'ait tuée. Lui, parce qu'elle menaçait de rompre, elle, parce qu'elle voulait épouser votre beau-frère.

Mario secoua la tête.

— Marge n'était pas une femme fatale. En fait, ça m'a toujours étonné que ça ait marché avec Alex. Et d'ailleurs, ça ne marchait peut-être pas sur certains plans.

— Est-ce qu'Alex s'en plaignait ? demanda Trumbull avec un soudain intérêt.

— Non, mais ce n'est pas un don Juan non plus. Ecoutez, ça fait maintenant trois ans qu'il est veuf et je suis prêt à jurer qu'il ne voit aucune femme. Pas d'homme non plus, je vous le dis tout de suite avant que vous ne me posiez la question.

— Attendez, vous ne savez toujours pas pourquoi ils s'étaient disputés, dit Rubin. Vous avez dit qu'il s'agissait de quelque chose qui s'était passé à son travail. Est-ce qu'il vous a dit ce que c'était, et vous l'avez tout simplement oublié, ou bien est-ce qu'il ne vous en a pas parlé ?

— Il ne me l'a pas précisé et je ne le lui ai pas demandé. Ce n'étaient pas mes affaires.

— Bon, dit Rubin. Que dites-vous de ça : c'était une dispute au sujet de quelque chose de grave qui s'était passé à son travail. Alex avait peut-être volé cinquante mille dollars et Marge en était fâchée et c'est pour ça qu'ils se sont disputés. Ou bien Marge l'a amené à les voler, il a commencé à avoir la trouille, et c'est pour ça qu'ils se sont disputés. Peut-être les cinquante mille dollars étaient-ils chez eux, quelqu'un le savait, ce quelqu'un a tué Marge et a pris l'argent, et Alex n'ose pas en parler.

— Qui est ce quelqu'un ? répliqua Gonzalo. De quel vol s'agit-il ? Alex n'était pas du genre à faire ça.

— Voilà une réflexion qu'on entend bien souvent, dit Drake d'un ton sentencieux.

— Eh bien, c'est la vérité. Et s'il avait fait ça, l'entreprise pour laquelle il travaillait se serait manifestée. Ça, sûrement.

— Et s'il s'agissait d'une petite guerre entre voisins ? dit Trumbull. Vous savez, des locataires qui ne s'entendent pas. Est-ce qu'il y avait quelqu'un qui la détestait et qui lui aurait finalement réglé son compte ?

— Mince, s'il y avait eu quelque chose d'important, je l'aurais su. Marge en aurait fait toute une histoire.

— Est-ce qu'elle aurait pu se suicider ? dit Drake. Après tout, son mari venait de la quitter. Il lui a peut-être dit qu'il ne reviendrait pas et elle était désespérée. Elle s'est alors tuée dans un accès de dépression irraisonnée.

— C'était un couteau de cuisine, dit Gonzalo. C'est vrai. Mais Marge n'est pas du genre à se suicider. Elle aurait pu tuer quelqu'un d'autre, mais pas se tuer. D'ailleurs, pourquoi y aurait-il eu un bruit de lutte et un cri si elle s'était tuée ?

— Tout d'abord, les meubles ont pu être un peu bousculés pendant la dispute avec son mari, dit Drake. Ensuite, elle a très bien pu simuler un meurtre pour que son mari ait des ennuis. Vous savez bien : la vengeance m'appartient, dit la femme blessée.

— Oh ! allons donc ! fit Gonzalo d'un air méprisant. Marge n'aurait jamais fait ça, même si elle avait dû vivre un million d'années.

— Vous savez, on ne connaît pas toujours aussi bien les gens, même son jumeau, dit Drake.

— Vous n'arriverez pas à me faire croire de pareilles histoires.

— Je ne sais pas pourquoi nous perdons notre temps, dit Trumbull. Pourquoi ne pas demander à l'expert ? Henry ?

Henry, dont le visage ne reflétait qu'un intérêt poli, dit :

— Oui, monsieur Trumbull ?

— Si vous nous disiez tout ? Qui a tué la sœur de M. Gonzalo ?

Henry haussa légèrement les sourcils.

— Je ne prétends nullement être un expert, monsieur Trumbull, mais je dois dire que toutes les suggestions qui ont été faites autour de cette table, y compris la vôtre, sont extrêmement improbables. Je pense pour ma part que la police a parfaitement raison et que si ce n'est pas le mari qui a commis le meurtre, ce sont des cambrioleurs. De nos jours, on peut supposer que ces cambrioleurs étaient effectivement des drogués qui cherchaient désespérément de l'argent ou quelque chose qu'ils puissent convertir en argent.

— Vous me décevez, Henry, dit Trumbull.

Henry sourit doucement.

— Eh bien, dans ce cas, dit Halsted, je pense que nous ferions mieux de lever cette séance après avoir décidé qui fera office d'hôte la prochaine fois. Et je suppose que nous ferions mieux de revenir à la formule des invités. Mon idée n'a pas donné grand-chose.

— Désolé de ne pas avoir pu faire mieux, les amis, dit Gonzalo.

— Ce n'est pas ce que je voulais dire, Mario, voyons, s'empressa de répliquer Halsted.

— Je sais. Eh bien, oublions tout ça.

Ils sortirent de la salle, Mario Gonzalo fermant la marche. Une légère tape sur l'épaule le fit se retourner.

— Monsieur Gonzalo, lui dit Henry, pourrais-je vous voir en privé sans que les autres s'en aperçoivent ? C'est très important.

Gonzalo le dévisagea un moment puis dit :

— D'accord. Je vais sortir, leur dire au revoir, appeler un taxi et lui demander de me ramener ici.

Dix minutes après, il était de retour.

— Est-ce que ça concerne ma sœur, Henry ?

— J'en ai bien peur, monsieur. J'ai pensé qu'il valait mieux que je vous parle en privé.

— Très bien. Retournons dans la salle. Elle est vide maintenant.

— Il vaudrait mieux pas, monsieur. Tout ce qui se dit dans cette pièce ne peut pas être répété à l'extérieur et je ne souhaite pas parler à titre confidentiel. Ça m'est égal de me taire au sujet de petits méfaits ordinaires mais un meurtre, c'est différent. Nous pouvons utiliser ce coin, là.

Ils allèrent à l'endroit indiqué. Il était tard et le restaurant était presque vide. Henry dit à voix basse :

— J'ai écouté votre récit et je voudrais que vous m'autorisiez à en répéter quelques éléments pour m'assurer que j'ai bien compris.

— Bien sûr, allez-y.

— D'après ce que j'ai compris, un samedi de la fin avril, vous vous sentiez mal à l'aise et vous êtes allé vous coucher avant les informations de vingt-trois heures.

— Oui, juste avant vingt-trois heures.

— Vous n'avez donc pas écouté les nouvelles.

— Pas même les titres du journal télévisé.

— Et pendant la nuit, bien que vous n'ayez pas dormi, vous ne vous êtes pas levé. Vous n'êtes pas allé aux toilettes ou à la cuisine.

— Non.

— Et vous vous êtes réveillé exactement à la même heure que d'habitude.

— C'est bien ça.

— Eh bien, voyez-vous, monsieur Gonzalo, c'est ça qui m'ennuie. Une personne qui se réveille tous les matins à la même heure, grâce à une sorte d'horloge interne, se réveille à la mauvaise heure deux fois par an.

— Quoi ?

— Deux fois par an, monsieur, dans cet Etat, les réveils sont remis à l'heure, une fois quand on introduit l'heure d'été et une fois quand on la supprime. Mais pour les individus, monsieur Gonzalo, l'heure ne change pas brusquement le dernier dimanche d'avril, date à laquelle débute l'heure d'été. A une heure du matin, on doit régler son réveil sur deux heures. Si vous aviez écouté le journal de vingt-trois heures, vous auriez entendu ce rappel. Mais vous aviez remonté votre réveil avant vingt-trois heures et vous n'avez pas mentionné le fait que vous l'auriez réglé. Donc, vous êtes allé vous coucher et vous n'y avez plus touché pendant la nuit. Quand vous vous êtes réveillé à huit heures, le réveil aurait dû marquer neuf heures. Est-ce que je me trompe ?

— Seigneur ! dit Gonzalo.

— Vous êtes parti après le coup de fil de la police et vous n'êtes pas rentré chez vous pendant plusieurs jours. Quand vous êtes revenu, votre réveil était arrêté, bien sûr. Vous n'aviez aucun moyen de savoir qu'il retardait d'une heure avant de s'arrêter. Vous avez mis l'heure juste et vous ne vous êtes aperçu de rien.

— Je n'aurais jamais pensé à ça, mais vous avez parfaitement raison.

— La police aurait dû y penser, mais c'est si commode de nos jours, de faire porter le chapeau à des drogués. Vous avez fourni son alibi à votre beau-frère et la police a adopté le chemin de la facilité.

— Vous voulez dire qu'il...

— C'est possible, monsieur. Ils se sont disputés, et il l'a tuée à neuf heures du matin, comme l'ont indiqué les déclarations des voisins. Je doute que ce crime ait été prémédité. Alors, désespéré, votre beau-frère a pensé à vous, et c'était très malin de sa part. Il vous a appelé et il vous a demandé l'heure qu'il était. Vous avez dit huit heures neuf et il a su que vous n'aviez pas modifié votre réveil. Il s'est alors précipité chez vous. Si vous aviez dit neuf heures neuf, il aurait essayé de quitter la ville.

— Mais, Henry, pourquoi aurait-il fait ça ?

— C'est difficile à dire avec les couples, monsieur. Votre sœur pouvait avoir de trop grandes exigences. Vous avez dit par exemple qu'elle n'approuvait pas votre mode de vie. Elle l'a probablement manifesté très clairement, assez clairement pour vous inciter à ne pas beaucoup l'aimer. Elle devait désapprouver le mode de vie que son mari menait avant leur mariage. C'était un clodo, avez-vous dit. Elle en a fait un employé respectable, qui travaillait dur, et il n'aimait peut-être pas ça. Après avoir fini par exploser et par la tuer, il est redevenu un clodo. Vous pensez que c'est par désespoir. Il peut très bien l'avoir fait pour se sentir soulagé.

— Alors... qu'allons-nous faire ?

— Je ne sais pas, monsieur. C'est là quelque chose qui ne serait pas facile à prouver. Est-ce que vous pourriez réellement vous rappeler, au bout de trois ans, que vous n'aviez pas réglé votre réveil ? Un avocat de la défense pourrait vous éreinter. Par ailleurs, votre beau-frère pourrait s'effondrer s'il était confronté à cette situation. C'est à vous de décider si vous voulez aller voir la police, monsieur.

— A moi ?

— Elle était votre sœur, monsieur, dit doucement Henry.

Remarque

Cette nouvelle a été publiée pour la première fois dans le numéro de mars 1973 d'*Ellery Queen's Mystery Magazine* sous le titre *The Biological Clock* (“ L'horloge biologique ”).

Pour le cas, il me semble que le titre du magazine met l'accent sur quelque chose que je préférerais voir le lecteur ne pas trop remarquer dans la mesure où c'est la clé de l'énigme. S'il se concentre trop là-dessus à cause du titre, il va deviner trop vite. Par conséquent, je reviens à *Early Sunday Morning*, qui évoque également la question d'heure, par honnêteté, mais d'une manière suffisamment neutre pour me donner une chance, à moi aussi.

L'ÉVIDENCE MÊME

Thomas Trumbull parcourut des yeux l'assistance attablée et déclara avec une certaine satisfaction :

— Eh bien, au moins, votre portrait ne sombrera pas dans l'oubli, Voss. Notre artiste maison n'est pas là... Henry !

Henry était déjà derrière la chaise de Trumbull avant que l'écho de cet appel rugissant ne se soit évanoui. Il n'y avait aucun signe de perturbation dans ses yeux vifs et dans son visage lisse. Trumbull prit le scotch à l'eau de Seltz que le serveur avait apporté sur son plateau et dit :

— Est-ce que Mario a appelé, Henry ?

— Non, monsieur, dit calmement Henry.

Geoffrey Avalon avait bu la moitié de son apéritif et il agitait son verre d'un air absent.

— Après nous avoir raconté l'assassinat de sa sœur le mois dernier, il se peut qu'il n'ait pas...

Il ne termina pas sa phrase mais posa soigneusement son verre à la place qu'il avait l'intention d'occuper. Le banquet mensuel des Veufs Noirs allait commencer.

Trumbull, qui en était l'hôte, présida dans le fauteuil qui se trouvait au bout de la table et dit :

— Ça y est, vous y êtes, Voss ? A ma gauche, c'est

James Drake. Il est chimiste, il s'y connaît davantage en littérature populaire qu'en chimie, et même là, ses connaissances ne doivent pas être énormes. A côté, c'est Geoffrey Avalon, un avocat qui n'a jamais pénétré dans un tribunal. Puis Emmanuel Rubin, qui écrit lorsqu'il n'est pas occupé à parler, ce qui veut dire, presque jamais. Et Roger Halsted... Roger, vous n'allez pas nous infliger un autre limerick pour notre séance d'aujourd'hui, j'espère ?

— Un limerick ? dit l'invité de Trumbull, prenant la parole pour la première fois.

Sa voix était agréable, légère tout en ayant de riches inflexions, et il prononçait soigneusement chaque syllabe. Il avait une barbe blanche, taillée uniformément d'une tempe à l'autre, et des cheveux également blancs.

— C'est un poète, alors ?

— Un poète ? grogna Trumbull. Il n'est même pas mathématicien, bien qu'il le prétende. Il tient absolument à écrire un limerick pour chaque chant de l'*Iliade*.

— Et de l'*Odyssée*, ajouta Halsted de sa douce voix au débit précipité. Mais, oui, j'ai bien un limerick à vous faire entendre.

— Bon ! Eh bien, c'est hors de question, dit Trumbull. Vous ne le lirez pas. J'ai dit. Privilège de l'hôte.

— Oh ! pour l'amour du ciel, dit Avalon, tandis que son visage bien conservé trahissait quelque déception. Laissez-le donc réciter son petit machin. Ça ne prendra que trente secondes et ça m'amuse toujours.

Trumbull fit semblant de ne pas avoir entendu.

— Vous savez tous qui est mon invité, maintenant ? C'est le Dr Voss Eldridge. Il a un doctorat. Drake aussi, Voss. Mais en fait, nous devenons tous docteurs dès l'instant où nous sommes membres des Veufs Noirs.

Il leva alors son verre, invoqua le vieux roi Cole, comme tous les mois, et le banquet fut officiellement ouvert.

Halsted, qui était en train de murmurer à l'oreille de Drake, lui passa un petit bout de papier. Drake se leva et se mit à déclamer :

— *C'est alors qu'un Lycien tenta un stratagème*
Avec sa flèche — et la bénédiction de Zeus.
Qui pourrait encore croire à la candeur troyenne
Alors que cette habileté de Pandare
Mit un terme à une trêve bien trop rare ?

— Mince alors, dit Trumbull. J'avais décidé qu'on ne le lirait pas.

— Que je ne le lirais pas, dit Halsted. Mais c'est Drake qui l'a lu.

— Je suis déçu que Mario ne soit pas là, dit Avalon. Il demanderait ce que le poème veut dire.

— Allez-y, Jeff, dit Rubin. Je ferai semblant de ne pas avoir compris et vous m'expliquerez.

Mais Avalon garda dignement le silence tandis que Henry servait l'entrée que Rubin fixait de son air soupçonneux habituel.

— Je déteste les trucs qui sont découpés en petits morceaux et noyés dans une espèce de sauce gélatineuse qui vous empêche de voir avec quoi c'est fait.

— Je pense que vous allez trouver ça tout à fait sain, dit Henry.

— Et vous connaissez l'honnêteté d'Henry, dit Drake. S'il dit que c'est sain, c'est que ça ne pourrait pas faire de mal à une mouche.

— Goûtez-y, vous allez aimer, dit Avalon.

Rubin goûta mais son expression n'indiqua nullement qu'il aimait. Plus tard, on remarqua cependant qu'il avait fini son assiette.

— Ces limericks, demandent-ils obligatoirement à être explicités, docteur Avalon ? demanda le Dr Eldridge. Y a-t-il un truc quelque part ?

— Non, pas du tout. Et laissez donc tomber le docteur. C'est seulement pour les grandes occasions, quoi que ce soit gentil à vous de vous plier aux petites manies de notre club. Il se trouve simplement que Mario n'a jamais lu l'*Iliade*. Peu de gens l'ont lue, de nos jours.

— Pandare, si je me souviens bien, était un intermédiaire, et l'ancêtre de nos entremetteuses. C'est à quoi fait référence son habileté, je suppose.

— Non, non, non, dit Avalon sans réussir à dissimuler son ravissement. Vous pensez là au récit médiéval de Troïlus que Shakespeare a adapté dans son *Troïlus et Cressida*. Pandare y était effectivement l'entremetteur. Dans l'*Iliade*, il n'était qu'un archer lycien qui a tiré sur Ménélas pendant une trêve. Voilà en quoi consistait son habileté. Il est tué dans le chant suivant par Diomède, le guerrier grec.

— Ah ! dit Eldridge avec un léger sourire, on peut facilement se faire avoir, n'est-ce pas ?

— Si on le veut bien, dit Rubin.

Emmanuel Rubin sourit toutefois en voyant arriver le rôti de bœuf. Là, on ne risquait pas de se tromper sur les ingrédients. Il beurra un petit pain et le mangea comme s'il voulait se donner le temps de contempler la beauté de la viande.

— En fait, nous avons résolu un certain nombre d'énigmes au cours de nos dernières réunions, dit Halsted. On s'en est bien tirés.

— On a été lamentables, dit Trumbull. C'est Henry qui s'en est bien tiré.

— Quand je dis on, j'inclus naturellement Henry, dit Halsted dont le visage au teint clair s'empourpra.

— Henry ? interrogea Eldridge.

— Notre estimé serveur et membre honoraire des Veufs Noirs, dit Trumbull.

Henry, qui était en train de remplir les verres à eau, dit :

— Vous me faites trop d'honneur, monsieur.

— D'honneur, vous parlez ! Je ne viendrais pas aux réunions si vous ne vous occupiez pas de notre table, Henry.

— C'est très aimable à vous de me dire ça, monsieur.

Ensuite, Eldridge resta muet et pensif tout en suivant les fluctuations de la conversation qui, comme toujours, devenait progressivement plus enflammée. Drake était en train de faire quelque obscure distinction entre l'Agent Secret X et l'Opérateur 5, et Rubin, pour une raison qu'il était le seul à connaître, n'était pas d'accord.

Drake, qui n'élevait jamais sa voix légèrement rauque, dit :

— L'Opérateur 5 a pu se déguiser, je n'en disconviens pas. Mais c'était l'Agent Secret X qui a été appelé " l'homme aux mille visages ". Je peux vous envoyer une photocopie d'un sommaire de magazine que j'ai dans ma bibliothèque pour vous le prouver.

Il inscrivit une note dans son carnet. Flairant la défaite, Rubin détourna la conversation.

— En tout cas, se déguiser n'est pas possible. Il y a mille choses qu'on ne peut pas modifier dans sa manière de se tenir, de marcher, de parler, il y a mille petites habitudes qu'on ne peut pas changer parce qu'on ne sait même pas qu'on les a. Un déguisement ne fonctionne que parce que personne ne fait vraiment attention.

— En d'autres termes, les gens s'abusent eux-mêmes, intervint Eldridge.

— Absolument, dit Rubin. Les gens veulent être abusés.

Le parfait glacé fut apporté et peu de temps après, Trumbull frappa son verre à eau de sa cuiller.

— Il est l'heure de l'inquisition, dit-il. Je ne serais pas le Grand Inquisiteur aujourd'hui, puisque je suis l'hôte. Manny, à vous l'honneur.

Rubin demanda immédiatement :

— Docteur Eldridge, comment justifiez-vous votre existence ?

— Par le fait que je m'efforce de distinguer ce qui est vrai de ce qui pure invention.

— Considérez-vous que vous y parvenez ?

— Pas aussi souvent que je le voudrais, peut-être. Mais aussi souvent que la plupart des gens. Distinguer la vérité de la folie est ce que tout le monde désire. Nous nous y essayons tous. Mon interprétation de l'acte de Pandare dans le limerick d'Halsted était erronée et Avalon m'a corrigé. Quand je tombe sur quelque chose d'invraisemblable, j'essaie de le corriger, si je peux. Ce n'est pas toujours facile.

— Quelle est la manière dont vous corrigez l'invraisemblable, Eldridge ? Comment décririez-vous votre profession ?

— Je suis professeur adjoint de psychopathologie, dit Eldridge.

— Où est-ce que vous... commença Rubin.

Avalon l'interrompit d'une voix profonde et autoritaire :

— Désolé, Manny, mais je sens que la conversation va dévier. Vous avez demandé au Dr Eldridge sa profession et il vous a donné un titre... Que faites-vous, docteur Eldridge, de plus significatif pour occuper votre temps ?

— J'étudie les phénomènes parapsychologiques, répondit Eldridge.

— Allons bon ! marmonna Drake avant d'écraser sa cigarette.

— C'est quelque chose que vous réprouvez, monsieur ? dit Eldridge.

Il n'avait pas du tout l'air froissé. Il se tourna vers Henry et lui dit avec un calme parfait :

— Non, merci, Henry, j'ai eu assez de café.

Henry s'approcha de Rubin qui tenait sa tasse en l'air pour bien montrer qu'elle était vide.

— Que j'approuve ou que je réprouve n'est pas la question, dit Drake. Ce que je pense, c'est que vous perdez votre temps.

— Dans quel sens ?

— Vous étudiez la télépathie, les prémonitions, les trucs comme ça ?

— Oui, et aussi les fantômes et les phénomènes spirites.

— Bon. Est-ce qu'il vous est déjà arrivé de tomber sur quelque chose que vous ne pouviez pas expliquer ?

— Expliquer en quel sens ? Je pourrais expliquer un fantôme en disant : " Oui, c'est bien un fantôme ." Je suppose que ce n'est pas ce que vous voulez dire.

— Ce n'est vraiment pas que j'aie envie de soutenir Drake, intervint Rubin, mais ce qu'il voulait vous demander, et vous vous en doutez parfaitement, c'est si vous avez déjà rencontré un phénomène que vous ne pouviez pas expliquer par les lois prosaïques et admises de la science.

— J'en ai rencontré plusieurs.

— Que vous ne pouviez pas expliquer ? demanda Halsted.

— Que je ne pouvais pas expliquer. Un mois ne s'écoule jamais sans que quelque chose que je ne peux pas expliquer n'atterrisse sur mon bureau, dit Eldridge en hochant doucement la tête.

Il y eut un bref silence empreint d'une réprobation manifeste, puis Avalon demanda :

— Est-ce que ça signifie que vous croyez en ces phénomènes psychiques ?

— Si votre question signifie : croyez-vous que les événements qui se sont produits ont violé les lois de la physique ? Je vous répondrai non. Mais si elle signifie : savez-vous tout ce qu'il y a à savoir sur les lois de la physique ?

Je vous répondrai également non. Ou bien : croyez-vous que quelqu'un sache tout ce qu'il y a à savoir sur les lois de la physique ? Ce sera non pour la troisième fois.

— Vous éludez le problème, dit Drake. Par exemple, avez-vous la preuve que la télépathie existe et que les lois de la physique que nous admettons aujourd'hui devront être modifiées en conséquence ?

— Je ne suis pas prêt à m'avancer jusque-là. Je sais bien que dans les récits les plus circonstanciés, il y a des erreurs involontaires, des exagérations, des interprétations erronées, voire de franches supercheries. Et pourtant, même en tenant compte de ça, je suis tombé sur des affaires que je ne peux pas vraiment me résoudre à classer.

Eldridge secoua la tête et poursuivit :

— Mon boulot n'est pas facile. Il y a certains incidents pour lesquels aucune explication banale ne semble possible. Parfois, j'ai l'impression d'avoir la preuve qu'il existe quelque chose qui s'éloigne radicalement des lois qui, pour nous, gouvernent l'univers. Je devrais donc l'accepter... et pourtant, j'hésite. Est-ce que je ne peux pas être le jouet d'une ingénieuse supercherie, est-ce qu'on ne m'a pas habilement amené à croire fermement quelque chose qui ne serait qu'un tissu d'absurdités ? Je peux me faire avoir, comme dirait Rubin.

— Manny dirait que vous voulez bien vous faire avoir, dit Trumbull.

— C'est peut-être le cas. Nous voulons tous croire en des choses extraordinaires. Nous voulons pouvoir faire des vœux en voyant une étoile filante, avoir des pouvoirs surnaturels, être irrésistibles avec les femmes... et pour cela, nous sommes prêts à faire des entorses à notre faculté de jugement, quand bien même nous prétendrions à la rationalité la plus complète.

— Pas moi, déclara catégoriquement Rubin. Je ne me suis encore jamais raconté d'histoires.

— Ah non ? dit Eldridge en le regardant d'un air pensif. Alors je suppose que vous refuseriez de croire à l'existence de phénomènes parapsychologiques quelles que soient les circonstances ?

— Je n'irais pas jusque-là, répondit Rubin. Mais pour y croire, il me faudrait des preuves rudement solides, plus solides que celles qu'on a avancées devant moi jusqu'ici.

— Et vous autres, messieurs, qu'en pensez-vous ?

— Nous sommes tous des rationalistes, dit Drake. Il est vrai que je ne connais pas la position de Mario Gonzalo, qui n'est pas là aujourd'hui.

— Vous aussi, Tom ?

Un sourire sardonique joua sur le visage ridé de Trumbull.

— Vous ne m'avez encore jamais convaincu avec vos histoires, Voss. Je ne pense pas que vous pourrez me convaincre maintenant.

— Je ne vous ai pas encore raconté d'histoires qui m'avaient personnellement convaincu, Tom... Mais j'ai là quelque chose dont je ne vous ai jamais parlé et que personne ne sait en dehors de mon département. Je peux vous le raconter à tous et si vous arrivez à trouver une explication qui n'impliquerait aucune modification dans la conception scientifique générale de l'univers, je serai grandement soulagé.

— Une histoire de fantômes ? demanda Halsted.

— Non, pas une histoire de fantômes, dit Eldridge. C'est simplement une histoire qui défie le principe de la relation de cause à effet, principe qui est la pierre sur laquelle repose toute la science. En d'autres termes, elle défie le concept selon lequel le temps s'écoule irréversiblement vers le futur.

— En fait, s'empressa de dire Rubin, il est parfaitement possible, à l'échelle des composants de l'atome, de considérer que le temps s'écoule aussi bien...

— Taisez-vous, Manny, laissez parler Voss, dit Trumbull.

Sans bruit, Henry avait posé un brandy devant chacun des convives. Eldridge leva son petit verre d'un air absent, en huma le contenu, puis fit un signe de tête à Henry qui lui répondit par un petit sourire courtois.

— Il est curieux de constater que parmi ceux qui prétendent avoir des pouvoirs surnaturels, ou ceux dont on dit qu'ils en ont, on trouve beaucoup de femmes qui n'ont pas d'instruction, de personnalité ou d'intelligence notables. On dirait que ce talent particulier a épuisé ce qui, autrement, se serait retrouvé dans diverses facettes, plus courantes, de leur personnalité. C'est peut-être seulement plus évident chez les femmes.

« En tout cas, je pense à quelqu'un que j'appellerai Mary pour l'occasion. Vous comprenez bien que ce n'est pas là son vrai nom. On vérifie encore les déclarations de cette femme et à mon avis, il serait regrettable que la publicité s'empare de cette affaire. Vous comprenez ?

Trumbull fronça sévèrement les sourcils.

— Allons, Voss, je vous ai déjà dit que rien de ce qui se disait à l'intérieur de ces murs ne pouvait être répété. Vous pouvez nous parler à cœur ouvert.

— Des incidents peuvent toujours se produire, dit Eldridge d'un ton égal. Mais revenons à Mary. Mary n'a même pas terminé ses études primaires et elle a gagné ce qu'elle a pu en travaillant dans un prisunic. Elle n'est pas jolie et personne ne viendra la débaucher, ce qui est probablement une bonne chose car elle se rend très utile dans ce magasin. On pourrait cependant en douter dans la mesure où elle ne sait même pas faire des additions et où elle est sujette à des migraines qui la handicapent sérieusement. Dans ces cas-là, elle va s'asseoir dans une salle réservée au personnel et elle agace les autres employés en marmonnant tout bas une espèce de charabia sur un ton sinistre. Et pourtant, le magasin ne songe absolument pas à la laisser partir.

— Pourquoi donc ? demanda Rubin en mettant visiblement son point d'honneur à professer un scepticisme total.

— A cause des vols à l'étalage, qui, comme vous le savez, peuvent de nos jours saigner un magasin à blanc en pratiquant des milliers de petites incisions. Ce n'est pas que Mary soit perspicace, ait un regard d'aigle ou ne relâche jamais sa surveillance. Non, elle reconnaît un voleur, ou une voleuse, au moment même où il entre dans le magasin, même si elle n'a jamais vu la personne en question et même si elle ne la voit pas réellement entrer.

« Elle se met à la suivre, après quoi elle devient hystérique et commence à marmonner. Le directeur du magasin a fini par se dire que ces deux choses, l'attitude particulière de Mary et le vol à l'étalage, étaient liées. Il a surveillé ces deux phénomènes et il ne lui a pas fallu longtemps pour s'apercevoir que Mary ne se trompait jamais.

« Les pertes sont bientôt devenues négligeables dans ce magasin, en dépit du fait qu'il se trouve dans un quartier très mal fréquenté. Bien entendu, le directeur en a profité. Il a probablement décidé de ne pas ébruiter l'affaire de peur que quelqu'un n'essaie de lui souffler Mary.

« Mais ensuite, je pense qu'il a eu peur. Mary a un jour repéré quelqu'un qui n'était pas un vulgaire petit voleur mais qui s'était trouvé mêlé à une fusillade. Le directeur avait lu quelque chose sur le travail qu'effectue mon département, et il est venu nous voir. Finalement, il nous a amené Mary.

« Nous l'avons régulièrement fait venir à l'université. Nous l'avons payée, bien entendu. Pas beaucoup, mais elle ne réclamait pas beaucoup d'argent. C'était une jeune fille d'une vingtaine d'années, assez désagréable et pas très intelligente, qui n'avait pas envie de parler et de nous décrire ce qui se passait dans son esprit. Voyez-vous, je suppose que dans son enfance, on lui avait fait passer le goût de raconter ses bizarreries et qu'elle avait appris à se montrer prudente.

— Vous êtes en train de nous dire qu'elle avait un don de prescience ? dit Drake.

— Dans la mesure où, à l'origine, prescience n'est qu'un mot latin signifiant qu'on a connaissance de quelque chose avant que cela ne se produise et que c'est exactement ce qu'elle fait, comment puis-je employer un autre terme ? répondit Eldridge. Elle ne prédit cependant que des choses désagréables, des choses qui la bouleversent ou l'effraient, ce qui, j'imagine, doit lui rendre la vie infernale. C'est parce qu'elle est bouleversée ou effrayée qu'elle franchit la barrière du temps.

— Délimitons un peu tout ça, dit Halsted. Qu'est-ce qu'elle ressent ? Combien de temps à l'avance peut-elle prédire quelque chose ? A quelle distance ?

— Nous n'avons jamais pu l'amener à faire grand-chose pour nous, dit Eldridge. Ses dons ne se manifestaient pas sur commande et avec nous, elle ne pouvait jamais se sentir détendue. D'après ce que le directeur du magasin nous a dit et d'après ce que nous avons glané ici et là, il semble qu'elle n'ait jamais détecté une chose plus de quelques minutes avant qu'elle ne se produise. Une demi-heure à une heure au maximum.

Rubin émit un petit reniflement de mépris.

— Quelques minutes ou un siècle, c'est la même chose, dit Eldridge avec douceur. Le principe est toujours valable. La relation de cause à effet est violée et la marche du temps est inversée.

« Quant à l'espace, il ne semblait pas y avoir de limitation. D'après ce qu'elle décrivait quand j'arrivais à lui faire dire quelque chose et d'après ce que je pouvais tirer de ses paroles incohérentes et assez maladroites, des formes effrayantes passaient constamment dans son esprit. De temps en temps, elle avait l'impression que tout s'embrasait, comme sous l'effet d'un éclair fulgurant et alors, elle voyait, ou devenait consciente de certaines choses. Ce qu'elle voyait surtout nettement, c'est ce qui se passait à proximité ou ce qui la touchait de près, par exemple, les vols à l'étalage. Parfois, cependant, elle voyait des choses qui se produisaient beaucoup plus loin. Plus le désastre était grand, plus elle pouvait sentir les choses. Je suppose qu'elle pourrait détecter, n'importe où dans le monde, une bombe atomique prête à exploser.

— J'imagine qu'elle doit parler de façon incohérente et que vous interprétez ses paroles de la façon qui vous arrange, dit Rubin. L'histoire fourmille de prophètes exaltés dont le charabia passe pour de la sagesse.

— Je suis bien d'accord avec vous, dit Eldridge. C'est pourquoi je ne prête pas attention — du moins, pas trop — à ce qui n'est pas clair. Je n'attache même pas beaucoup d'attention à ses exploits avec les voleurs à l'étalage. Elle pourrait être sensible à leur manière particulière de se comporter, à leur manière de se tenir, à une aura, à une odeur, au genre de choses dont vous avez parlé, Rubin, quand vous avez dit que personne ne pouvait se déguiser. Mais un jour...

— Un jour ? l'encouragea Halsted.

— Excusez-moi une minute, je vous prie, dit Eldridge. Euh... Henry, pourrais-je avoir encore un peu de café, après tout ?

— Mais certainement, dit Henry.

Eldridge regarda le niveau de café monter dans sa tasse.

— Quelle est votre attitude vis-à-vis des phénomènes psychiques, Henry ?

— Je n'ai pas d'attitude particulière, monsieur. J'accepte ce que j'ai l'impression de devoir accepter.

— Bien ! dit Eldridge. Je vais donc m'en remettre à

vous et non à ces rationalistes pleins de préjugés et d'idées toutes faites.

— Alors, allez-y, dit Drake. Vous vous êtes arrêté au moment crucial pour nous décontenancer.

— Jamais de la vie, dit Eldridge. J'étais en train de dire que je ne prenais pas Mary au sérieux jusqu'au jour où elle a soudain commencé à se tortiller dans tous les sens et à marmonner tout bas, le souffle court. Elle fait ça de temps à autre, mais cette fois, elle murmurait " Eldridge, Eldridge ". Et elle disait ça d'une voix de plus en plus perçante.

« J'ai supposé qu'elle m'appelait, mais non. Quand je répondais, elle m'ignorait. Elle ne cessait de répéter " Eldridge ! Eldridge ! " Puis elle s'est mise à hurler : " Le feu ! Oh, mon Dieu ! Ça brûle ! Au secours ! Eldridge ! Eldridge ! " Elle a répété ça sur tous les tons pendant une demi-heure.

« Nous avons essayé de comprendre ce qu'elle voulait dire. Nous parlions tout doucement, bien sûr, parce que nous ne voulions pas intervenir plus qu'il ne le fallait absolument, mais nous répétions : " Où ? Où ? " D'une manière assez incohérente, par bribes, elle a réussi à nous faire comprendre qu'il s'agissait de San Francisco qui, je n'ai pas besoin de vous le dire, se trouve à près de cinq mille kilomètres d'ici. Après tout, il n'y a qu'un seul Golden Gate Bridge, et dans un sursaut, elle a soufflé : " Golden Gate " et n'a cessé de répéter ces mots. Ensuite, il s'est avéré qu'elle n'avait jamais entendu parler de ce pont et qu'elle ne savait pas grand-chose sur San Francisco.

« Une fois qu'on a rassemblé les éléments qu'on avait en main, on s'est dit qu'il devait y avoir une vieille maison quelque part, à San Francisco, probablement avec vue sur le pont, et qu'elle avait brûlé. Au moment où elle avait pris feu, il y avait vingt-trois personnes à l'intérieur et cinq d'entre elles n'avaient pas réussi à s'échapper. Parmi ces cinq morts, il y avait un enfant.

— Et alors, vous avez vérifié et vous avez découvert qu'il y avait bien eu un incendie à San Francisco et que cinq personnes, dont un enfant, y avaient trouvé la mort, dit Halsted.

— C'est exact, dit Eldridge. Mais voilà ce qui m'a impressionné : l'une des cinq victimes était une femme, Sophronia Latimer. Elle avait réussi à s'échapper et puis elle s'était aperçue que son petit garçon de huit ans ne l'avait pas suivie. Elle est retournée dans la maison en hurlant comme une folle pour appeler son fils et elle n'en est jamais ressortie. Le petit garçon s'appelait Eldridge, donc vous voyez ce qu'elle criait juste avant sa mort.

« Je n'ai pas besoin de vous dire qu'Eldridge n'est pas un prénom très répandu et j'ai l'impression que Mary s'est fixée sur cet événement particulier, malgré la distance, uniquement parce qu'elle a été sensible à ce prénom, à cause de moi, et aussi parce qu'il a suscité tant d'angoisse.

— Vous voulez une explication, c'est ça ? dit Rubin.

— Bien sûr, dit Eldridge. Comment cette jeune fille ignorante a-t-elle fait pour visualiser un incendie dans tous ses détails, pour énoncer correctement tous les faits qui se sont produits à cinq mille kilomètres ? Et croyez-moi, nous avons vérifié.

— Pourquoi êtes-vous aussi impressionné par la distance ? dit Rubin. De nos jours, ce n'est rien du tout. Ça représente seulement un soixantième de seconde à la vitesse de la lumière. Je suggère qu'elle a entendu parler de l'incendie à la radio ou plus probablement à la télévision, et qu'elle vous l'a ressorti. C'est pour ça qu'elle a choisi cette histoire, à cause du nom. Elle s'est dit qu'il aurait beaucoup d'effet sur vous.

— Mais pourquoi ? demande Eldridge. Pourquoi aurait-elle monté toute cette supercherie ?

— Pourquoi ? dit Rubin d'une voix que l'étonnement,

vraisemblablement, affaiblissait ; mais il ne tarda pas à s'écrier : Bon Dieu, vous travaillez avec ces gens-là depuis des années et vous ne vous rendez même pas compte qu'ils ont envie de vous faire marcher ! A votre avis, quand on réussit à faire une bonne petite supercherie, on n'éprouve pas un certain sentiment de puissance ? Sans parler de l'argent, qu'il ne faudrait pas négliger.

Eldridge réfléchit puis secoua la tête.

— Elle n'a pas l'intelligence qu'il faut pour monter un truc comme ça. Il faut être malin pour faire semblant, en tout cas pour faire bien semblant.

— Allons, Voss, intervint Trumbull. Il n'y a aucune raison de penser qu'elle agit seule. Elle peut avoir un complice. Elle se charge de jouer à l'hystérique, et lui de tout organiser.

— Qui pourrait bien être son complice ? demanda doucement Eldridge.

Trumbull haussa les épaules.

— Je n'en sais rien.

Avalon s'éclaircit la gorge et dit :

— Je suis d'accord avec Tom et je me dis que le complice est peut-être le directeur du prisunic. Il avait remarqué sa faculté de repérer les voleurs et il a pensé qu'il pouvait l'utiliser d'une manière plus spectaculaire. Je parie que c'est ça. Il a entendu parler de l'incendie à la télévision, il a surpris le prénom d'Eldridge et il a fait répéter son rôle à Mary.

— Combien de temps est-ce qu'il faudrait pour lui faire répéter son rôle ? demanda Eldridge. Je ne cesse de vous dire qu'elle n'est pas très intelligente.

— La leçon n'aurait pas été très difficile à retenir, s'empressa de dire Rubin. Vous avez dit qu'elle prononçait des paroles incohérentes. Il n'aurait eu qu'à lui apprendre quelques mots clés : Eldridge, feu, Golden Gate, et cetera. Alors, elle les a répétés dans le désordre et vous autres, distingués parapsychologues, vous avez rempli les blancs.

Eldridge hocha la tête, puis dit :

— C'est intéressant, si ce n'est qu'il n'a pas eu le temps de lui faire la leçon. C'est ça, les prédictions. Nous savons exactement à quelle heure elle a eu sa crise et nous savons exactement à quelle heure l'incendie s'est déclaré à San Francisco. Il se trouve que le feu a démarré à peu près à la minute où Mary s'est calmée. On aurait dit qu'une fois que l'incendie était bien réel, qu'il n'était plus du domaine de la prescience, Mary a perdu le contact. Alors, vous voyez bien, on n'a pas pu lui faire répéter quoi que ce soit. La nouvelle n'a pas été annoncée à la télévision avant les informations du soir. C'est à ce moment-là que nous l'avons apprise et que nous avons commencé à faire des recherches vraiment sérieuses.

— Mais attendez, dit Halsted. Et le décalage horaire ? Il y a trois heures de décalage entre New York et San Francisco, et un complice qui se serait trouvé à San Francisco...

— Un complice à San Francisco ? fit Eldridge en écarquillant les yeux. Est-ce que vous imaginez une conspiration à l'échelle d'un continent ? D'ailleurs, croyez-moi, je suis également au courant du décalage horaire. Quand je dis que l'incendie s'est déclenché juste au moment où Mary a terminé sa crise, j'en tiens compte. La crise de Mary a commencé à exactement treize heures quinze, heure de la côte est, et l'incendie de San Francisco s'est déclaré vers dix heures quarante-cinq, heure de la côte ouest.

— J'ai une suggestion à vous faire, dit Drake.

— Allez-y, dit Eldridge.

— Voici une fille qui n'a ni instruction ni intelligence, vous ne cessez de nous le répéter, et qui a une crise, une crise d'épilepsie, pour autant que je sache.

— Non, dit fermement Eldridge.

— Bon, une crise de prophétie, si vous y tenez. Elle

marmotte, elle hurle, elle fait tout sauf parler distinctement. Elle émet des sons que vous, vous interprétez et que vous organisez de façon cohérente. Si vous aviez cru l'entendre dire quelque chose comme " bombe atomique ", alors ce que vous avez interprété comme " Eldridge " serait par exemple devenu " Oak Ridge ", le centre de recherche atomique.

— Et Golden Gate ?

— Vous avez pu l'entendre parler de pommes Golden ou quelque chose comme ça, et vous avez pensé au pont.

— Pas mal, dit Eldridge. Malheureusement, nous savons qu'il est difficile de comprendre ces gens exaltés et nous avons eu l'intelligence d'utiliser la technologie moderne. Nous enregistrons toujours nos séances sur bande magnétique et celle-ci a bien été enregistrée. Nous l'avons écoutée cent fois et il est absolument certain qu'elle a bien dit : " Eldridge " et non " Oak Ridge " et qu'elle a dit " Golden Gate " et n'a pas parlé de pommes. Nous l'avons également fait écouter à différentes personnes et il n'y a pas de doute possible. D'ailleurs, nous avons élaboré les détails de l'incendie à partir de ce qu'elle a dit et ce n'est qu'ensuite que nous avons appris les faits. Nous n'avons pas eu à faire de modifications par la suite. Tout s'imbriquait parfaitement.

Il y eut un long silence autour de la table. Finalement, Eldridge dit :

— Eh bien, voilà. Mary a prédit qu'il y aurait un incendie à cinq mille kilomètres de distance, une demi-heure avant qu'il ne se produise et tout ce qu'elle a dit était bien exact.

— Alors vous, vous acceptez ça ? dit Drake d'un air embarrassé. Vous pensez qu'il s'agit de prescience ?

— J'essaie de croire le contraire, répondit Eldridge. Mais quelle raison puis-je avancer ? Je ne veux pas me leurrer en y croyant mais est-ce que j'ai le choix ? A partir de quand est-ce que je commence à me raconter des histoires ? Si ce n'était pas de la prescience, alors qu'est-ce que c'était ? J'espérais qu'un de vous, messieurs, aurait pu me le dire.

Il y eut à nouveau un silence. Eldridge poursuivit :

— J'en suis arrivé à un point où je dois en appeler au grand principe de Sherlock Holmes : " Quand l'impossible a été éliminé, ce qui reste, même si ça paraît improbable, est la vérité. " Dans le cas présent, si cette histoire n'a pas pu être montée de toutes pièces, alors il doit bien s'agir de prescience. Vous n'êtes pas d'accord ?

Le silence retomba sur eux, plus lourd que jamais, jusqu'à ce que Trumbull s'écrie :

— Mince alors, Henry sourit. Personne ne lui a encore demandé d'élucider tout ça. Eh bien, Henry ?

Henry toussota.

— Je n'aurais pas dû sourire, messieurs, mais je n'ai pas pu m'en empêcher quand le professeur Eldridge a fait cette citation. C'est la preuve, messieurs, que vous voulez bien vous laisser persuader.

— Alors là, ça m'étonnerait ! dit Rubin en fronçant les sourcils.

— Dans ce cas, une citation du président Thomas Jefferson vous serait venue à l'esprit.

— Quelle citation ? demanda Halsted.

— J'imagine que M. Rubin la connaît, dit Henry.

— Je la connais probablement, Henry, mais pour l'instant, je n'arrive pas à en trouver une qui soit appropriée. S'agit-il de la Déclaration d'Indépendance ?

— Non, monsieur, commença Henry.

Mais Trumbull l'interrompit en lâchant :

— On ne va pas jouer aux devinettes, Manny. Allez-y, Henry, où voulez-vous en venir ?

— Eh bien, monsieur, affirmer que quand l'impossible a été éliminé, ce qui reste, même improbable, est la vérité, revient à supposer, généralement à tort, que tout ce qui doit être pris en considération l'a effectivement été. Supposons que nous ayons examiné dix cas de figure. Neuf semblent positivement impossibles. Est-ce que le dixième, même improbable, est par conséquent exact ? Et s'il y avait un onzième cas de figure, un douzième, un treizième...

Avalon dit d'un ton sévère :

— Vous voulez dire qu'il y a un cas de figure que nous n'avons pas envisagé ?

— J'en ai bien peur, monsieur, acquiesça Henry.

Avalon secoua la tête.

— Je ne vois pas ce que ça peut être.

— Et pourtant, il saute aux yeux, monsieur. C'est l'évidence même.

— Alors, de quoi s'agit-il ? demanda Halsted, visiblement embarrassé. Venez-en au fait !

— Pour commencer, dit Henry, il est clair qu'il est impossible d'expliquer autrement que par la prescience le fait qu'une jeune femme ait pu prédire dans les moindres détails, ainsi qu'on nous l'a rapporté, un incendie se produisant à cinq mille kilomètres. Mais supposez que la prescience soit également considérée comme impossible. Dans ce cas...

Rubin se leva brusquement, les poils clairsemés de sa barbe tout hérissés, les yeux dans le vague, agrandis par ses verres épais.

— Bien sûr ! L'incendie a été volontairement allumé ! La femme a pu répéter sa leçon pendant des semaines et des semaines. Son complice est allé à San Francisco et ils se sont mis d'accord sur le moment où ils allaient faire ça. Elle a prédit quelque chose qu'elle savait devoir se produire et lui, il a fait quelque chose qu'il savait qu'elle allait prédire.

— Voulez-vous dire par là, monsieur, qu'un comparse aurait délibérément prévu de tuer cinq victimes, y compris un enfant de huit ans ? dit Henry

— Ne vous mettez pas à croire en la vertu de l'humanité, Henry, dit Rubin. Vous êtes celui qui repère le mieux les méfaits.

— Les méfaits peu importants, monsieur, ceux que la plupart des gens ne remarquent pas. Mais j'ai du mal à imaginer que quelqu'un, simplement pour faire croire à une prédiction, puisse délibérément mettre en œuvre un horrible meurtre collectif. En outre, organiser un incendie auquel vingt-trois personnes vont échapper et au cours duquel cinq personnes bien précises vont trouver la mort réclame en soi un peu de prescience.

Rubin s'entêta :

— Je vois certaines façons de prendre au piège cinq personnes. C'est comme quand on complote et qu'on force la main à...

— Messieurs ! dit Eldridge d'un ton péremptoire qui fit se tourner les regards vers lui. Je ne vous ai pas donné la cause de l'incendie.

Après s'être assuré que tout le monde lui prêtait attention, il poursuivit :

— C'était la foudre. Je ne vois pas comment on pourrait faire tomber la foudre à un moment bien précis, dit-il (et il ajouta en écartant les bras dans un geste d'impuissance :) Je vous assure, j'ai lutté avec cette histoire pendant des semaines. Je ne tiens pas à attester l'existence de la prescience, mais... Je suppose que cela vient renverser votre théorie, Henry !

— Au contraire, professeur Eldridge, elle s'en trouve confortée et même validée. Depuis que vous avez commencé à nous raconter cette histoire de Mary et de l'incendie, chaque mot que vous avez prononcé a tendu à démontrer de façon de plus en plus irréfutable que la supercherie était impossible, et qu'il y a bien eu prescience. Si toutefois la prescience est impossible, alors, professeur, il en résulte nécessairement que vous avez menti.

Tous les Veufs Noirs réagirent en chœur à ces mots, Avalon s'exclamant " Henry ! " d'un air choqué, plus fort que tout le monde.

Mais Eldridge s'appuya au dossier de sa chaise en riant tout bas.

— Bien entendu, j'ai menti. Du début à la fin. Je voulais voir si vous qui êtes soi-disant des rationalistes, vous alliez vous montrer tellement prêts à accepter des phénomènes parapsychologiques que vous en arriveriez à négliger l'évidence même plutôt que de renoncer à votre petit frisson. Quand m'avez-vous découvert, Henry ?

— C'était une possibilité depuis le départ, monsieur, mais elle s'est accrue à chaque fois que vous avez éliminé une solution en inventant des informations supplémentaires. J'en ai été certain quand vous avez parlé de la foudre. C'était un élément suffisamment spectaculaire pour être mentionné dès le début. N'en parler qu'à la fin m'a clairement prouvé que vous l'aviez inventé au dernier moment pour couper court à l'ultime tentative d'explication.

— Mais pourquoi dites-vous que c'était une possibilité dès le départ, Henry ? demanda Eldridge. Est-ce que j'ai l'air d'un menteur ? Est-ce que vous pouvez repérer les menteurs comme je disais que Mary pouvait détecter les voleurs ?

— Parce que c'est toujours une possibilité qu'on ne doit pas perdre de vue. C'est là qu'il convient de citer le président Jefferson.

— Et quelle est cette citation ?

— En 1807, Benjamin Silliman, professeur à Yale, a déclaré avoir vu tomber un météorite, à une époque où l'existence des météorites n'était pas acceptée par les scientifiques. En entendant cette déclaration, Thomas Jefferson, qui était un rationaliste d'une intelligence et d'un talent immenses, a dit : " Il m'est plus facile de croire qu'un professeur yankee a menti que de croire qu'une pierre est tombée du ciel. ”

— Oui, s'empressa de dire Avalon, mais il se trouve que Jefferson se trompait. Silliman ne mentait pas et les pierres tombaient bien du ciel.

— Tout à fait, monsieur Avalon, dit Henry, imperturbable. C'est bien pourquoi on se souvient de cette petite phrase. Mais en considérant le grand nombre de fois où des choses impossibles ont été rapportées et le petit nombre de fois où elles se sont finalement avérées possibles, je me disais que j'avais toutes les chances de mon côté.

Remarque

Cette nouvelle a été publiée pour la première fois dans le numéro de mai 1973 d'*Ellery Queen's Mystery Magazine*, sous le titre que je lui avais donné (*The Obvious Factor*).

J'espère que les lecteurs ne penseront pas que la solution de cette énigme n'est « pas du jeu ». Dans la vie, beaucoup de phénomènes peu habituels sont le résultat d'une déformation de la vérité, soit délibérée, soit inconsciente. Et j'en ai assez des énigmes qui se terminent en laissant entendre que peut-être, après tout, quelque chose de surnaturel est bien arrivé.

Pour ma part, si une fois que tout ce qui est impossible a été éliminé, ce qui reste est surnaturel, alors quelqu'un ment. Si vous pensez qu'il s'agit là d'une trahison, tant pis.

CE QU'IL MONTRAIT DU DOIGT

Le banquet des Veufs Noirs se déroulait plutôt paisiblement jusqu'au moment où Rubin et Trumbull s'affrontèrent.

Mario Gonzalo était arrivé le premier, un voile de tristesse nettement perceptible sur ses traits malgré ses efforts.

Henry était encore en train de mettre la table quand Gonzalo arriva. Il s'interrompit et lui demanda avec une sollicitude paisible et discrète :

— Comment allez-vous, monsieur ?

Gonzalo haussa les épaules.

— Bien, je suppose. Je suis désolé d'avoir manqué la dernière réunion, mais j'ai finalement décidé d'aller voir la police et pendant quelque temps, je n'avais pas le cœur à grand-chose. Je ne sais pas si les policiers pourront faire quelque chose, mais maintenant, c'est à eux de jouer. J'aurais presque préféré que vous ne m'ayez rien dit.

— J'aurais peut-être dû m'en abstenir, en effet.

Gonzalo haussa à nouveau les épaules.

— Ecoutez, Henry, dit-il. J'ai téléphoné à chacun de nos amis pour raconter mon histoire.

— Est-ce que c'était vraiment nécessaire, monsieur ?

— Il le fallait. Je me serais senti gêné si je ne l'avais pas fait. En outre, je ne voulais pas qu'ils pensent que vous n'aviez pas trouvé la solution.

— C'est là une considération de bien peu d'importance, monsieur.

Les autres arrivèrent l'un après l'autre. Chacun salua Gonzalo avec une effusion qui feignait ostensiblement d'ignorer le meurtre de sa sœur, puis se réfugia dans un silence quelque peu gêné.

Avalon, qui faisait office d'hôte, paraissait, comme toutes les fois que ça lui arrivait, ajouter la dignité de cette charge à la solennité qui lui était naturelle. Tout en sirotant son premier verre, il présenta son invité, un jeune homme au visage agréable, aux cheveux bruns qui commençaient à être clairsemés, et à l'étonnante moustache, très fournie, qui semblait attendre que la mode revienne à l'emploi de cosmétiques pour voir ses pointes se retrousser.

— Voici Simon Levy, dit Avalon. C'est un auteur scientifique et un type fantastique.

Emmanuel Rubin s'empressa de dire :

— Vous n'avez pas écrit un livre sur le laser intitulé *La Lumière en phase* ?

— Oui, dit Levy avec le sursaut de ravissement d'un auteur qui ne s'attend pas à être reconnu. Vous l'avez lu ?

Rubin, qui, comme d'habitude, avait la confiance en soi d'un homme d'un mètre quatre-vingts dans un corps d'un mètre soixante-trois, le regarda solennellement à travers ses verres épais et lui dit :

— Oui, et je l'ai trouvé pas mal du tout.

Le sourire de Levy s'estompa. On avait l'impression que pour lui, « pas mal du tout » n'était pas bien du tout.

— Roger Halsted ne sera pas des nôtres ce soir, dit Avalon. Il a quitté la ville pour régler quelque affaire. Il m'a dit qu'il regrettait beaucoup de ne pas pouvoir venir et il m'a demandé de donner le bonjour à Mario s'il se montrait.

Trumbull dit avec une grimace sarcastique :

— On a échappé à un limerick.

— J'ai raté celui du mois dernier, dit Gonzalo. Il était bien ?

— Vous ne l'auriez pas compris, Mario, dit gravement Avalon.

— Ho ! il était bon à ce point ?

Puis les voix se calmèrent pour ne devenir qu'un murmure jusqu'à ce que l'Acte d'Union surgisse dans la conversation. Ensuite, ni Rubin ni Trumbull ne purent se rappeler comment. Trumbull déclara d'un ton considérablement plus affirmatif que celui qu'on emploie généralement dans une simple conversation :

— L'Acte d'Union, portant création du Royaume-Uni de l'Angleterre, du Pays de Galles et de l'Ecosse a eu force de loi au Traité d'Utrecht en 1713.

— Non, dit Rubin, sa barbe filasse et clairsemée tremblant d'indignation. L'Acte a été signé en 1707.

— Est-ce que vous essayez de me faire croire que le Traité d'Utrecht a été signé en 1707, espèce de parfait imbécile ?

— Non, pas du tout, beugla Rubin d'une voix étonnamment forte. Le Traité d'Utrecht a été signé en 1713. Vous avez au moins deviné ça, Dieu seul sait comment, d'ailleurs.

— Si le Traité a été signé en 1713, alors ça règle le problème de l'Acte d'Union.

— Non, parce que le Traité n'a rien à voir avec l'Acte d'Union, qui remonte à 1707.

— Mince alors, je vous parie cinq dollars que vous ne verriez pas la différence entre l'Acte d'Union et l'union ouvrière.

— Voilà mes cinq dollars. Où sont les vôtres ? A moins que vous ne puissiez pas vous permettre de dépenser une semaine de votre traitement minable ?

Ils étaient maintenant debout et se penchaient de chaque côté de James Drake qui se servit avec philosophie une cuiller de crème fraîche à la ciboulette pour finir sa pomme de terre au four et termina son assiette.

— Inutile de criailler à droite et à gauche, mes frères imbéciles, dit Drake. Vérifiez donc dans un dictionnaire.

— Henry ! rugit Trumbull.

Après une attente minime, Henry était là avec la troisième édition de la *Columbia Encyclopaedia*.

— Privilège de l'hôte, c'est moi qui vérifie, en tant qu'observateur impartial, dit Avalon.

Il tourna les pages de l'épais volume en marmonnant :

— Union, union, union, ah, Acte d'Union (puis il annonça presque tout de suite :) 1707. Manny a gagné. Donnez-lui cinq dollars, Tom.

— Quoi ? s'écria Trumbull, outragé. Voyons ça.

Rubin ramassa tranquillement les deux billets de cinq dollars qui se trouvaient sur la table et dit d'un air méditatif :

— C'est un bon ouvrage de référence, ça, la *Columbia Encyclopaedia*. C'est le meilleur ouvrage général du monde en un seul volume et il est plus utile que l'*Encyclopaedia Britannica*, même s'il perd de la place en consacrant un article à Isaac Asimov.

— A qui ? demanda Gonzalo.

— Asimov. Un de mes amis. Un écrivain de science-fiction qui est d'une vanité pathologique. Il emporte un exemplaire de l'*Encyclopaedia* quand il est invité à une soirée pour pouvoir dire : “Tenez, puisqu'on parle du mot ‘concret’, laissez-moi vous dire que la *Columbia Encyclopaedia* a un excellent article là-dessus seulement 249 pages après l'article qu'ils ont fait sur moi.”

Gonzalo se mit à rire.

— Voilà qui vous ressemble beaucoup, Manny.

— Dites-lui ça et il vous tuera, si je ne le fais pas avant.

Simon Levy se tourna vers Avalon et lui dit :

— Y a-t-il des disputes de ce genre tout le temps ici, Jeff ?

— Il y en a beaucoup, mais en général, on ne va pas jusqu'à parier et vérifier dans une encyclopédie, répondit Avalon. Mais quand ça arrive, Henry n'est pas pris au dépourvu. Nous n'avons pas seulement la *Columbia Encyclopaedia* mais aussi des exemplaires de la Bible, la version datant du roi James et la version en anglais moderne, le Webster, bien entendu dans sa seconde édition, intégrale, le Webster bibliographique, le Webster géographique, le livre des records Guinness, le dictionnaire des expressions et légendes, et les œuvres complètes de Shakespeare. Tout cela constitue la bibliothèque des Veufs Noirs et Henry en est le gardien. Elle permet généralement de régler toutes les disputes.

— Je regrette de vous avoir demandé ça, dit Levy.

— Pourquoi ?

— Vous avez mentionné Shakespeare et en ce moment, ça me donne la nausée.

— Shakespeare vous donne la nausée ? demanda Avalon en dévisageant son invité avec une altière réprobation.

— Et comment ! ça fait deux mois que je ne le quitte pas, que je le lis à l'endroit et à l'envers et un " fi ! " ou un " mon doux seigneur " de plus me ferait vomir.

— Vraiment ? Attendez... Henry, est-ce que le dessert arrive ?

— Tout de suite, monsieur. C'est une coupe aux marrons[1].

— Bon ! Simon, attendez qu'on ait fini le dessert et on continuera à parler de ça.

Dix minutes plus tard, Avalon approcha sa cuiller de son verre à eau et fit tinter l'ensemble pour réduire l'assistance au silence.

1. En français dans le texte (*N.d.T.*).

— Privilège d'hôte, dit-il. C'est l'heure de notre inquisition habituelle, mais comme notre invité distingué a laissé échapper qu'il avait passé les deux derniers mois à étudier Shakespeare avec une extrême concentration, je pense que ce fait devrait être examiné plus avant. Tom, à vous l'honneur, si vous le voulez bien.

— Shakespeare ? s'exclama Trumbull avec indignation. Qui veut s'embêter à parler de Shakespeare ?

Son humeur n'avait pas été améliorée par la perte de cinq dollars et par l'expression d'angélique vertu qui se lisait sur le visage de Rubin.

— Je vous le demande de par mon privilège d'hôte, dit fermement Avalon.

— Hem ! Bon. Monsieur Levy, en tant qu'auteur scientifique, qu'est-ce qui vous intéresse dans Shakespeare ?

— Rien, en tant qu'auteur scientifique, dit-il avec un accent de Brooklyn très prononcé. C'est seulement que je cherche trois mille dollars.

— Dans Shakespeare ?

— Quelque part, dans Shakespeare. Mais jusqu'à présent, on ne peut pas dire que j'aie eu de la chance.

— Vous parlez par énigmes, Levy. Qu'est-ce que ça veut dire, ça, trois mille dollars que vous n'arrivez pas à trouver dans Shakespeare ?

— Oh ! eh bien, c'est une histoire compliquée.

— Alors, racontez-la donc. C'est pour ça qu'on est là. Il y a ici une vieille règle qui stipule que rien de ce qui est dit ou fait dans cette pièce ne peut être répété à l'extérieur, quelles que soient les circonstances. Alors, vous pouvez parler librement. Si vous commencez à nous ennuyer, nous vous arrêterons. Ne vous faites pas de souci pour ça.

Levy écarta les bras.

— Bon, mais laissez-moi d'abord finir mon thé.

— Allez-y, Henry va vous apporter une autre théière

pleine puisque vous n'êtes pas assez civilisé pour boire du café... Henry !

— Oui, monsieur, murmura Henry.

— Ne commencez pas avant qu'il revienne, dit Trumbull. Il ne faudrait pas qu'il en manque un bout.

— Le serveur ?

— Il est l'un des nôtres. Le meilleur de nous tous.

Henry arriva avec une théière pleine et Levy dit :

— C'est une question d'héritage, plus ou moins. Il ne s'agit pas d'une affaire où le patrimoine familial est en jeu, ou d'une fortune en bijoux ou quoi que ce soit de similaire. Il s'agit seulement de trois mille dollars dont je n'ai pas un réel besoin, mais que j'aimerais quand même bien avoir.

— Un héritage de qui ? demanda Drake.

— Du grand-père de ma femme. Il est mort il y a deux mois à l'âge de soixante-treize ans. Il vivait avec nous depuis cinq ans. C'était un peu embêtant, mais il était un vieux monsieur bien gentil et comme il faisait partie de la famille de ma femme, c'est surtout elle qui s'en occupait. Il était assez reconnaissant que nous l'ayons accueilli chez nous. Il n'avait pas d'autres descendants, alors c'était nous ou une maison de vieux.

— Arrivez-en à l'héritage, dit Trumbull en manifestant quelques signes d'impatience.

— Grand-père n'était pas riche, mais il avait quelques milliers de dollars. Quand il est venu chez nous, il nous a dit qu'il avait acheté pour trois mille dollars de titres négociables et qu'il nous les donnerait à sa mort.

— Pourquoi à sa mort ?

— Je suppose que le pauvre vieux avait peur qu'on se lasse de lui. Ces trois mille dollars étaient en quelque sorte une récompense pour notre bonne conduite. S'il était encore chez nous à sa mort, il nous les donnerait, et si nous l'avions mis à la porte, il ne le ferait pas.

« Il les cachait dans divers endroits, poursuivit Levy.

Les vieux sont parfois un peu bizarres. Périodiquement, il changeait de cachette, quand il avait peur qu'on les trouve. Bien sûr, en général, on les trouvait au bout de peu de temps, mais on faisait semblant de rien et on n'y touchait jamais. Sauf une fois ! Il les avait mis dans le panier de linge sale et on a dû les lui rendre en lui demandant de les mettre ailleurs, sinon ils finiraient tôt ou tard par se retrouver dans la machine à laver.

« C'est à ce moment-là qu'il a eu une petite attaque — je suis sûr que ça n'avait aucun rapport — et qu'ensuite, il a été un peu plus difficile de s'occuper de lui. Il est devenu morose et il ne parlait plus beaucoup. Sa jambe droite lui posait quelques problèmes et ça lui rappelait qu'il lui faudrait mourir un jour. A partir de ce moment-là, il a dû mieux cacher les titres parce qu'on ne les a plus trouvés, bien qu'on n'y ait pas attaché beaucoup d'importance. On a pensé qu'il nous dirait où ils étaient le moment venu.

« Et puis, il y a deux mois, la petite Julia, c'est ma plus jeune fille, est venue en courant nous annoncer que grand-père était allongé sur le divan et qu'il avait l'air tout drôle. On s'est précipités dans le salon et on s'est aperçus qu'il avait manifestement eu une attaque. On a appelé le médecin, mais on voyait bien qu'il avait tout le côté droit paralysé. Il ne pouvait pas parler. Il arrivait seulement à remuer les lèvres et à émettre des sons inarticulés.

« Il ne cessait de remuer le bras gauche en essayant de parler. Je lui ai demandé : " Grand-père, vous voulez me dire quelque chose ? " Il a seulement réussi à incliner un petit peu sa tête tremblante. " A quel sujet ? " lui ai-je demandé tout en sachant qu'il ne pouvait pas me répondre. Alors, je lui ai dit : " C'est au sujet des titres ? " Il a à nouveau penché un petit peu la tête. " Vous voulez qu'on les ait ? " Nouveau hochement de tête tandis que sa main remuait comme s'il essayait de nous montrer quelque chose.

« Je lui ai demandé : “ Où sont-ils ? ” Sa main gauche a tremblé et a continué à montrer quelque chose. Je n’ai pas pu m’empêcher de dire : “ Qu’est-ce que vous nous montrez, grand-père ? ” Mais il était incapable de parler. Son doigt tremblant ne cessait de désigner quelque chose et son expression était angoissée tandis qu’il essayait de parler sans y parvenir. Il me faisait de la peine. Il voulait nous donner les titres, nous récompenser avec ça, et il allait mourir sans pouvoir le faire.

« Caroline, ma femme, pleurait et disait : “ Laisse-le tranquille, Simon ”, mais je ne pouvais pas le laisser tranquille. Je ne pouvais pas le laisser mourir avec son désespoir. Je lui ai dit : “ Il va falloir avancer le divan vers l’endroit qu’il nous montre. ” Caroline ne voulait pas mais le vieil homme m’a fait un signe de tête.

« Caroline s’est mise à un bout du divan, moi à l’autre, et on l’a déplacé petit à petit, en essayant de ne pas secouer le grand-père. Il n’était pourtant pas léger. Il montrait toujours quelque chose du doigt. Il a tourné la tête dans la direction dans laquelle on le poussait tout en gémissant comme s’il essayait de nous dire où il fallait l’emmener. Je lui demandais de temps en temps : “ Un peu plus à droite, grand-père ? Un peu plus à gauche ? ” Et parfois, il me faisait un signe de tête.

« Finalement, on l’a approché de la bibliothèque et lentement, il a tourné la tête. Je voulais l’aider mais j’avais peur de lui faire mal. Il a réussi à regarder la bibliothèque et il a fixé les livres pendant un bon moment. Et puis il a levé le doigt et l’a pointé vers un ouvrage particulier. C’était un exemplaire des œuvres complètes de Shakespeare, dans l’édition Kittredge.

« Je lui ai dit : “ Shakespeare, grand-père ? ” Il n’a pas répondu, mais ses traits se sont détendus et il a cessé d’essayer de parler. Je suppose qu’il ne m’a pas entendu. Une sorte de demi-sourire a retroussé le côté gauche de sa bouche et il est mort. Le médecin est arrivé, le corps a été emporté et on s'est occupé des formalités de l'enterrement. Ce n'est qu'ensuite que nous avons repensé à Shakespeare. On se disait que ça pouvait bien attendre. Il nous semblait qu'on n'avait pas le droit de se jeter dessus avant de s'être occupés du vieillard.

« Je me disais qu'il devait y avoir quelque chose dans le volume qui nous indiquerait où étaient les titres, et c'est là que nous avons eu notre premier choc. Nous avons feuilleté tout le livre, page par page, et il n'y avait rien. Pas le moindre bout de papier. Pas la moindre annotation.

— Et la reliure ? dit Gonzalo. Vous savez, entre l'endroit où les pages sont collées et le dos du livre ?

— Il n'y avait rien là non plus.

— Quelqu'un l'avait peut-être pris.

— Comment ? Ma femme et moi, on était les seuls à être au courant. On n'a pas pu nous voler. Finalement, on s'est dit qu'il devait y avoir un indice dans le livre, dans ce qui était écrit, dans les pièces elles-mêmes, vous comprenez. C'est Caroline qui a pensé à ça. Pendant les deux derniers mois, j'ai lu toutes les pièces de Shakespeare, mot par mot ; tous ses sonnets et ses divers poèmes, à deux reprises. Je n'ai rien trouvé.

— Merde, laissez tomber Shakespeare ! récrimina Trumbull. Oubliez cet indice. Il fallait bien qu'il les laisse quelque part dans la maison.

— Pourquoi croyez-vous ça ? dit Levy. Il aurait très bien pu les déposer dans un coffre à la banque, on n'en savait rien. Il s'était bien sorti de sa première attaque. Une fois qu'on a eu trouvé les titres dans le panier à linge, il a pu se dire que la maison n'était pas une cachette assez sûre.

— D'accord, mais il a quand même pu les laisser chez vous, quelque part. Pourquoi ne pas chercher ?

— C'est ce qu'on a fait. Tout au moins, Caroline l'a fait. On s'est réparti la tâche de la manière suivante : elle a fouillé la maison, qui est grande et a des tas de coins et de recoins — c'est d'ailleurs pour ça qu'on a pu accueillir grand-père. Et moi, j'ai cherché dans Shakespeare. Mais on n'a rien trouvé, ni l'un ni l'autre.

Avalon dérida son front pensif et dit :

— Ecoutez, il n'y a aucune raison pour qu'on n'essaie pas de procéder avec logique. Je suppose, Simon, que votre grand-père était né en Europe.

— Oui. Il était venu en Amérique à l'adolescence, juste au début de la Première Guerre mondiale. Il était parti juste à temps.

— Je suppose qu'il n'avait pas beaucoup d'instruction ?

— Aucune, dit Levy. Il s'était mis à travailler chez un tailleur, finalement, il avait monté son propre atelier et il était resté dans le métier jusqu'à sa retraite. Il n'avait pas d'instruction du tout, si on excepte les préceptes religieux que les juifs se transmettaient dans la Russie tsariste.

— Alors comment pouvez-vous vous attendre à ce qu'il vous donne des indices avec les pièces de Shakespeare ? dit Avalon. Il ne devait rien y connaître.

Levy fronça les sourcils et s'appuya au dossier de sa chaise. Il n'avait pas touché au petit verre de brandy que Henry avait posé devant lui un moment plus tôt. Il le prit alors, fit doucement tourner le pied entre ses doigts et le reposa.

— Vous vous trompez, Jeff, dit-il d'un ton un peu distant. Il avait beau ne pas être instruit, il était très intelligent et il avait beaucoup lu. Il connaissait la Bible par cœur et il avait lu *Guerre et Paix* dans ses jeunes années. Il avait également lu Shakespeare. Ecoutez, un jour, on est allés voir une représentation de *Hamlet* à Central Park, et il a mieux compris que moi.

Rubin s'interposa soudain avec énergie :

— Je n'ai pas l'intention de retourner voir *Hamlet*

jusqu'à ce qu'ils trouvent un Hamlet qui ait l'air d'un Hamlet, c'est-à-dire gras !

— Gras ! s'exclama Trumbull avec indignation.

— Parfaitement, gras. Dans la dernière scène, la reine dit de lui : " Il est gras et à bout de souffle. " Si Shakespeare dit qu'Hamlet est gras...

— C'est sa mère qui dit ça, pas Shakespeare. Il s'agit là d'un cas typique de mère pas très intelligente qui couve son fils...

Avalon abattit son poing sur la table.

— Messieurs, ce n'est pas le moment !

Il se tourna vers Levy.

— En quelle langue est-ce que votre grand-père a lu la Bible ?

— En hébreu, bien sûr, répondit Levy avec froideur.

— Et *Guerre et Paix* ?

— En russe. Mais si vous n'y voyez pas d'inconvénient, il a lu Shakespeare en anglais.

— Qui n'était pas sa langue maternelle. J'imagine qu'il parlait l'anglais avec un accent.

La froideur de Levy avait atteint une température glaciale.

— Où voulez-vous en venir, Jeff ?

Avalon toussota.

— Il n'y a pas d'antisémitisme dans mes propos. Je me contente de remarquer un simple fait évident : si le grand-père de votre femme n'était pas très à l'aise dans cette langue, il y a une limite à la subtilité avec laquelle il pouvait employer une citation de Shakespeare. Il n'aurait vraisemblablement pas utilisé l'expression qu'on trouve dans *Richard II* " et voici le bouffon ", parce que même s'il avait beaucoup lu, il n'aurait probablement pas su ce qu'était un bouffon.

— Qu'est-ce que c'est ? demanda Gonzalo.

— Aucune importance, dit Avalon avec impatience. Si

votre grand-père s'est servi de Shakespeare, ce devait être avec une citation parfaitement compréhensible.

— Quelle était la pièce qu'il préférait ?

— Il aimait *Hamlet*, bien entendu, dit Levy. Je sais qu'il n'aimait pas les comédies parce qu'il trouvait que le ton manquait de dignité et que l'argument ne signifiait rien pour lui. Attendez, il aimait bien *Othello*.

— Bon, dit Avalon. Nous devrions nous concentrer sur *Hamlet* et *Othello*.

— Je les ai lus, dit Levy. Vous ne pensez quand même pas que je les ai laissés de côté ?

— Et il faudrait que ce soit un passage très connu, poursuivit Avalon sans lui prêter attention. Personne ne pourrait se dire que montrer les œuvres de Shakespeare suffit pour mettre quelqu'un sur la voie s'il s'agit de trouver un vers obscur.

— La seule raison pour laquelle il les a montrées du doigt, c'est qu'il ne pouvait pas parler, dit Levy. Il pourrait s'agir de quelque vers très obscur qu'il nous aurait expliqué s'il avait pu parler.

— S'il avait pu parler, il n'aurait rien eu à vous expliquer, dit Drake avec bon sens. Il se serait contenté de vous dire où se trouvaient les titres.

— Exactement, dit Avalon. Un bon point pour vous, Jim. Simon, vous avez dit qu'après avoir désigné les œuvres de Shakespeare, les traits du vieux monsieur se sont détendus et qu'il a cessé d'essayer de parler. Il se disait qu'il vous avait donné toutes les indications nécessaires.

— Eh bien, ce n'était pas le cas, dit Levy d'un ton morose.

— Alors, essayons d'être logiques, dit Avalon.

— Est-ce qu'il le faut vraiment ? dit Drake. Pourquoi ne pas demander à Henry ? Henry, quel est le vers de Shakespeare qui nous arrangerait ?

Henry, qui desservait sans bruit les assiettes à dessert dit :

— Je connais un petit peu les pièces de Shakespeare, monsieur, comme tout un chacun, mais je dois avouer qu'aucun vers approprié ne me vient à l'esprit.

Drake eut l'air déçu mais Avalon dit :

— Allons, Jim. Henry a eu beau très bien s'en tirer en d'autres occasions, il ne faut pas que nous ayons le sentiment de ne pas savoir quoi faire sans lui. Je me flatte de connaître assez bien Shakespeare moi-même.

— Je ne suis pas un novice non plus, dit Rubin.

— Alors à nous deux, essayons de résoudre cette énigme. Prenons d'abord *Hamlet*. Si c'est bien *Hamlet,* il faut qu'il s'agisse du monologue parce que c'est ce qui est le plus célèbre.

— En fait, le vers " Etre ou ne pas être, là est la question " est le plus connu de Shakespeare, dit Rubin. Il le résume, tout comme le quatuor de *Rigoletto* représente à lui seul l'opéra.

— Je suis bien d'accord, dit Avalon. En outre, ce monologue parle de mort et le vieil homme était en train de mourir. " Mourir... dormir, rien de plus ; et par un sommeil, dire que nous mettons fin aux souffrances du cœur et aux mille tourments naturels que procure la chair... "

— Oui, mais ça nous fait une belle jambe, dit Levy avec impatience. Ça ne nous avance à rien.

Avalon, qui déclamait toujours Shakespeare avec ce qu'il tenait à appeler une prononciation shakespearienne (et qui ressemblait en tout point à un fort accent irlandais) déclara :

— Eh bien, je n'en suis pas sûr.

— C'est pas dans *Hamlet* que Shakespeare dit : " La représentation dramatique, voilà " ? dit soudain Gonzalo.

— Oui, dit Avalon. " Cette préparation dramatique

est le moyen dont je me servirai pour surprendre la conscience du roi. ”

— Alors, si le vieil homme montrait un recueil de pièces, c’est peut-être la bonne réplique, dit Gonzalo. Est-ce que vous avez un portrait de roi, une gravure ou peut-être un jeu de cartes ?

Levy haussa les épaules.

— Non, je ne vois pas.

— Et *Othello* ? demanda Rubin. Ecoutez, le plus célèbre, dans la pièce, c’est le discours d’Iago sur la réputation : “Le bon renom, cher monseigneur, homme ni femme ne possède joyau qui plus lui tienne à cœur... ”

— Et alors ? dit Avalon.

— Et alors vient le passage le plus célèbre, celui que le vieil homme devait sûrement connaître parce que c’est ce que tout le monde connaît, même Mario : “Qui vole ma bourse vole une chose sans valeur. Cela ne compte point ; c’était à moi, c’est à lui... ” et ainsi de suite.

— Et alors ? répéta Avalon.

— Eh bien, on dirait que ça pourrait s’appliquer à l’héritage. “C’était à moi, c’est à lui” et on dirait aussi que l’héritage a disparu : “Qui vole ma bourse vole une chose sans valeur. ”

— Qu’est-ce que vous voulez dire par “disparu” ? dit Levy.

— Après avoir trouvé les titres dans le panier à linge, vous avez perdu leur trace, avez-vous dit. Peut-être le vieil homme les a-t-il mis quelque part, à l’abri, sans réussir à se souvenir de l’endroit. Ou bien il a pu les égarer, les donner à quelqu’un ou les perdre dans une combine louche. Quoi qu’il en soit, il ne pouvait plus vous l’expliquer sans paroles. Alors, pour mourir en paix, il vous a indiqué les œuvres de Shakespeare. Il s’est dit que vous vous rappelleriez la réplique la plus connue de sa pièce favorite, où il est dit que la bourse est sans valeur, et c'est donc pour ça que vous n'avez rien trouvé.

— Je n'y crois pas, dit Levy. Je lui ai demandé s'il voulait qu'on ait les titres et il a fait signe que oui.

— C'était tout ce qu'il pouvait encore faire. Et puis ce n'est pas qu'il ne voulait pas que vous les ayez, mais c'était impossible. Vous êtes d'accord avec moi, Henry ?

Henry, qui avait terminé sa tâche et qui écoutait calmement la conversation, dit :

— J'ai bien peur que non, monsieur Rubin.

— Moi non plus, dit Levy.

Mais Gonzalo claquait des doigts.

— Attendez, attendez. Est-ce que Shakespeare ne parle pas d'actions ou d'obligations ?

— Pas à son époque, dit Drake en souriant.

— J'en suis sûr, dit Gonzalo. Il dit quelque chose sur des obligations qu'on a spécifiées ?

— Ah, vous voulez dire : “ Cela est-il spécifié dans les obligations ? ” dit Avalon. Les obligations signifient ici le contrat et la question était de savoir ce qu'il prévoyait.

— Attendez un instant, dit Drake. Est-ce que ces obligations ne prévoyaient pas une somme de trois mille ducats ?

— Seigneur, oui ! dit Avalon.

Gonzalo sourit d'une oreille à l'autre.

— Je crois que j'ai trouvé là un truc intéressant : des obligations qui impliquent trois mille quelque chose. C'est dans cette pièce qu'il faut chercher.

Henry l'interrompit doucement :

— J'en doute beaucoup, messieurs. La pièce en question est *Le Marchand de Venise* et la personne qui demande si cela est spécifié dans les obligations est le juif Shylock, qui veut se venger cruellement. Le vieux monsieur ne devait sûrement pas aimer cette pièce.

— C'est exact, dit Levy. Pour lui, Shylock était l'équivalent d'une insulte, et moi non plus, je ne l'apprécie pas beaucoup.

— Quel est le passage, demanda Rubin, qui dit : « Est-ce qu'un juif n'a pas des yeux ? Est-ce qu'un juif n'a pas des mains, des organes, des proportions, des sens, des affections, des passions ? »

— Il n'aurait pas plu à grand-père, dit Levy. Il plaide pour quelque chose d'évident et réclame une égalité que grand-père, au fond de son cœur, n'aurait pas été prêt à revendiquer, dans la mesure où je suis sûr qu'il se sentait supérieur en tant que membre du peuple élu.

Gonzalo eut l'air déçu.

— On dirait que nous ne sommes pas plus avancés.

— Non, en effet, je ne crois pas, dit Levy. J'ai lu l'ouvrage entier. J'ai lu attentivement tous les monologues et les passages dont vous avez parlé. Aucun ne m'a dit quoi que ce soit.

— Admettons que ce soit le cas, dit Avalon. Mais vous n'avez peut-être pas vu une allusion subtile...

— Allons, Jeff, c'est vous qui avez affirmé qu'il ne pouvait pas s'agir de quelque chose de subtil. Grand-père pensait sûrement à une chose qui correspondait aux capacités de ma femme et aux miennes, quelque chose que nous pourrions trouver, et probablement vite trouver. Et nous n'avons pas réussi.

— Vous aviez peut-être raison, dit Drake. Il y avait peut-être une plaisanterie à lui là-dessous.

— Je viens de vous le dire.

— Alors pourquoi ne pas essayer de repartir à zéro, d'une manière différente ? Pouvez-vous vous rappeler un de ses gags, une de ses expressions favorites ? Quelque chose qu'il disait tout le temps ?

— Oui. Quand il trouvait à redire à quelqu'un, il s'écriait : « Que dix-huit années noires s'abattent sur lui ! »

— D'où vient cette expression ?

— En yiddish, ça se dit assez couramment, répondit Levy. Et puis il disait aussi : “ Ça lui sera d'un aussi grand secours que des tasses à un mort. ”

— Qu'est-ce que cela veut dire ? demanda Gonzalo.

— Ça fait allusion au procédé des ventouses. On place un fin morceau de papier dans une petite tasse ronde en verre et ensuite, on retourne la tasse sur la peau. Le papier s'en va mais il a créé un vide partiel dans la tasse et il y a aspiration de la circulation dans les couches superficielles. Naturellement, poser des ventouses à un mort ne peut pas améliorer sa circulation.

— Très bien, dit Drake. Y a-t-il quelque chose qui fasse penser à dix-huit années noires ou à des ventouses appliquées à des morts dans Shakespeare ?

Il y eut un silence pénible et finalement, Avalon dit :

— Je ne vois pas.

— Et même si vous aviez pensé à quelque chose, qu'est-ce que ça changerait ? dit Levy. Ecoutez, ça fait deux mois que je suis là-dessus. Vous n'allez pas résoudre ça en deux heures.

Drake se tourna à nouveau vers Henry et lui dit :

— Pourquoi restez-vous là sans rien dire, Henry ? Ne pouvez-vous pas nous aider ?

— Je regrette beaucoup, monsieur Drake, mais je pense maintenant que toute cette histoire de Shakespeare est une fausse piste.

— Non, dit Levy. Vous ne pouvez pas dire ça. Le vieil homme désignait indiscutablement les œuvres complètes. Il avait l'index à trois centimètres du volume. Il n'aurait pas pu s'agir d'un autre livre.

— Ecoutez, Levy, vous n'êtes pas en train de nous mener en bateau, hein ? dit soudain Drake. Vous n'êtes pas en train de nous raconter des bobards pour vous ficher de nous ?

— Quoi ? fit Levy, stupéfait.

— Rien, rien, s'empressa de dire Avalon. C'est seulement qu'il se rappelle ce qui s'est passé à une précédente réunion. Taisez-vous, Jim.

— Ecoutez, dit Levy. Je vous ai raconté exactement ce qui est arrivé. Il montrait nettement l'ouvrage de Shakespeare.

Il y eut un bref silence, puis Henry soupira et dit :

— Dans les romans policiers...

— Bravo ! Bravo ! l'interrompit Rubin.

— Dans les romans policiers, répéta Henry, on utilise souvent le procédé des mourants qui suggèrent quelque chose à demi-mot. Je n'ai jamais pu prendre cela au sérieux. On présente toujours l'homme qui meurt et qui est anxieux de délivrer une information de dernière minute comme quelqu'un qui donne les indications les plus complexes. Son cerveau mourant, auquel il ne reste que deux minutes de grâce, conçoit une énigme qui va donner matière à réflexion à un esprit sain pendant des heures. Dans le cas présent, nous avons un vieil homme qui meurt d'une attaque qui le paralyse et il est censé inventer très vite un indice qu'un groupe d'hommes intelligents n'a pas réussi à trouver, l'un d'eux ayant même passé deux mois là-dessus. Je ne peux qu'en conclure que cet indice n'existe pas.

— Alors, pourquoi aurait-il montré les œuvres de Shakespeare, Henry ? Est-ce qu'il s'agissait seulement d'une vague hallucination de mourant ?

— Si votre histoire est vraie, je pense qu'il essayait bien de faire quelque chose, dit Henry. Mais il n'aurait pas pu aller inventer un indice. Il faisait la seule chose que son esprit mourant pouvait encore réussir à faire : il montrait les titres.

— Je vous demande pardon, dit Levy d'un air offusqué. J'étais là. Il montrait bien les œuvres de Shakespeare.

Henry secoua la tête.

— Monsieur Levy, voudriez-vous me montrer la Cinquième Avenue ? dit-il.

Lévy réfléchit un instant, essayant visiblement de se repérer, puis il allongea le bras.

— Vous me montrez la Cinquième Avenue? lui demanda Henry.

— Eh bien, l'entrée du restaurant donne sur la Cinquième Avenue, alors je tends la main dans cette direction.

— Il me semble, monsieur, que vous montrez un tableau de l'arche de Titus qui est accroché au mur ouest de cette pièce.

— Oui, en effet, mais la Cinquième Avenue est juste au-dessous.

— Exactement, monsieur. Donc je ne sais que vous pointez vers la Cinquième Avenue que parce que vous me le dites. Vous pourriez aussi bien désigner le tableau, un point dans l'espace, devant le tableau, l'Hudson, Chicago ou la planète Jupiter. Si vous vous contentez de montrer du doigt sans me faire comprendre, verbalement ou autrement, ce que vous voulez montrer, vous n'indiquez qu'une direction, rien de plus.

Levy se frotta le menton.

— Vous voulez dire que grand-père n'indiquait qu'une direction ?

— Peut-être. Il n'a pas dit qu'il montrait l'ouvrage de Shakespeare. Il n'a fait que tendre le doigt.

— Bon, alors qu'est-ce qu'il montrait? Le... le... commença-t-il en fermant les yeux et en caressant doucement sa moustache pour se rappeler sa maison. Le pont Verrazano ?

— Probablement pas, monsieur, dit Henry. Il pointait dans la direction des œuvres complètes. Son doigt en était à trois centimètres, avez-vous dit. Il est donc peu vraisemblable qu'il ait voulu montrer quelque chose qui se soit trouvé devant le livre. Qu'y avait-il derrière, monsieur Lévy ?

— La bibliothèque. Le bois de la bibliothèque. Et quand on a sorti le livre, il n'y avait rien derrière. Rien contre le bois, si c'est ce à quoi vous pensez. On l'aurait remarqué tout de suite, s'il y avait eu quelque chose.

— Et derrière la bibliothèque, monsieur ?

— Le mur.

— Et entre la bibliothèque et le mur, monsieur ?

Levy resta muet. Il réfléchit un instant sans que personne ne se permette d'interrompre le fil de ses pensées. Puis il dit :

— Y a-t-il ici un téléphone que je pourrais utiliser, Henry ?

— Je vais vous en apporter un, monsieur.

L'appareil fut branché et placé devant Lévy. Celui-ci composa un numéro.

— Allô, Julia ? Qu'est-ce que tu fais encore debout à cette heure-là ? Ne t'occupe pas de la télé et va au lit. Mais avant, appelle maman, ma chérie... Allô, Caroline, c'est Simon... Oui, je passe un bon moment, mais écoute, Caroline, écoute. Tu vois la bibliothèque où il y a le Shakespeare ? Oui, ce Shakespeare-là, bien sûr. Ecarte-la un peu du mur... La bibliothèque, oui... Ecoute, tu peux sortir les livres, hein ? Tu les sors tous s'il le faut et tu les jettes par terre... Non, non, tu te contentes de déplacer la bibliothèque de quelques centimètres vers la porte, juste assez pour pouvoir regarder derrière et me dire si tu vois quelque chose... Regarde bien à l'endroit où se trouvait le livre de Shakespeare... J'attends, oui.

Tout le monde se figea. Levy était nettement pâle. Cinq minutes environ s'écoulèrent. Puis Levy reprit :

— Caroline ?... Bon, ne t'en fais pas. Tu as déplacé... Bon, bon, j'arrive tout de suite.

Il raccrocha et dit :

— Ça c'est la meilleure. Le vieux les avait scotchés derrière la bibliothèque. Il a dû la déplacer un jour où on n'était pas là. C'est un miracle qu'il n'ait pas eu une attaque à ce moment-là.

— Vous avez réussi, une fois de plus, Henry, dit Gonzalo.

— Vous avez droit à une commission de trois cents dollars, Henry, dit Levy.

— Je suis bien payé par le club et les banquets sont un plaisir pour moi, monsieur, dit Henry. Je n'en demande pas plus.

Levy rougit légèrement et changea de sujet.

— Mais comment avez-vous fait pour deviner ? Alors que tous les autres...

— Ce n'était pas difficile, dit Henry. Il se trouve que vous avez examiné toutes les possibilités qui ne pouvaient pas marcher. J'ai simplement suggéré celle qui restait.

Remarque

Cette nouvelle a été publiée pour la première fois dans le numéro de juillet 1973 d'*Ellery Queen's Mystery Magazine* sous le titre que je lui ai donné (*The Pointing Finger*).

Dans le magazine, l'histoire débutait un peu différemment parce qu'on estimait qu'il valait mieux qu'elle ne fasse pas allusion à des événements qui s'étaient produits dans les nouvelles précédentes. En somme, on pensait que de nombreux lecteurs ne se procurent pas tous les numéros d'une revue et qu'ils pouvaient très bien ne pas avoir lu celui qui contenait la nouvelle précédente. Ou s'ils l'avaient fait, ils pouvaient ne pas s'en souvenir si elle avait été publiée plusieurs mois auparavant.

Cela est parfaitement justifié, mais pour ce recueil, j'ai rétabli le début original. En fait, je me suis dit que si j'avais commencé par écrire un recueil, j'aurais imbriqué quelque peu mes récits les uns dans les autres. Par exemple, je n'aurais pas laissé tomber les limericks d'Halsted, qui voulait résumer ainsi l'*Iliade* et l'*Odyssée*. Parce qu'en fait, j'ai l'impression que les retrouver par-ci par-là, ou en lire certains et en manquer d'autres, risque de gâcher l'effet.

Bon, tant pis.

MISS QUOI ?

L'atmosphère de la réunion mensuelle des Veufs Noirs avait quelque chose de glacial et cela n'était visiblement pas étranger à la présence de l'invité qu'avait emmené Mario Gonzalo. C'était un homme à forte carrure. Il avait de grosses joues bien lisses, ses cheveux étaient presque inexistants et il portait un gilet, ce qu'on n'avait encore jamais vu de mémoire de Veuf Noir.

Il s'appelait Aloysius Gordon et les problèmes commencèrent quand il se présenta calmement en donnant son nom, sa profession et en annonçant sur un ton détaché qu'il travaillait au 17ᵉ commissariat. On aurait dit qu'un store venait soudain de masquer le soleil car le dîner perdit immédiatement son éclat.

Gordon ne pouvait pas savoir que ce calme n'avait rien à voir avec le tumulte qui présidait d'ordinaire aux banquets des Veufs Noirs. Il ne pouvait pas savoir à quel point il était inhabituel qu'Emmanuel Rubin fût d'une réserve presque surnaturelle et n'eût encore contredit personne ; que la voix de Thomas Trumbull, même lorsqu'il en faisait usage, fût contenue ; que Geoffrey Avalon réussit à terminer son second apéritif ; que par deux fois, James Drake écrasât une cigarette avant qu'elle ne fût réduite à l'état de mégot ;

et que Roger Halsted, qui avait déplié la feuille sur laquelle il avait écrit le limerick résumant le cinquième chant de l'*Iliade*, se contentât de la considérer d'un air doux avant de la remettre dans sa poche en plissant son front haut et rose.

En fait, Gordon ne semblait s'intéresser qu'à Henry. Il suivait des yeux le serveur et son regard trahissait une lueur de curiosité indéniable. Habituellement parfait dans l'accomplissement de sa tâche, Henry renversa un verre d'eau, à l'horreur générale. Sur son visage lisse, ses pommettes semblaient plus saillantes que de coutume.

Trumbull se leva assez ostensiblement pour se diriger vers les toilettes. Il avait fait un geste discret mais qui n'en était pas moins impérieux car une minute plus tard, Gonzalo quittait également la table.

Dans les toilettes, Trumbull demanda dans un murmure rauque :

— Merde, alors, pourquoi nous avez-vous amené ce bonhomme ?

— C'est un type intéressant, répondit Gonzalo sur la défensive. C'est le privilège de l'hôte, je peux amener qui je veux.

— C'est un policier.

— Il ne porte pas l'uniforme.

— Qu'est-ce que ça change ? Vous le connaissez ou bien il est là professionnellement ?

Gonzalo leva les bras au ciel en signe de colère impuissante. Ses yeux sombres se firent plus saillants, comme c'était toujours le cas lorsqu'il s'emportait.

— Je le connais personnellement. Je l'ai rencontré... ça ne vous regarde pas, comment je l'ai rencontré, Tom ! Je le connais, un point c'est tout. C'est un type intéressant et je voulais le faire venir.

— Ah oui ? Qu'est-ce que vous lui avez raconté sur Henry ?

— Comment ça, qu'est-ce que je lui ai raconté ?

— Oh ! allons, espèce de sombre idiot ! Ne jouez pas au plus fin. Vous n'avez pas remarqué que ce type surveille chaque mouvement de Henry? Pourquoi devrait-il observer un serveur ?

— Je lui ai dit qu'Henry se défendait comme un chef pour résoudre les énigmes.

— Vous lui avez donné des détails ?

— Aucun ! s'écria Gonzalo avec fureur. Vous ne pensez tout de même pas que j'ignore que tout ce qui se dit dans la salle de banquet ne peut être répété à l'extérieur ? Je lui ai simplement dit que Henry se débrouillait comme un chef pour résoudre les énigmes.

— Et il était intéressé, je suppose ?

— Eh bien, il a dit qu'il aimerait bien assister à l'une de nos réunions et je...

— Vous devez bien vous rendre compte que tout cela pourrait être très gênant pour Henry, dit Trumbull. Vous lui avez demandé son avis ?

Gonzalo tripota un bouton doré de son blazer.

— Si je vois que Henry est gêné, je ferai usage de la prérogative d'hôte et je ferai cesser les débats.

— Et si ce Gordon ne se plie pas à la règle du jeu ?

Gonzalo prit un air malheureux et haussa les épaules. Ils retournèrent s'asseoir.

Au moment où Henry servit le café et qu'il fut l'heure de cuisiner l'invité, l'atmosphère n'était pas devenue plus gaie. Gonzalo proposa à Trumbull de faire office d'inquisiteur, ce qui était la coutume, mais Trumbull n'eut pas l'air d'en être ravi. L'interrogatoire fut ouvert par la traditionnelle question :

— Monsieur Gordon, comment justifiez-vous votre existence ?

— Pour l'instant, dit Gordon d'une voix harmonieuse de baryton, en contribuant, je l'espère, à rendre cette soirée agréable.

— Comment ? demanda Trumbull d'un ton maussade.

— D'après ce que j'ai compris, messieurs, les invités sont priés d'exposer un problème que les membres du club s'efforcent ensuite de résoudre.

Trumbull jeta un regard furieux à Gonzalo et dit :

— Non, non, c'est complètement faux. Quelques invités nous ont effectivement soumis un problème, mais c'était là quelque chose d'accessoire. Tout ce qu'on attend d'eux, c'est une conversation intéressante.

— D'ailleurs, c'est Henry qui résout les problèmes, dit Drake de sa voix sèche. Les autres ne font que s'amuser à émettre des suggestions saugrenues.

— Jim, pour l'amour du ciel... commença Trumbull, mais la voix de Gordon couvrit la sienne.

— C'est exactement ce qu'on m'a donné à entendre, dit-il. Et je suis ici à titre individuel, uniquement pour le plaisir et non pas en tant que membre de la police. Je ne peux toutefois pas m'empêcher de témoigner un certain intérêt professionnel. En fait, je suis drôlement curieux de voir Henry à l'œuvre et je suis venu le tester... Si vous permettez, bien sûr, ajouta-t-il en réponse au silence glacial qui s'était abattu sur l'assistance.

Avalon plissa le front et dans son visage à la moustache irréprochable, à la barbiche courte et soignée, aux sourcils véritablement somptueux, un front plissé était mauvais signe.

— Monsieur Gordon, dit-il, nous avons constitué un club privé dont les réunions n'ont d'autre fin que le plaisir de se retrouver entre amis. Henry est notre serveur, nous l'apprécions beaucoup et nous ne souhaitons pas qu'il soit importuné dans cette salle. Si vous êtes ici, comme vous l'avez dit, à titre individuel et non professionnel, je pense qu'il vaudrait mieux laisser Henry tranquille.

Henry venait d'en terminer avec le rituel du café et il prit la parole avec un soupçon d'agitation dans la voix :

— Merci, monsieur Avalon. Je vous remercie de vous

inquiéter de moi. Cependant, je pense que ça arrangerait peut-être les choses si je donnais quelque explication à M. Gordon.

Il se tourna vers l'invité et poursuivit d'un ton sérieux :

— Monsieur Gordon, à plusieurs reprises, j'ai été capable de dénoncer une évidence en rapport avec un certain problème qui avait été évoqué au cours du dîner. Les énigmes étaient, en elles-mêmes, insignifiantes, et pas du tout du genre de celles qui pourraient intéresser un policier. Je sais parfaitement que pour résoudre les affaires qui concernent la police, ce qui est le plus important, ce sont les casiers judiciaires, les informateurs, un travail de routine fastidieux, la coopération de différentes personnes et organisations. Tout cela dépasse largement mes capacités.

« En fait, je n'aurais même pas pu faire ce que j'ai fait sans les autres membres du club. Les Veufs Noirs sont des gens ingénieux qui peuvent toujours trouver des réponses compliquées à n'importe quel problème. Quand ils les ont toutes exposées, à supposer qu'aucune de ces réponses compliquées ne soit correcte, j'arrive parfois à échapper aux complications et à revenir à la simple vérité. C'est tout ce que je fais, et je vous assure que vous perdriez votre temps à me tester.

Gordon hocha la tête.

— Autrement dit, Henry, s'il y avait un meurtre au cours d'une rixe entre bandes rivales et qu'il nous faille traquer une demi-douzaine de loubards pour vérifier leurs alibis, ou essayer de trouver des témoins qui n'aient pas peur de nous dire ce qu'ils ont vu, vous ne pourriez pas nous aider.

— Pas du tout, monsieur.

— Mais si j'avais un bout de papier bizarre avec des mots griffonnés dessus qui pourraient bien avoir un sens, et que cela réclame un peu de réflexion pour éliminer les complications et en arriver à la simple vérité, vous pourriez m'aider.

— Probablement pas, monsieur.

— Mais vous accepteriez de regarder ce papier et de me donner votre opinion sur la question ?

— C'est là le test, monsieur ?

— Je suppose qu'on peut appeler ça comme ça, dit Gordon.

— Dans ce cas, dit Henry en hochant lentement la tête, c'est M. Gonzalo qui est l'hôte. S'il souhaite que vous montriez ce papier, vous en avez le droit, d'après le règlement du club.

Gonzalo eut l'air embarrassé. Puis il dit sur un ton de défi :

— Allez-y, lieutenant, montrez-le-lui.

— Attendez, dit Trumbull en pointant son gros doigt vers Gonzalo. Vous l'avez vu, Mario ?

— Oui.

— Vous arrivez à comprendre ce que ça veut dire ?

— Non, dit Gonzalo, mais c'est le genre de choses que Henry pourrait déchiffrer.

— Je ne crois pas que nous devrions mettre Henry dans un tel pétrin, dit Rubin.

— C'est le privilège de l'hôte, monsieur, dit Henry. Je veux bien l'examiner.

Gordon sortit une feuille de papier pliée en quatre de la poche supérieure droite de son gilet. Il la tendit par-dessus son épaule et Henry la prit. Henry la regarda un moment puis la rendit.

— Je regrette, monsieur, mais je ne peux pas y voir autre chose que ce qui est écrit, dit-il.

Drake tendit la main.

— Si on la faisait circuler ? Ça ne vous ennuie pas, monsieur Gordon ?

— Je veux bien, dit Gordon.

Il la donna à Halsted, qui était assis à sa droite. Halsted

la lut et la fit passer. Le silence fut absolu jusqu'à ce qu'elle ait fait le tour de la table et soit revenue à Gordon. Ce dernier y jeta un bref coup d'œil et la remit dans sa poche.

Le message, rédigé d'une écriture gribouillée, se résumait à :

Malheur à vous, Jézabel.
Mort à toi, Rahab.

— On dirait la Bible, hein ? dit Gonzalo.

Il se tourna machinalement vers Rubin, qui faisait autorité en la matière.

— On dirait, dit Rubin, et ça a pu être écrit par un fanatique religieux, mais ce n'est pas tiré de la Bible. Vous pouvez me croire sur parole.

— Personne n'irait mettre cette parole en doute lorsqu'il s'agit de la Bible, Manny, dit aimablement Avalon.

Gordon déclara :

— Ce papier a été remis à une jeune fille à l'entrée d'un restaurant dans lequel les concurrentes au titre de Miss Monde tenaient une conférence de presse.

— Qui l'a remis ? demanda Trumbull.

— Un clodo. On lui avait donné un dollar pour remettre le papier à la fille et il n'a pas pu décrire celui qui le lui avait donné, sinon pour dire qu'il s'agissait d'un homme. Il n'y a aucune raison de supposer que ce clodo était autre chose qu'un simple intermédiaire. Nous avons effectué des vérifications.

— Est-ce qu'il y avait des empreintes ? dit Halsted.

— Des tas de taches qui se brouillaient les unes les autres, dit Gordon. Rien qui puisse nous être utile.

Avalon prit un air austère et déclara :

— Je suppose que les Jézabel mentionnées dans le message faisaient allusion aux jeunes personnes qui se présentaient à l'élection de Miss Monde.

— C'est ce qui vient naturellement à l'esprit, dit Gordon. La question est de savoir laquelle.

— Toutes, d'après moi, dit Avalon. Le message emploie le pluriel et celui qui a utilisé ce terme de Jézabel dans un tel contexte ne doit pas avoir envie de faire de subtiles distinctions. Pour lui, n'importe quelle femme qui s'exhibe aux regards du public pour faire évaluer sa beauté doit être une Jézabel. Ce sont toutes des Jézabel.

— Et la seconde phrase ? demanda Gordon.

Rubin dit avec un soupçon de vanité dans la voix :

— Je vais vous expliquer ça. Supposez que celui qui a rédigé le message soit un fanatique religieux. Je veux dire, le genre de fanatique qui lit la Bible tous les jours et qui entend Dieu lui murmurer à l'oreille pour lui commander d'anéantir l'immoralité. Un tel bonhomme se mettrait automatiquement à écrire dans un style biblique. Il se trouve que le principal procédé poétique que l'on utilisait dans les temps bibliques consistait à répéter une phrase d'une manière légèrement différente, par exemple...

Il réfléchit un instant, puis ajouta :

— Par exemple : " Que tes tentes sont belles, ô Jacob, et tes tabernacles, ô Israël. " Ou bien : " Et vous les sages, écoutez mes paroles, vous les savants, prêtez-moi l'oreille. "

La barbe hirsute de Rubin se hérissa encore davantage, ses lèvres se fendirent en un large sourire et ses yeux luirent derrière ses verres épais lorsqu'il déclara :

— La seconde citation est tirée du Livre de Job.

— Parallélisme, murmura Avalon.

— Vous voulez dire qu'il dit deux fois la même chose ? dit Gordon.

— C'est exact, dit Rubin. D'abord, il appelle sur elles le malheur, et ensuite l'ultime malheur, la mort. Il les nomme d'abord Jézabel, ensuite Rahab.

— Pas tout à fait, dit Gordon. La première phrase est au pluriel et pas la seconde. Le type qui a écrit ça parle de plusieurs Jézabel à qui il souhaite du malheur, mais d'une seule Rahab à qui il prédit la mort.

— Puis-je revoir le papier ? dit Rubin.

On le lui passa et il l'examina. Puis il dit :

— A voir l'écriture du type, on peut se demander s'il n'a pas mis une fois vous et une fois toi sans le faire exprès.

— C'est possible, dit Gordon, mais on ne peut pas partir de ce principe-là. Son orthographe et sa ponctuation sont correctes même si l'écriture est un peu gribouillée.

— Il me semble qu'il serait plus prudent de considérer qu'il a voulu s'adresser à une seule personne tant que nous n'avons pas une bonne raison de croire le contraire, dit Avalon.

Drake essaya de faire un rond en rejetant la fumée (une tentative que personne ne l'avait encore vu réussir) et il dit :

— Prenez-vous cela au sérieux, monsieur Gordon ?

— Ce que je pense personnellement n'est pas la question, dit Gordon. Le message a quelque chose de psychotique et je ne crois pas me tromper en affirmant que si celui qui l'a écrit n'a pas voulu faire une farce stupide, c'est qu'il est fou. Et les fous doivent être pris au sérieux. Supposez qu'il se considère comme l'interprète de la colère de Dieu. Naturellement, il l'annonce, il clame la parole divine parce que c'est ce que les prophètes ont fait dans la Bible.

— Et il l'annonce en termes poétiques, commença Halsted.

— Parce que c'est ce que les prophètes ont également fait dans la Bible, acquiesça Gordon. Un tel homme pourrait tout à fait décider d'être le bras de Dieu aussi bien que Son verbe. On ne peut pas courir le risque. Vous comprenez bien que l'élection de Miss Monde nous met dans une situation plus délicate que celle de Miss Amérique.

— Parce qu'il y a des concurrentes étrangères, je suppose, dit Rubin.

— Exactement. Il y a environ soixante concurrentes en tout, et une seule, Miss Etats-Unis, est de chez nous. Nous aimerions autant qu'il ne leur arrive rien, même s'il s'agissait de quelque chose de mineur. Je ne prétends pas que ça déclencherait une crise internationale, mais le Département d'Etat en serait très mécontent. Par conséquent, un message comme celui-ci signifie que nous devons renforcer la surveillance auprès de chacune de ces soixante jeunes filles, et par les temps qui courent, nous ne pouvons pas nous permettre d'y affecter tant de personnel.

— Excusez-moi, mais qu'est-ce que vous espériez qu'on y fasse ? dit Trumbull en fronçant les sourcils.

— Il est possible qu'il n'ait pas l'intention de tuer toutes les filles, dit Gordon. Il peut très bien en avoir une à l'esprit, ce qui expliquerait l'emploi du toi lorsqu'il parle de mort. Henry pourrait peut-être nous suggérer des moyens de circonscrire un peu les choses. Nous préférerions nous concentrer sur dix personnes que sur soixante. En fait, nous préférerions nous occuper d'une seule personne.

— A partir de ce papier ? dit Trumbull avec un écœurement non dissimulé. Vous voulez que Henry trouve de quelle concurrente il s'agit à partir de ce bout de papier ?

Il se tourna vers Henry qui lui dit :

— Je n'en ai pas la moindre idée, monsieur Trumbull.

Gordon rangea à nouveau sa feuille de papier.

— Je pensais que vous pourriez me dire qui est Rahab. Pourquoi devrait-il appeler une fille en particulier Rahab et menacer de la tuer ?

Gonzalo déclara soudain :

— Pourquoi supposer que Rahab s'applique à la fille qu'il veut tuer ? C'est peut-être sa signature. C'est peut-être un pseudonyme qu'il utilise parce que Rahab était un prophète ou un bourreau dans la Bible.

Rubin lâcha un soupir méprisant.

— Mon Dieu, Mario ! Comment peut-on ignorer tant

de choses, même en étant un artiste? Rahab fait bien partie du corps du message. S'il s'agissait de la signature, il aurait écrit ça en bas. Si c'est le genre de type qui veut en appeler publiquement à la colère de Dieu, tant qu'à signer, il préférera signer fièrement et de façon qui ne prête pas à confusion. Et il ne prendra jamais le pseudonyme de Rahab s'il connaît un tant soit peu la Bible. Rahab était... Non, je vais vous dire ce qu'on va faire. Henry, apportez-nous l'édition du roi James qui se trouve sur l'étagère. Autant retrouver les termes exacts.

— Vous voulez dire que vous ne connaissez pas la Bible par cœur? dit Trumbull.

— J'oublie un mot de temps à autre, répondit Rubin avec quelque hauteur.

Il prit la Bible que lui tendait Henry.

— Merci, Henry. Bon, la seule personne appelée Rahab dans la Bible était une fille de joie.

— Ah bon? fit Gonzalo d'un ton incrédule.

— Exactement. Voilà le passage en question, c'est le premier vers du second chapitre du Livre de Josué: « Josué, fils de Nûn, envoya secrètement de Shittim deux espions avec cette consigne: Allez examiner le pays de Jéricho. Ils allèrent et se rendirent à la maison d'une prostituée nommée Rahab, et ils y couchèrent. »

— Voilà qui constitue la seconde partie du parallèle, dit Avalon d'un air pensif. C'est ça que vous vous dites?

— Bien entendu. Et c'est pourquoi je pense que Jézabel et Rahab s'appliquent à toutes les filles. Toutes les deux représentent dans la Bible des femmes immorales et je suppose que c'est exactement l'opinion que notre auteur du message a sur les reines de beauté.

— Et elles le sont? demanda Gonzalo. Je veux dire, est-ce qu'elles sont immorales?

Gordon eut un léger sourire.

— Je ne me hasarderais pas à me porter garant de leur

vie privée, mais je ne pense pas qu'elles détiennent le record de l'immoralité. Ce sont des jeunes femmes qui ont été soigneusement choisies pour représenter leur pays. Je doute que quelque chose de vraiment sérieux ait échappé à leurs juges.

— Quand un Fondamentaliste qui perd un peu la boule se met à parler d'immoralité ou à traiter quelqu'un de Jézabel, à mon avis, il n'y a aucune raison de croire qu'il y a vraiment immoralité, dit Avalon. C'est probablement purement subjectif. Toute femme qui l'excitera lui semblera immorale et celle qui y réussit le mieux doit lui sembler la plus immorale de toutes.

— Vous voulez dire qu'il en a après la plus jolie et qu'il a l'intention de la tuer ? dit Gordon en tournant les yeux vers Avalon.

Avalon haussa les épaules.

— Qu'est-ce que la beauté ? Il en a peut-être après celle qu'il trouve la plus belle, mais quels sont ses critères ? Il ne s'agit peut-être même pas de beauté au sens strict du terme. Il se peut que l'une lui rappelle sa mère morte, son amour d'enfance, ou une de ses institutrices. Comment savoir ?

— Bon, dit Gordon. Tout ce que vous dites est peut-être exact, mais ce n'est pas là l'essentiel. Dites-moi plutôt après qui il en a. Dites-moi qui est Rahab et on se préoccupera des motifs ensuite.

Avalon secoua la tête.

— Je ne crois pas qu'on puisse balayer aussi facilement les motifs, mais en tout cas, on n'avancera pas si on se trompe de piste. Malgré ce que dit Manny, je ne pense pas qu'il y ait un parallèle entre Jézabel et Rahab.

— Il y en a certainement un, dit Rubin qui ne put s'empêcher d'ouvrir immédiatement la bouche.

— Où est-il ? Pour commencer, Jézabel n'était pas une fille de joie. Elle était la reine d'Israël et il n'y a aucune indication dans la Bible prouvant qu'elle était immorale sur le plan sexuel. Elle était simplement idolâtre et s'opposait aux adeptes de Yahvé, ou de Jéhovah, pour employer le nom le plus connu mais le moins précis.

— Je vais vous expliquer, si vous voulez, dit Rubin. Jézabel était la fille du roi de Tyr, qui était également un prêtre d'Astarté. Elle était probablement elle-même une prêtresse. Quant à Rahab, elle n'était sûrement pas une fille de joie ordinaire mais une prêtresse qui prenait part aux rites de fertilité. C'est seulement pour les israélites qu'elle était une prostituée.

— Ce n'est pas tout le monde qui s'est autant plongé dans la Bible que vous, Manny, dit Halsted. La Bible appelle Jézabel une reine et Rahab une prostituée, et le lecteur moyen ne va pas au-delà.

— Mais ce n'est pas où je voulais en venir, dit Avalon. Quel que soit son statut, Jézabel a mal fini. Elle est morte dans une révolte de palais et a été dévorée par des chiens. Rahab, quant à elle, a bien fini. Elle a été sauvée après la chute de Jéricho parce qu'elle avait caché les espions et les avait empêchés d'être tués. On peut supposer qu'elle a été convertie au Dieu d'Israël et qu'elle n'était plus ni une fille de joie ni une prêtresse païenne. En fait... Manny, passez-moi la Bible.

Avalon la prit et en tourna rapidement les pages.

— Voilà. C'est juste au début de l'Evangile selon saint Matthieu : "Salmon engendra Booz, de Rachab, Booz engendra Jobed, de Ruth, Jobed engendra Jessé, Jessé engendra le roi David." Voilà, ce sont les cinquième et sixième versets du premier chapitre de l'Evangile selon saint Matthieu. Nous voyons donc que Rahab s'est mariée à un israélite en vue et a été l'arrière-arrière-grand-mère de David, et donc une ancêtre lointaine de Jésus lui-même. Ayant aidé les israélites à prendre Jéricho, ayant épousé un israélite et étant l'ancêtre de David et de Jésus, Rahab n'aurait pas pu être utilisée comme symbole de l'immoralité par un Fondamentaliste.

La Bible circula de main en main et Halsted remarqua :

— Le nom n'est pas orthographié de la même manière. Dans l'Evangile selon saint Matthieu, c'est " Rachab ".

— Le Nouveau Testament a été traduit en anglais à partir du grec, dit Avalon. L'Ancien Testament à partir de l'hébreu. La transcription peut varier. " Booz ", dans le passage que je viens de lire, est le " Boaz " du Livre de Ruth de l'Ancien Testament.

— D'ailleurs, dans ce cas précis, " Rachab " est plus près de la vérité, dit Rubin. La lettre hébraïque qui se trouve au milieu du nom se prononce comme le son guttural " ch " en allemand.

— Donc, si nous voulons associer Rahab à l'une des candidates au titre de Miss Monde, nous ferions mieux d'oublier le parallélisme avec Jézabel et de chercher autre chose, dit Avalon.

— Mais quoi ? demanda Drake.

— Ne vous inquiétez pas, dit Avalon en levant le doigt en guise d'avertissement. J'ai quelque chose en tête. Manny, est-ce que " Rahab " n'a pas été employé comme équivalent poétique d'Egypte dans la Bible ?

Rubin répondit d'un ton surexcité :

— Oui, vous avez raison. Ce n'est pas le même mot en hébreu. Là, la lettre du milieu est bien un " h ". Mais en anglais, il n'y a pas de différence. En général, on le traduit par " fierté " ou " puissance " ou quelque chose comme ça, mais on ne l'a pas traduit au moins à un endroit... Dans les Psaumes, je crois.

Il feuilleta la Bible et marmonna :

— Si seulement on avait un dictionnaire de la Bible. C'est quelque chose que le club pourrait acheter pour compléter nos ouvrages de référence, dit-il avant d'ajouter presque dans un cri : Voilà, nom de Dieu ! Le quatrième verset du quatre-vingt-septième Psaume : " Je compte Rahab et Babylone parmi ceux qui me connaissent, et Tyr, la Philistie et l'Ethiopie... »

— Comment savez-vous que « Rahab » veut dire Egypte ici ? demanda Gonzalo.

— Parce que dans les faits historiques rapportés par le Nouveau Testament, les deux grandes puissances rivales étaient les pays de la vallée du Tigre et de l'Euphrate, et ceux du Nil. Babylone représente clairement la première de ces puissances, donc Rahab doit représenter la seconde. Il n'y a pas lieu de discuter là-dessus. Les spécialistes s'accordent à penser que « Rahab » est ici mis à la place d'Egypte.

— Dans ce cas, je ne pense pas que nous ayons à faire appel à Henry, dit Avalon. Je suppose que c'est après Miss Egypte qu'en a notre mystérieux ami. Et ça se tient. Il y a environ deux millions de juifs dans cette ville et si on prend en considération les relations actuelles entre Israël et l'Egypte, on peut se dire que l'un d'eux, qui a sans doute l'esprit un peu dérangé, se croit obligé de menacer Miss Egypte.

— C'est une idée intéressante, dit Gordon. Il n'y a qu'un petit ennui.

— Lequel, monsieur ?

— C'est qu'il n'y a pas de Miss Egypte. Voyez-vous, l'élection de Miss Monde n'est pas réglée comme du papier à musique. Pour l'élection de Miss Amérique, au contraire, vous avez une concurrente de chacun des cinquante Etats parce qu'on ne s'occupe pas de politique étrangère. Pour Miss Monde, les nations hostiles aux Etats-Unis, ou celles qui considèrent qu'un concours de beauté est un signe de décadence, ne sont pas représentées. Cette année, aucun pays arabe n'y participe. En revanche, certaines nations sont représentées par plusieurs candidates, chacune concourant sous une appellation différente. Il y a quelques années, j'ai cru comprendre qu'il y avait deux Allemandes. La finaliste avait le titre de Miss Allemagne et la seconde de Miss Bavière.

Avalon avait l'air sensiblement contrarié.

— S'il n'y a pas de Miss Egypte, alors je ne sais pas ce que Rahab peut bien vouloir dire.

— Qu'est-ce que ça veut dire dans la Bible ? demanda Gonzalo. Pourquoi a-t-on donné ce nom à l'Egypte ? Il doit bien y avoir une raison.

— Oh ! dit Rubin. L'Egypte était un royaume établi autour d'un fleuve et Rahab était associée aux eaux. En fait, c'était là une survivance d'un mythe préisraélite de la création. Pour les Sumériens, la terre avait été créée à partir de la mer. Ils se représentaient la mer comme un énorme monstre qu'ils appelaient Tiamat et qui devait être partagé en deux pour que la terre émerge au milieu. Dans la mythologie babylonienne, c'est Marduk qui a tué Tiamat.

« Les prêtres qui ont rédigé le premier livre de la Genèse ont supprimé le polythéisme des mythes babyloniens, mais ils en ont laissé quelques traces. Au tout début, avant le premier jour de la création, au chapitre 1er, deuxième verset de la Genèse, nous avons : "Or la terre était vague et vide, les ténèbres couvraient l'abîme, l'esprit de Dieu planait sur les eaux." Eh bien, le mot hébreu traduit par "l'abîme" est "tehom" et certains commentateurs pensent qu'il s'agit d'une forme de Tiamat et que ce verset est tout ce qui reste de la lutte cosmique.

— C'est plutôt tiré par les cheveux, dit Drake.

— Je ne sais pas. Il y a certains versets dans la Bible qui semblent faire référence à un mythe de la création antérieur et moins sophistiqué. Il y en a un dans le Livre d'Isaïe. C'est vers la fin, si j'arrive à le retrouver... Il y a eu un temps où je savais où se trouvaient toutes ces références.

Il tourna fiévreusement les pages, en avant et en arrière, ignorant le petit verre de brandy que Henry avait placé devant lui. Gordon sirota son propre brandy en observant calmement Rubin. Il ne fit aucune tentative pour l'arrêter ou pour revenir à l'objet de la discussion. Ce fut Trumbull qui dit :

— Et vous croyez vraiment que ça pourrait nous aider ?

Mais Rubin leva la main d'un air tout excité.

— J'ai trouvé, j'ai trouvé. Ecoutez : Isaïe, chapitre 51, verset 9 : " Réveille-toi, réveille-toi, prends des forces, ô bras du Seigneur. Réveille-toi, comme dans les jours anciens, dans les générations passées. N'est-ce pas toi qui as tranché Rahab et qui as blessé le dragon ? " Vous voyez, " tranché Rahab " et " blessé le dragon " est un autre exemple de parallélisme. Rahab et le dragon sont des termes qui sont employés alternativement pour symboliser l'océan déchaîné qui doit être vaincu et partagé avant que la terre ne puisse être créée. Certains commentateurs maintiennent qu'il y a là une allusion à l'Egypte et au partage de la mer Rouge, mais à mon avis, il s'agit certainement d'un emprunt à la lutte contre Tiamat.

Il y avait des gouttes de sueur sur le front de Rubin qui ne cessait d'agiter la main gauche pour réclamer le silence tout en continuant à tourner les pages de la main droite.

— On y fait également allusion dans les Psaumes. Je vais retrouver ça si vous m'accordez une minute. Ah ! Le Psaume 89, versets 9 et 10 : " C'est toi qui maîtrises l'orgueil de la mer, quand ses flots se soulèvent, c'est toi qui les apaises ; c'est toi qui fendis Rahab comme un cadavre. " Et il y a aussi le Psaume 74, versets 13 et 14 : " Toi qui fendis la mer par ta puissance, qui brisas les têtes des monstres sur les eaux. Toi qui fracassas les têtes de Léviathan. " Léviathan était un des noms de l'océan primitif.

— Nom de Dieu, Manny ! hurla Trumbull. Ne vous prenez pas pour un prédicateur en train de convertir les foules ! Ça nous avance à quoi, tout ça ?

Rubin leva les yeux, indigné, et referma la Bible.

— Si vous me laissiez m'exprimer, Tom, et refréniez

votre fâcheuse tendance à beugler, je vous le dirais, dit-il avec une dignité exagérée.

Il parcourut solennellement l'assistance des yeux.

— Je me dis maintenant que pour le type qui a écrit ce message, Rahab évoquait la puissance déchaînée de la mer. Et aujourd'hui ? Quelle est la puissance déchaînée de la mer ? Qui contrôle les océans ? Les Etats-Unis. Avec nos porte-avions, nos sous-marins atomiques, nos missiles Polaris, nous avons la puissance de Rahab. Je pense que c'est peut-être après Miss Etats-Unis qu'il en a.

— Ah ! vous croyez ? dit Halsted. Les Etats-Unis ne sont la principale puissance maritime du monde que depuis la Seconde Guerre mondiale. C'est trop récent pour être entré dans la légende. C'est la Grande-Bretagne qui domine sur les mers dans la chanson et dans l'histoire. « Britannia règne sur les flots. » Je vote pour Miss Grande-Bretagne.

Gordon s'interposa.

— Il n'y a pas de Miss Grande-Bretagne. Mais il y a une Miss Angleterre.

— Bon, je vote pour Miss Angleterre.

— Il n'y a pas moyen de savoir ce que ce timbré a dans la tête, dit Drake. Il a peut-être utilisé ce nom uniquement pour indiquer comment il s'y prendrait pour la tuer. Rubin a dit « brisas » et « fracassas les têtes » quand il nous a lu ces versets. L'auteur du message voulait peut-être dire qu'il allait utiliser un instrument contondant.

Rubin secoua la tête.

— Dans l'un des versets, il y avait « tranché Rahab ».

— Si Rahab est un des grands adversaires de Dieu, l'auteur du message a pu penser aux nazis, dit Gonzalo. Jeff a dit qu'il pouvait être juif et en avoir après Miss Egypte. Pourquoi pas après Miss Allemagne ?

— Pourquoi devrait-il être juif ? La plupart des Fondamentalistes sont protestants et ils ont eu maille à partir avec le pape. Pour certains, c'était lui la « putain de Babylone ». Or Rahab était une fille de joie. Il n'y a pas, je suppose, de Miss Vatican, mais pourquoi pas Miss Italie ?

— Je vous demande pardon, messieurs, dit Henry.

Gordon leva les yeux.

— Ah ! vous avez une suggestion à nous faire, Henry ?

— Oui, monsieur. Je ne sais pas si ce sera utile mais... Vous avez dit, monsieur Gordon, que le règlement est assez souple en ce qui concerne la représentation des nations qui participent à l'élection de Miss Monde. Certaines n'ont pas de concurrente, d'autres en ont une ou plusieurs sous différents noms. Vous avez mentionné une Miss Allemagne et une Miss Bavière, par exemple.

— C'est exact, dit Gordon.

— Et vous avez dit qu'il n'y avait pas de Miss Grande-Bretagne mais qu'il y avait une Miss Angleterre.

— Toujours exact, dit Gordon.

— Est-ce que Miss Angleterre implique la présence d'une Miss Ecosse ?

— Effectivement, dit Gordon en plissant les yeux. Ainsi qu'une Miss Irlande et une Miss Irlande du Nord.

Gonzalo posa les mains à plat devant lui.

— Je parie que je sais à quoi pense Henry. Si l'auteur du message est irlandais, il peut en avoir après Miss Irlande du Nord. Il la considérerait comme représentant une division politique créée de toutes pièces par l'Angleterre, et c'est l'Angleterre qui règne sur les flots et qui est Rahab.

Henry secoua la tête.

— Je crois que ce n'est pas aussi compliqué que ça. Je me suis toujours dit qu'à chances égales, autant choisir l'explication la plus simple.

— C'est le bon vieux principe d'Occam[1], marmonna Avalon.

1. Occam (1270-1347), franciscain anglais, précurseur de l'empirisme. (*N.d.T.*)

— Je dois reconnaître que je n'avais encore jamais entendu parler de Rahab, mais l'explication de M. Rubin s'est avérée très utile. Si Rahab est un monstre représentant la mer, si le monstre est également appelé léviathan et si le léviathan est quelquefois utilisé pour désigner un monstre marin, et le plus grand qui existe, pourquoi l'auteur du message ne ferait-il pas allusion à Miss Pays de Galles ?

— Ah ! dit Gordon.

— Est-ce que c'était la réponse, monsieur Gordon ?

— C'est une possibilité, dit gravement Gordon.

— Non, monsieur Gordon, dit Henry. En fait, vous le savez bien. Vous êtes venu ici pour me tester. Comment pourriez-vous me tester avec une énigme dont vous ne connaissez pas la réponse ?

Gordon éclata de rire.

— Vous avez à nouveau gagné, Henry, dit-il. Ce que vous avez deviné est parfaitement juste, mais ça s'est produit l'année dernière. L'auteur du message a été arrêté. Il avait un couteau à la main, mais il n'était pas vraiment dangereux. Il s'est tranquillement rendu et il se trouve maintenant dans un hôpital psychiatrique. Il était assez incohérent. Nous n'avons jamais su quel était véritablement son motif si ce n'est qu'il était sûr que sa victime était particulièrement rouée.

« Le problème, continua Gordon, c'est que nous avons dû mettre beaucoup d'hommes sur l'affaire et que nous n'avons jamais trouvé ce que voulait dire Rahab... Mais quand on l'a attrapé, il se dirigeait vers la loge de Miss Pays de Galles. Nous aurions dû vous avoir l'année dernière, Henry. Vous êtes un détective remarquable.

— Ce sont les Veufs Noirs qui le sont. Ils explorent le problème dans tous les sens. Je me contente ensuite de proposer la seule solution qui reste, dit Henry.

Remarque

Cette nouvelle a été publiée pour la première fois dans le numéro de septembre 1973 d'*Ellery Queen's Mystery Magazine* sous le titre *A Warning to Miss Earth* (" Avertissement à Miss Monde "), que je n'aime pas, tout simplement. Je reviens donc à " Miss Quoi ? " (*Miss What ?*)

Je ne me rappelle pas toujours la genèse exacte d'un récit mais je me souviens de celle-ci. Mme Anita Summer, qui travaille à la rubrique de Leonard Lyons au *New York Post*, et qui lit beaucoup de science-fiction, m'avait invité à un cocktail donné en l'honneur des candidates au titre de Miss Monde.

Naturellement, j'étais ravi d'y aller et j'ai papillonné de candidate en candidate, étourdi de bonheur. Contente de voir mon sincère ravissement, Anita m'a demandé : " Est-ce que vous allez écrire quelque chose là-dessus, Isaac ? "

Je lui ai répondu : " D'accord. " Et je l'ai fait. Je dédie donc " Miss Quoi ? " à Anita Summer.

LA BERCEUSE DE BROADWAY

Pour la première fois dans toute l'histoire des Veufs Noirs, le banquet mensuel allait être donné dans un appartement privé. Emmanuel Rubin avait insisté, sa maigre barbe filasse s'agitant énergiquement tandis qu'il plaidait à la manière d'un parlementaire.

C'était lui qui devait être l'hôte de la prochaine réunion, avait-il dit, et d'après les statuts, l'hôte était un monarque absolu. D'ailleurs, ces statuts ne précisaient nulle part l'endroit où devait se tenir les réunions.

— Conformément à la tradition, avait commencé Geoffrey Avalon avec la solennité seyant à sa profession d'avocat spécialisé dans les brevets, c'est ici que se tiennent les réunions.

— Si c'est la tradition qui doit régner, pourquoi avons-nous des statuts ? avait répliqué Rubin.

Finalement, il avait eu gain de cause, l'emportant en faisant remarquer qu'il était un cordon-bleu. Mario Gonzalo avait souri en disant :

— Allons le voir faire brûler ses hamburgers.

— Je ne sers pas de hamburgers, avait déclaré Rubin avec chaleur, mais déjà, tout le monde était prêt à céder.

Avalon et James Drake, qui avaient tous les deux traversé l'Hudson et étaient arrivés par le même train, se tenaient donc dans l'entrée de l'immeuble de Rubin, situé dans l'ouest de Manhattan, et attendaient que le gardien veuille bien leur prêter attention. Il était tout à fait clair qu'ils n'auraient pas pu monter sans sa permission, à moins d'avoir recours à la violence.

— Quelle atmosphère de forteresse ! marmonna Avalon. C'est comme ça dans tout New York. On ne peut aller nulle part sans se faire examiner sous toutes les coutures et fouiller pour voir si on n'a pas d'armes.

— Ce n'est pas moi qui irais le leur reprocher, dit doucement Drake de sa voix rauque, avant d'allumer une cigarette. Ça vaut mieux que se faire attaquer dans l'ascenseur.

— Oui, je suppose, dit Avalon d'un air sombre.

Le gardien se tourna vers eux. Il était petit, il avait un visage rond et un crâne chauve couronné de cheveux gris que venait rappeler une moustache aussi courte et aussi drue que celle de Drake, mais qui occupait un espace plus généreux au-dessus de la lèvre supérieure. Il n'avait pas du tout l'air terrifiant mais son uniforme gris lui conférait un soupçon d'autorité, et c'était probablement suffisant pour décourager les intrus.

— Oui ? fit-il.

Avalon s'éclaircit la gorge et parla de sa plus belle voix de baryton pour dissimuler la timidité que personne n'aurait devinée chez un homme aussi grand que lui et au maintien impressionnant.

— Nous sommes le Dr Drake et M. Avalon et nous venons voir M. Emmanuel Rubin, au 14-AA.

— Drake et Avalon, répéta le gardien. Une minute.

Il s'approcha du tableau de sonnettes et parla dans l'interphone. La voix éraillée de Rubin se fit nettement entendre.

— Faites-les monter, faites-les monter.

Le gardien leur ouvrit la deuxième porte mais Avalon hésita sur le seuil.

— A propos, il y a souvent des problèmes, ici ?

Le gardien hocha la tête d'un air important.

— Parfois, monsieur. Quoi qu'on fasse, ça peut arriver. L'année dernière, un appartement a été cambriolé au vingtième étage. Et il n'y a pas longtemps, une dame s'est fait attaquer dans la buanderie. Ce genre de choses, ça arrive.

Une voix dit doucement :

— Je peux me joindre à vous, messieurs ?

Drake et Avalon se retournèrent pour voir qui était arrivé. Pendant un moment, il fut évident qu'ils ne le reconnaissaient ni l'un ni l'autre. Puis Drake se mit à rire tout bas et dit :

— Henry, ce que vous êtes beau quand vous ne vous occupez pas de nous au restaurant !

Avalon dit d'une voix considérablement plus explosive :

— Henry ! Qu'est-ce que vous...

Il se mordit la langue et eut l'air gêné.

— M. Rubin m'a invité, monsieur. Il a dit que puisque le dîner n'avait pas lieu au restaurant et que je n'aurais pas le privilège de vous servir, je serais son invité. Je crois qu'il avait ça en tête en insistant pour que le dîner se passe chez lui. On ne le dirait peut-être pas, mais M. Rubin est quelqu'un de très délicat.

— Magnifique ! s'exclama Avalon avec beaucoup d'enthousiasme, comme s'il voulait se rattraper pour avoir témoigné tant de surprise un peu plus tôt. Monsieur le gardien, ce monsieur est avec nous.

Henry resta en arrière.

— Voulez-vous vous renseigner auprès de M. Rubin, monsieur ?

Le gardien, qui avait patiemment tenu la porte pendant toute la durée de cette conversation, répondit :

— Non, non, ça va. Montez donc.

Henry lui fit un signe de tête et tous trois se dirigèrent vers les nombreux ascenseurs en traversant le vaste hall peint en bleu.

— Henry, ça fait des années que je n'ai vu personne porter une telle tenue, dit Drake. Si vous vous baladez comme ça à New York, vous allez vous faire agresser.

Henry baissa rapidement les yeux sur ses vêtements. Son costume était d'un marron aussi sombre que possible et d'une coupe si traditionnelle que Drake se demandait vraiment où on pouvait encore trouver un établissement vendant de tels habits. Ses chaussures étaient d'un noir sobre, sa chemise d'un blanc étincelant et sa cravate étroite gris sombre était retenue par une jolie épingle. Couronnant le tout, il y avait un chapeau melon marron foncé qu'Henry ôtait maintenant d'une main légère en l'attrapant par le bord.

— Ça fait bien longtemps que je n'ai pas vu de chapeau melon, dit Avalon.

— Ou de chapeau tout court, dit Drake.

— Nous sommes à l'ère de la liberté, dit Henry. Chacun fait ce qui lui plaît, et moi, j'aime m'habiller comme ça.

— Le problème, c'est qu'il y a des gens à qui ça plaît de molester des femmes dans les buanderies, dit Avalon.

— Oui, dit Henry. J'ai entendu ce qu'a dit le gardien. Espérons du moins qu'il n'y aura pas de problème aujourd'hui.

L'un des ascenseurs arriva au rez-de-chaussée et une femme accompagnée d'un chien en sortit. Avalon regarda dans la cage, à droite et à gauche, puis entra. Ils atteignirent sans encombre le quatorzième étage.

Ils étaient tous là, du moins presque tous. Rubin portait le tablier de sa femme (il y avait « Jane » crocheté dessus) et il avait l'air de ne plus savoir où donner de la tête. Le buffet offrait toute une collection de bouteilles et Avalon s'improvisa barman après avoir refusé les services d'Henry.

— Asseyez-vous, Henry, dit Rubin d'une voix forte. Vous êtes l'invité.

Henry eut l'air gêné.

Halsted déclara avec son très léger bégaiement :

— Vous avez un bel appartement, Manny.

— Oh ! c'est pas mal... laissez-moi passer un instant... mais c'est petit. Bien sûr, nous n'avons pas d'enfant et nous n'avons pas besoin de beaucoup plus de place. Et puis habiter Manhattan est bien commode pour un écrivain.

— Oui, dit Avalon. J'ai entendu parler de certaines de ces commodités en bas. Le gardien a dit que les femmes avaient des ennuis dans la buanderie.

— Mince, alors ! fit Rubin d'un air méprisant. Il y en a ici qui cherchent vraiment les ennuis. Depuis que la délégation chinoise des Nations Unies s'est installée dans un hôtel un peu plus bas, ces vieilles douairières voient le péril jaune partout.

— Et il y a aussi eu des cambriolages, dit Drake.

Rubin avait l'air peiné. On aurait dit qu'il considérait toute critique contre Manhattan comme une attaque personnelle.

— Ça pourrait arriver n'importe où, dit-il. Et Jane a été négligente.

Henry, qui était le seul à être assis à table, avec un verre auquel il n'avait pas encore touché posé devant lui, eut l'air surpris — mais cette expression ne réussit pas à creuser une seule ride sur son visage lisse.

— Excusez-moi, monsieur Rubin, dit-il. Vous voulez dire que votre appartement a été cambriolé ?

— Eh bien, oui, mais on doit pouvoir ouvrir la serrure avec un morceau de Celluloïd, je suppose. C'est pour ça que tout le monde fait ajouter des serrures sophistiquées.

— Mais quand est-ce arrivé ? demanda Henry.

— Il y a quinze jours. Je vous assure, c'était la faute de Jane. Elle est sortie dans le couloir pour demander une recette ou je ne sais quoi à quelqu'un et elle a simplement claqué la porte sans la verrouiller à double tour. Elle l'a vraiment cherché. Les loubards le sentent, ils ont pour ça un don de perception extra-sensorielle. Elle est revenue juste au moment où le bonhomme s'en allait et ça a fait un sacré raffut.

— Elle a été blessée ? demanda Gonzalo, les yeux, qu'il avait déjà saillants, légèrement exorbités.

— Pas vraiment. On l'a un peu secouée, c'est tout. Elle a hurlé comme une folle, et c'était ce qu'elle avait de mieux à faire. Le type a déguerpi. Si j'avais été là, je lui aurais couru après et je l'aurais rattrapé. J'aurais...

— Il valait mieux ne pas s'y risquer, dit Avalon d'un ton austère en remuant son glaçon avec son doigt. La poursuite aurait pu se terminer par un couteau dans les côtes. Dans vos côtes.

— Ecoutez, dit Rubin. J'ai déjà affronté des types avec des couteaux, autrefois. Ils ne sont pas difficiles à... Attendez, il y a quelque chose qui brûle.

Il se précipita dans la cuisine.

On frappa à la porte.

— Servez-vous du judas, dit Avalon.

Ce que fit Halsted, qui annonça :

— C'est Tom.

Il ouvrit la porte pour faire entrer Thomas Trumbull.

— Comment ça se fait qu'on ne vous ait pas annoncé ? dit Avalon.

Trumbull haussa les épaules.

— Je suis connu, ici. Ce n'est pas la première fois que je viens voir Manny.

— En outre, dit Drake, un agent du gouvernement aussi important que vous est au-dessus de tout soupçon.

Trumbull eut un reniflement de mépris et son visage ridé se crispa de manière menaçante, mais il ne mordit pas à l'appât. Qu'il fût un expert en codes secrets, ça, tous les Veufs Noirs le savaient. Quant à ce qu'il faisait exactement, les Veufs Noirs l'ignoraient même s'ils nourrissaient tous les même soupçons.

— Quelqu'un a-t-il déjà compté les taureaux? demanda Trumbull.

— Il y en a tout un troupeau, dit Gonzalo en riant.

Les étagères qui longeaient le mur étaient encombrées de taureaux en bois et en céramique, de toutes les tailles et de toutes les couleurs. Il y en avait également plusieurs sur les guéridons et sur le poste de télévision.

— Il y en a d'autres dans la salle de bains, dit Drake, qui en sortait.

— Je vous parie que si nous comptons tous les taureaux qui sont ici, chacun arrivera à un total différent et ils seront tous faux, dit Trumbull.

— Moi, je vous parie que Manny lui-même ne sait pas combien il y en a, dit Halsted.

— Hé, Manny, s'écria Gonzalo, combien de taureaux est-ce que vous avez ?

— En me comptant ? répliqua Rubin au milieu d'un fracas de vaisselle.

Il passa la tête par la porte de la cuisine.

— Ce qui est bien en mangeant ici, c'est qu'on est sûrs qu'il n'y aura pas de foie dans les hors-d'œuvre. Vous allez avoir un plat aux aubergines avec toutes sortes d'ingrédients dedans, et ne me demandez pas de détails parce que c'est une recette que j'ai inventée... Mario, ce taureau va s'ébrécher si vous le faites tomber. Jane les connaît tous par cœur et elle les inspectera un par un à son retour.

— Est-ce que vous avez entendu parler du cambriolage qu'il y a eu ici, Tom ? dit Avalon.

Trumbull fit un signe de tête.

— Il n'a pas emporté grand-chose, d'après ce que j'ai compris.

Rubin se précipita dans la salle à manger en apportant des assiettes.

— Ne bougez pas, Henry. Dites, Jeff, posez donc un instant votre verre et aidez-moi à mettre les couverts... Il y a de la dinde rôtie, alors préparez-vous à me dire quel morceau vous voulez et ne changez plus d'avis. Et vous aurez droit à de la farce, que vous en vouliez ou non, parce que c'est ce qui fait...

Avalon posa le dernier couteau sur la table avec un grand geste et dit :

— Qu'est-ce qu'ils vous ont pris, Manny ?

— Vous voulez parler du cambrioleur ? Rien. Jane a dû revenir au moment où il arrivait. Il a renversé des flacons dans l'armoire à pharmacie. Je suppose qu'il cherchait de la drogue ou certains médicaments. Je crois qu'il a dû ramasser un peu de monnaie et il a fichu la pagaille dans ma chaîne hi-fi. Il essayait peut-être de voler mon magnétophone stéréo portatif mais il a seulement eu le temps de le déplacer un peu... A propos, qui veut de la musique ?

— Personne, s'écria Trumbull avec indignation. Commencez à faire du bruit, et c'est moi qui vais voler votre magnéto et foutre toutes vos cassettes dans l'incinérateur !

— Vous savez, Manny, je regrette beaucoup d'avoir à le dire, mais la farce est encore meilleure que les aubergines, dit Gonzalo.

Rubin eut un petit grognement.

— Si j'avais une plus grande cuisine...

Une sirène gémit à l'extérieur. Par-dessus son épaule, Drake désigna du pouce la fenêtre ouverte.

— C'est la berceuse de Broadway, dit-il.

Rubin eut un geste négligent de la main.

— On s'y habitue. Quand ce n'est pas une voiture de pompier, c'est une ambulance; quand ce n'est pas une ambulance, c'est une voiture de police; quand ce n'est pas... Le bruit des voitures ne me gêne pas.

Pendant un moment, il sembla perdu dans ses pensées. Puis une lueur de malveillance achevée passa sur son petit visage.

— Ce sont les voisins qui me dérangent. Vous savez combien il y a de pianos, rien qu'à cet étage ? Et d'électrophones ?

— Vous en avez un, vous aussi, dit Trumbull.

— Mais je ne le fais pas marcher à plein volume à deux heures du matin, dit Rubin. Ce ne serait pas aussi embêtant si on était dans un appartement ancien avec des murs aussi épais que mon bras. L'ennui, c'est que cet immeuble n'a que huit ans et qu'ils ont fait les murs en feuilles d'aluminium enduites. Mince, ce sont les murs qui transmettent le bruit. Collez-y l'oreille et vous entendrez tout ce qui se passe dans n'importe quel appartement, à trois étages au-dessus et trois étages au-dessous.

« Et en plus, on n'entend pas réellement la musique pour pouvoir l'apprécier, poursuivit-il. Tout ce qu'on entend, c'est cette foutue basse, boum, boum, boum, à un niveau d'infra-sons, et ça vous met les nerfs en pelote.

— Je sais, dit Halsted. Où j'habite, il y a un couple qui se bagarre et ma femme et moi, on écoute mais on n'arrive jamais à comprendre ce qu'ils se disent, on n'entend que le son de leurs voix. Il y a de quoi devenir furieux. Mais parfois, le son de leurs voix est intéressant.

— Combien de familles habitent dans cet immeuble ? demanda Avalon.

Rubin passa quelque temps à compter en remuant les lèvres.

— A peu près six cent cinquante, dit-il.

— Eh bien, si vous tenez à vivre dans une fourmilière, il faut en assumer les conséquences, dit Avalon.

Sa barbe grisonnante et soignée sembla se hérisser de vertu.

— En tout cas, il y a un sacré confort, dit Rubin. Henry, il faut reprendre de la dinde.

— Non, vraiment, monsieur Rubin, dit Henry avec une sorte de désespoir impuissant. Je ne peux...

Et il s'arrêta en soupirant, voyant qu'on lui avait resservi une assiettée.

— Vous semblez ennuyé, monsieur Rubin, dit-il. Et j'ai l'impression que ce n'est pas uniquement parce que quelqu'un joue du piano.

Rubin fit un signe de tête et ses lèvres tremblèrent même un instant, dans un accès de fureur, semblait-il.

— Vous parlez, Henry. C'est ce fichu menuisier. Vous allez peut-être pouvoir l'entendre maintenant.

Il pencha la tête, tendit l'oreille, et automatiquement, la conversation s'interrompit et tout le monde se mit à écouter. Excepté le flot plaintif et régulier de la circulation à l'extérieur, il n'y avait pas le moindre bruit.

— Bon, eh bien, on a de la chance, dit Rubin. Il ne fait rien pour l'instant. En fait, ça fait un moment qu'on ne l'entend plus. Ecoutez, vous tous, le dessert était un vrai désastre et j'ai dû improviser. Si quelqu'un ne veut pas y goûter, j'ai un gâteau qui vient de la pâtisserie, que je ne recommanderais pas en temps ordinaire, vous comprenez...

— Laissez-moi vous aider à l'apporter, dit Gonzalo.

— D'accord. N'importe qui peut m'aider, sauf Henry.

— Voilà un genre de snobisme à rebours, dit Trumbull. Henry, ce Rubin vous remet à votre place. S'il n'était pas aussi conscient que vous êtes serveur, il vous laisserait l'aider.

Henry regarda son assiette, qui était toujours pleine et dit :

— Je me sens moins frustré de ne pas pouvoir servir que de ne pas être capable de comprendre.

— Capable de comprendre quoi ? demanda Rubin en arrivant avec les coupes à dessert sur un plateau.

On aurait dit de la mousse au chocolat.

— Vous avez un menuisier qui travaille dans cet immeuble ? demanda Henry.

— Quel menuisier ? Oh ! ce que je disais à l'instant ! Non, je ne sais pas ce qu'il est, en fait. C'est moi qui l'appelle menuisier. Il n'arrête pas de donner des coups de marteau. A trois heures de l'après-midi. A cinq heures du matin. Il ne s'arrête jamais. Et c'est toujours quand j'écris et que je tiens particulièrement à être au calme... Comment est la crème bavaroise ?

— C'en est ? demanda Drake en l'examinant d'un air méfiant.

— C'est ce que c'était au départ, mais la gélatine n'a pas bien pris et j'ai dû improviser, dit Rubin.

— Moi, je trouve ça fantastique, Manny, dit Gonzalo.

— Un petit peu trop sucré, dit Avalon, mais je reconnais que je ne tiens pas plus que ça aux desserts.

— C'est effectivement un peu trop sucré, dit Rubin avec magnanimité. Le café arrive dans une minute, et ce n'est pas du Nescafé.

— Il donne des coups de marteau sur quoi, monsieur Rubin ? demanda Henry.

Rubin était parti s'affairer à la cuisine et ce ne fut que cinq minutes plus tard qu'Henry put à nouveau demander :

— Il donne des coups de marteau sur quoi, monsieur Rubin ?

— Comment ? dit Rubin.

Henry repoussa sa chaise. Les traits de son visage doux semblaient s'être durcis.

— Monsieur Rubin, dit-il, vous êtes l'hôte, et je suis

l'invité du club pour ce dîner. Je voudrais vous demander une faveur que vous pouvez accorder, en tant qu'hôte.

— Demandez, demandez, dit Rubin.

— En tant qu'invité, je devrais, selon la tradition, être mis sur la sellette. Pour être franc, je n'y tiens pas, dans la mesure où à la différence des autres invités, je serai présent au banquet du mois prochain, et au suivant, en reprenant mon rôle de serveur, bien sûr, et je préférerais...

Henry hésita.

— Vous préféreriez ne pas parler de votre vie privée, Henry ? demanda Avalon.

— Ce n'est peut-être pas en ces termes que je... commença Henry, puis s'interrompant, il dit : Oui, je veux bien employer ces termes. Je ne tiens pas à parler de ma vie privée. Mais je voudrais également autre chose. Je voudrais interroger M. Rubin.

— Pourquoi donc ? demanda Rubin, les yeux écarquillés derrière ses verres épais formant loupe.

— Vous avez dit ce soir quelque chose qui m'intrigue et je n'arrive pas à obtenir une réponse de votre part.

— Henry, vous êtes saoul. J'ai répondu à toutes les questions qu'on m'a posées.

— Puis-je quand même vous cuisiner dans les règles, monsieur ?

— Allez-y.

— Merci, dit Henry. Je voudrais en savoir un peu plus sur les ennuis que vous avez dans cet appartement.

— Vous voulez parler du menuisier et de sa berceuse de Broadway ?

— C'est moi qui ai trouvé cette expression, dit tranquillement Drake, mais Rubin l'ignora.

— Oui. Depuis combien de temps entendez-vous ça ?

— Depuis combien de temps ? dit Rubin avec fureur. Depuis des mois.

— Ça fait beaucoup de bruit ?

Rubin réfléchit un instant.

— Non, pas trop, il me semble. Mais ça s'entend. Ça se produit à des moments bizarres. On ne peut jamais le prévoir.

— Et qui fait ça ?

Rubin abattit si brusquement son poing sur la table que sa tasse de café tinta.

— Vous savez, c'est ça le pire. Ce n'est pas tant le bruit, aussi irritant qu'il puisse être. Je pourrais encore le supporter si je comprenais, si je savais qui faisait ça et pourquoi ; si je pouvais aller trouver quelqu'un pour lui demander de cesser un instant quand j'ai un problème avec une réplique. Mais là, c'est comme si on était persécuté par un esprit frappeur.

Trumbull leva la main.

— Attendez un peu. Arrêtons de parler de telles foutaises. Manny, il n'est pas question d'essayer de mêler le surnaturel à ça. Il faut d'abord clarifier...

— C'est Henry qui interroge, Tom, dit Halsted.

— Je le sais parfaitement, dit Trumbull en hochant la tête d'un air glacial. Henry, puis-je poser une question ?

— Si vous allez demander à M. Rubin pour quelle raison, quand il entend un bruit, il ne peut pas dire d'où il vient, c'est ce que je voulais lui demander moi aussi.

— Alors allez-y, dit Trumbull. Je vais reprendre du café.

— Voulez-vous répondre à cette question, monsieur Rubin ? dit Henry.

— Je suppose que ce n'est pas facile à comprendre pour vous, dit Rubin. Voyons, deux d'entre vous habitent de l'autre côté de l'Hudson, un autre habite dans l'un des plus vieux quartiers de Brooklyn et un autre à Greenwich Village. Tom habite dans un vieil immeuble rénové. Je ne sais pas exactement où habite Henry, mais je suis sûr que ce n'est pas dans une fourmilière moderne, comme dit

Avalon. Aucun de vous ne vit dans l'un de ces complexes modernes de vingt-cinq étages ou plus, avec vingt-cinq appartements par étage et une belle charpente en béton pour bien récupérer tous les bruits.

« Si quelqu'un fait marcher un électrophone à plein volume, je pourrais peut-être dire si ça vient d'en haut ou d'en bas, bien que je ne sois pas prêt à parier là-dessus. Si je voulais, je pourrais aller de porte en porte sur ce palier, puis à l'étage au-dessous, et ensuite à celui du dessus, et je suppose que je pourrais dire de quel appartement ça vient en collant l'oreille à la bonne porte.

« Mais s'il s'agit de légers coups de marteau, c'est impossible à dire. Vous pouvez écouter à une porte et vous n'en serez pas plus avancé. Le bruit n'est pas tellement porté par l'air et par la porte, mais par les murs. Ecoutez, je me suis trimbalé de porte en porte quand j'en ai eu vraiment assez. Je ne sais pas combien de fois j'ai rampé dans les couloirs.

Gonzalo se mit à rire.

— Si on vous attrape à faire ça, le gardien qu'on a vu en bas va être informé qu'il y a des voyous à l'air peu recommandable qui rôdent dans les couloirs.

— Ça ne m'inquiète pas, le gardien me connaît, dit Rubin avec une soudaine expression de modestie affectée. C'est un de mes fans.

— Je savais bien que vous en aviez au moins un, dit Trumbull.

Mais Henry piquait de sa fourchette la dinde qui restait dans son assiette et avait l'air plus désespéré que jamais.

— Et si votre fan n'était pas de service ? dit Gonzalo en faisant le raisonneur. Il faut bien qu'il y ait des gardiens vingt-quatre heures sur vingt-quatre et votre fan a le droit de dormir.

— Ils me connaissent tous, dit Rubin. Et le type qui est en ce moment à la porte, Charlie Wiszonski, est de service de seize heures à minuit tous les soirs de semaine, ce qui est le moment le plus embêtant. C'est lui qui est le responsable de l'équipe... Ecoutez, laissez-moi débarrasser la table.

— Pourriez-vous demander à quelqu'un d'autre de le faire, monsieur Rubin ? dit Henry. Je voudrais bien continuer à vous interroger et je voudrais bien que vous en reveniez au menuisier. Si le bruit est répercuté par les murs et si vous l'avez entendu, est-ce que beaucoup d'autres gens ne l'ont pas également entendu ?

— Je pense que oui.

— Mais s'il a dérangé tant de...

— Voilà encore autre chose qui m'irrite, dit Rubin. Il ne les dérange pas... Merci, Roger, empilez donc toute la vaisselle dans l'évier. Je m'en occuperai plus tard... Ce menuisier ne dérange personne. Pendant la journée, les maris sont à l'extérieur, de même que beaucoup de femmes, et l'immeuble ne regorge pas d'enfants. Les femmes qui sont à la maison sont occupées à faire du ménage. Le soir, tout le monde a sa télévision allumée. Les gens s'en fichent, que quelqu'un donne quelques coups de marteau de temps en temps. Moi, je ne m'en fiche pas parce que je suis à la maison nuit et jour et que je suis écrivain. Je ne m'en fiche pas parce que je suis quelqu'un de créatif qui doit réfléchir et a besoin d'un peu de tranquillité.

— Est-ce que vous en avez parlé aux autres ? demanda Henry.

— Oh ! ça m'est arrivé, oui, dit Rubin en frappant nerveusement sa petite cuiller contre sa tasse. Je suppose que vous allez me demander ce qu'ils ont répondu.

— A voir votre expression déçue, je me dis que personne n'a dû reconnaître avoir entendu quoi que ce soit, dit Henry.

— Eh bien, détrompez-vous. Une ou deux personnes m'ont dit l'avoir entendu une ou deux fois. Le problème, c'est que tout le monde s'en fiche. Même s'ils l'entendaient, ils s'en ficheraient. Les New-Yorkais sont tellement abrutis de bruits qu'on pourrait faire sauter leur baraque sans qu'ils s'en rendent compte.

— A votre avis, qu'est-ce que ce bonhomme, qui qu'il soit, fabrique pour faire ce bruit ? demanda Avalon.

— Je dis qu'il est menuisier, dit Rubin. Ce n'est peut-être pas sa profession, mais en tout cas, il se donne suffisamment de mal pour y arriver un jour. J'aurais juré qu'il avait un atelier là-haut. Je suis encore prêt à le jurer. Il n'y a pas d'autre explication.

— Qu'est-ce que ça veut dire, ça, vous êtes encore prêt à le jurer ? demanda Henry.

— J'ai demandé son avis à Charlie.

— Le gardien ?

— A quoi ça sert d'aller trouver le gardien ? demanda Gonzalo. Pourquoi est-ce que vous n'êtes pas allé voir le gérant ou le propriétaire ?

— A quoi sont-ils bons ? dit Rubin avec impatience. Tout ce que je sais du propriétaire, c'est qu'il laisse la climatisation tomber en panne à chaque coup de chaleur parce qu'il préfère la rafistoler avec du chewing-gum de la meilleure qualité qui soit. Quant au gérant, il faudrait presque alerter Washington pour arriver à lui parler. D'ailleurs, Charlie est un brave garçon et on s'entend bien tous les deux. Mince, quand Jane a coincé ce loubard et que je n'étais pas là, c'est Charlie qu'elle a appelé.

— Elle n'a pas appelé la police ? demanda Avalon.

— Si, bien sûr, mais d'abord Charlie !

Henry avait l'air terriblement malheureux.

— Donc, vous avez demandé son avis au gardien, dit-il. Qu'est-ce qu'il a dit ?

— Il a dit que personne ne s'en était plaint. C'était la première fois qu'il en entendait parler. Il m'a dit qu'il allait faire son enquête. C'est ce qu'il a fait et il m'a juré mordicus qu'il n'y avait pas d'atelier de menuiserie dans tout l'immeuble. Il m'a dit qu'il avait envoyé des types dans chaque appartement vérifier la climatisation, ce qui est le seul moyen d'entrer partout.

— Donc, le gardien a ensuite abandonné l'affaire ?

Rubin fit un signe de tête.

— Je suppose. Et ça m'a embêté. Ça m'a vraiment ennuyé. Je voyais bien que Charlie ne me croyait pas. Il ne croyait pas à mon histoire de coups de marteau. D'après ce qu'il a dit, j'étais le seul à me plaindre.

— Est-ce que Mme Rubin ne l'entendait pas ?

— Si, bien sûr. Mais il fallait que je le lui fasse remarquer. Ça ne la gênait pas non plus.

— C'était peut-être une nénette en train de s'exercer à jouer des castagnettes, dit Gonzalo. Ou bien quelqu'un qui faisait de la batterie.

— Allons ! Je peux encore faire la différence entre un rythme quelconque et des coups de marteau.

— C'était peut-être un gamin ou un animal, dit Drake. A un moment donné, j'habitais un appartement à Baltimore et j'entendais des coups juste au-dessus de ma tête, comme si quelqu'un faisait tomber quelque chose cent fois par jour. Et c'était ça. Les gens avaient un chien qui n'arrêtait pas de ramasser un os en plastique et de le faire tomber. Je leur ai demandé de faire placer une moquette bon marché.

— C'est ni un gamin, ni un chien, dit Rubin avec entêtement. J'aimerais bien que vous ne mettiez pas mes capacités auditives en doute. Ecoutez, j'ai travaillé une fois dans un atelier de menuiserie. Je ne me débrouille d'ailleurs pas mal. Je sais quel bruit fait un marteau en retombant sur du bois.

— C'est peut-être quelqu'un qui fait des réparations chez lui, dit Halsted.

— Pendant des mois ? Ça fait beaucoup.

— Et où en êtes-vous maintenant ? demanda Henry. Est-ce que vous avez fait autre chose pour essayer de trouver d'où ça venait une fois que le gardien vous a abandonné ?

Rubin fronça les sourcils.

— J'ai essayé, mais ce n'était pas facile. Ici, tout le monde est sur la liste rouge. Ça fait partie de cette atmosphère de forteresse dont parlait Avalon. Et je ne connais que quelques personnes. J'ai essayé de frapper aux portes qui me semblaient être les bonnes. Je me suis présenté, je leur ai posé la question et les gens se sont contentés de me dévisager d'un air méfiant.

— Moi, je laisserais tomber, dit Drake.

— Pas moi, dit Rubin en se frappant la poitrine. Le pire, c'est que tout le monde pensait que j'étais un peu timbré. Même Charlie, je suppose. Les gens ordinaires ont tendance à se méfier des écrivains.

— Ils n'ont peut-être pas tort, dit Gonzalo.

— Taisez-vous, dit Rubin. Je me suis donc dit qu'il fallait avoir une preuve tangible.

— Quoi, par exemple ? demanda Henry.

— Bon Dieu, j'ai enregistré ces fichus coups de marteau. J'ai passé deux ou trois jours à les guetter et à chaque fois que ça commençait, j'appuyais sur le bouton et je les enregistrais. C'était la panique pour écrire quoi que ce soit, mais finalement, j'ai eu quarante-cinq minutes de coups de marteau, pas très fort, mais qui s'entendent très bien. Et c'était intéressant, parce que quand on réécoutait la cassette, on se rendait compte que le bonhomme était un fichu menuisier. Les coups n'étaient pas assez forts et pas assez réguliers. Il n'était pas sûr de lui et quand on est aussi irrégulier, ça vous épuise. Une fois que vous avez le bon rythme, vous pouvez taper toute la journée sans vous fatiguer. J'ai déjà fait ça souvent...

— Et vous avez fait entendre l'enregistrement au gardien ? l'interrompit Henry.

— Non. Il y a un mois, je me suis adressé plus haut.

— Alors, vous avez fini par aller voir le gérant ? dit Gonzalo.

— Non. Il existe des associations de locataires.

Il y eut un sourire d'approbation autour de la table qui ne gagna cependant pas Henry.

— Je n'aurais pas pensé à ça, dit Avalon.

Rubin sourit.

— La plupart des gens n'y auraient pas pensé dans un pareil cas. C'est parce que le seul but de telles organisations est de se battre contre les propriétaires. On dirait que personne n'a jamais entendu dire qu'un locataire pouvait en embêter un autre. Pourtant, je dirais que neuf fois sur dix, les problèmes dans un immeuble sont causés par les relations entre locataires. Je leur ai dit ça. Je...

Henry l'interrompit à nouveau.

— Etes-vous membre de cette association, monsieur Rubin ?

— Oui, bien sûr que je suis membre. Tous les locataires le sont automatiquement.

— Je veux dire, assistez-vous régulièrement aux réunions ?

— En fait, c'était seulement la deuxième fois que j'y allais.

— Est-ce que ceux qui y vont régulièrement vous connaissent ?

— Certains. D'ailleurs, qu'est-ce que ça change ? Je me suis présenté. Rubin, je leur ai dit, appartement 14-AA, et j'ai fait mon petit discours. J'avais ma cassette avec moi et je l'ai brandie. Je leur ai dit que c'était là la preuve que quelque imbécile gênait ses voisins, que j'avais mentionné la date, l'heure, que je ferais authentifier mon enregistrement si nécessaire et que j'irais voir mon avocat. J'ai dit que si c'était le propriétaire qui avait fait ce bruit, tous les membres de l'assemblée s'uniraient pour protester à cor et à cri. Pourquoi ne pouvait-on pas réagir dans le même sens lorsqu'il s'agissait d'un locataire ?

— Ça a dû être un discours très éloquent, grogna Trumbull. Dommage que je n'aie pas été là pour vous entendre. Et qu'est-ce qu'ils ont répondu ?

Rubin s'assombrit.

— Ils voulaient savoir qui était le locataire qui faisait du bruit et je n'ai pas pu le leur dire. Alors, ils ont laissé tomber. Personne n'avait entendu de bruit. En tout cas, personne ne s'y intéressait.

— Quand cette réunion a-t-elle eu lieu ? demanda Henry.

— Il y a presque un mois. Et ils s'en souviennent, vous savez. C'était en effet un discours éloquent, Tom. Je les ai bien secoués. Et c'était délibéré. Il fallait qu'on en parle et c'est ce qui s'est passé. Charlie, le gardien, m'a dit qu'il a entendu la moitié des locataires en parler, et c'était ce que je voulais. Je voulais qu'il sache que j'en avais après lui.

— Vous n'aviez sûrement pas l'intention d'avoir recours à la violence, monsieur Rubin ? dit Henry.

— Je n'en avais pas besoin. Je voulais seulement qu'il le sache. Ces dernières semaines, ça a été assez calme, et je parie que ça va le rester.

— Quand aura lieu la prochaine réunion ? demanda Henry.

— La semaine prochaine... J'irai peut-être.

Henry secoua la tête.

— Je préfèrerais que vous n'y alliez pas, monsieur Rubin. Je pense qu'il vaudrait mieux laisser tomber toute cette histoire.

— Je ne sais pas qui c'est, mais il ne me fait pas peur.

— Je n'en doute pas, monsieur Rubin, mais je trouve la situation curieuse sur plusieurs plans...

— Comment ça ? s'empressa de demander Rubin.

— Je... Je... Ça va vous paraître mélodramatique, je le

reconnais, mais... M. Avalon, M. Drake et vous, vous êtes arrivés devant la porte juste avant moi. Vous avez peut-être parlé au gardien.

— Oui, c'est exact, dit Avalon.

— Je suis peut-être arrivé trop tard. J'ai peut-être manqué quelque chose. Monsieur Avalon, il me semble que vous avez demandé au gardien s'il y avait eu des incidents regrettables dans l'immeuble et il a dit qu'il y avait eu un cambriolage au vingtième étage l'année dernière et qu'une femme avait été blessée d'une manière ou d'une autre dans la buanderie.

Avalon prit un air pensif et acquiesça.

— Et pourtant, reprit Henry, il savait bien que nous allions chez M. Rubin. Comment se fait-il qu'il n'ait pas mentionné le fait que cet appartement avait été cambriolé à peine quinze jours plus tôt ?

Il y eut une pause durant laquelle tout le monde se plongea dans ses réflexions.

— Il n'aime peut-être pas raconter des petits potins, dit Gonzalo.

— Il nous a parlé des autres incidents qui s'étaient produits. Il aurait pu y avoir quelque innocente explication à son attitude, mais quand j'ai entendu parler du cambriolage de cet appartement, j'ai été troublé. Et tout ce que j'ai entendu depuis n'a fait que renforcer mon sentiment de malaise. Il était un fan de M. Rubin. Mme Rubin s'était adressée à lui à ce moment-là. Et pourtant, il n'en a pas dit un mot.

— Comment expliquez-vous ça, Henry ? dit Avalon.

— Serait-il impliqué là-dedans ?

— Allons, Henry ! s'écria immédiatement Rubin. Etes-vous en train d'essayer de me faire croire que Charlie fait partie d'une bande de cambrioleurs ?

— Non, mais s'il y a quelque chose de bizarre qui se passe dans l'immeuble, quelqu'un trouve peut-être très utile de glisser un billet de dix dollars au gardien de temps à autre. Il peut même ignorer pourquoi on les lui donne. Ce qu'on exige de lui peut lui sembler complètement inoffensif. Mais ensuite, on entre dans votre appartement et il se peut qu'il comprenne brusquement quelque chose. Il se sent alors impliqué et il ne veut pas parler de cette affaire. Il a peur de ce qui pourrait lui arriver.

— Bon, dit Rubin. Mais qu'est-ce qui pourrait bien être si bizarre dans cet immeuble ? Les coups de marteau du menuisier ?

— Pourquoi quelqu'un devrait-il surveiller le couloir en attendant que vous et Mme Rubin, vous laissiez votre appartement vide et non verrouillé à double tour ? dit Henry. Et pourquoi, quand M. Avalon a évoqué, au début de la soirée, l'histoire de la femme dans la buanderie, avez-vous vite abandonné le sujet après avoir fait allusion à une délégation chinoise des Nations Unies, monsieur Rubin ? Y aurait-il un lien ?

— C'est seulement que, d'après Jane, certains locataires auraient peur que les Chinois n'entrent ici, dit Rubin.

— J'ai tout de même l'impression que c'est là un argument bien faible pour expliquer votre absence de lien logique entre les deux faits. Est-ce que Mme Rubin a dit que l'homme qu'elle avait surpris dans l'appartement était un Asiatique ?

— Oh ! on ne peut pas se fonder là-dessus, dit Rubin en haussant les épaules d'un air convaincu. Qu'est-ce qu'on peut réellement remarquer...

— Attendez un peu, Manny, dit Avalon. Personne ne vous demande si le cambrioleur était bien chinois. Tout ce qu'Henry vous demande, c'est si Jane a dit qu'il l'était.

— Elle a dit qu'elle pensait qu'il l'était. Qu'elle avait l'impression qu'il l'était... Allons, Henry ! Vous n'êtes tout de même pas en train de penser à une histoire d'espionnage ?

Impassible, Henry répondit :

— Combinez tout ça au fait qu'on tapait des coups de marteau d'une manière irrégulière... Je crois que M. Rubin a fait remarquer que l'irrégularité montrait qu'il s'agissait d'un piètre menuisier. Est-ce que ça ne pouvait pas être le fait d'un espion intelligent ? Il me semble que le point faible de tout système d'espionnage est la transmission des informations. Dans ce cas, il n'y aurait pas de contact entre l'informateur et le destinataire, pas d'intermédiaire, rien qui puisse être intercepté ou réutilisé. Il s'agirait là du bruit le plus innocent et le plus normal du monde, sauf pour la personne qui écouterait, et aussi, tout à fait par hasard, pour un écrivain en train d'essayer de se concentrer sur son travail et distrait par les bruits les plus faibles. Mais même alors, on ne penserait qu'à quelqu'un en train de planter des clous... à un menuisier.

— Allons, Henry, dit Trumbull. C'est ridicule.

— Mais alors, pourquoi ce cambriolage où presque rien n'a été volé ? dit Henry.

— Foutaises ! dit Rubin. Jane est revenue trop tôt. Si elle était arrivée cinq minutes plus tard, la chaîne stéréo aurait disparu.

— Ecoutez, Henry, dit Trumbull. Vous avez déjà accompli des choses remarquables et je ne refuserais pas totalement l'une de vos suggestions. Mais ce que vous nous dites n'est tout de même pas très convaincant.

— Je peux peut-être avancer une preuve.

— De quelle sorte ?

— Il me faudrait l'enregistrement des coups de marteau qu'a fait M. Rubin. Pourriez-vous nous l'apporter, monsieur Rubin ?

— Rien de plus facile, dit Rubin.

Il franchit une séparation en forme d'arc pour passer dans l'autre pièce.

— Henry, si vous croyez que je vais écouter de stupides

coups de marteau pour vous dire si c'est un code, vous êtes fous, dit Trumbull.

— Monsieur Trumbull, dit Henry, j'ignore quelles relations vous entretenez avec le gouvernement, mais je me dis que dans quelques instants, vous voudrez contacter les personnes compétentes. Je vous suggère de commencer par interroger sérieusement le gardien et de...

Rubin revint, les sourcils froncés et le visage rouge.

— C'est marrant, je n'arrive pas à retrouver cette cassette. Je pensais pourtant savoir exactement où elle était. Mais non. Tant pis pour votre preuve, Henry. Il va falloir que je... Est-ce que j'aurais pu la laisser quelque part ?

— C'est son absence qui est la preuve, monsieur Rubin, dit Henry. Je pense que nous savons maintenant ce que cherchait le cambrioleur et pourquoi il n'y a plus eu de coups de marteau depuis.

Trumbull s'empressa de dire :

— Je ferais mieux de passer...

Puis il s'interrompit en entendant la sonnette. Pendant un petit moment, tout le monde se figea, puis Rubin marmonna :

— Ne me dites pas que c'est Jane qui rentre plus tôt que prévu.

Il se leva pesamment, s'avança vers la porte et regarda à travers le judas. Il examina un instant la personne qui se trouvait dehors puis il s'exclama :

— Mince alors !

Il ouvrit brusquement la porte. Le gardien était là, le visage rougissant et l'air manifestement mal à l'aise.

— Ça m'a pris du temps de trouver quelqu'un pour me remplacer... Ecoutez, dit-il tandis que son regard passait d'une personne à l'autre. Je ne veux pas d'ennuis, mais...

— Fermez la porte, Manny ! s'écria Trumbull.

Rubin attira le gardien à l'intérieur et referma la porte.

— Qu'y a-t-il, Charlie ?

— Ça m'embêtait et voilà que maintenant, quelqu'un me demande s'il y a eu des problèmes ici... C'est vous, monsieur, dit-il à Avalon. Ensuite, d'autres gens sont arrivés et je me doute de ce qui doit se passer. Je pense que certains d'entre vous enquêtent sur le cambriolage. Je ne savais pas ce qui se passait mais je suppose que je n'ai pas dû dire ce qu'il fallait et je vais vous expliquer. Ce type...

— Nom et numéro de l'appartement, dit Trumbull.

— King ! Il est au 15-U, dit Charlie.

— Bon, venez dans la cuisine avec moi. Manny, je vais me servir de ce téléphone pour passer mon coup de fil.

Il referma la porte de la cuisine. Rubin leva les yeux, semblant écouter, puis il dit :

— Des messages au moyen de coups de marteau ? Qui aurait pu croire ça ?

— C'est bien pourquoi ça a marché, monsieur Rubin, dit doucement Henry. Et ça aurait pu continuer à marcher si, dans le même immeuble, il n'y avait pas eu un écrivain aussi profondément original, si je puis me permettre.

Remarque

Cette nouvelle, ainsi que les deux suivantes, n'a pas été publiée dans *Ellery Queen's Mystery Magazine*, mais, comme je l'ai expliqué dans l'Introduction, a été écrite spécialement pour ce recueil.

Elle illustre la manière dont l'écriture peut enrichir la vie. L'histoire de coups mystérieux que l'on entend dans l'immeuble est tirée d'un fait divers réel. Dans mon immeuble, quelqu'un joue du marteau à toute heure. Je n'ai jamais entrepris d'action aussi radicale que Manny

Rubin, mais je me suis contenté de secouer la tête et de grincer les dents.

Ça m'irritait de plus en plus et j'aurais pu développer un ulcère quand je me suis dit que je pouvais m'en servir comme argument d'une nouvelle. Je l'ai donc écrite. C'est celle-ci.

Maintenant, quand j'entends les coups de marteau (ça n'arrive pas vraiment si souvent et ce n'est pas si terrible), je hausse les épaules d'un air joyeux car je n'oublie pas que ça m'a fourni une histoire. Alors, ça ne me gêne plus du tout.

YANKEE DOODLE S'EN EST ALLÉ EN VILLE

Tout le monde savait, parmi les Veufs Noirs, que Geoffrey Avalon avait été officier dans l'armée pendant la Seconde Guerre mondiale et qu'il y avait gagné les galons de commandant. A leur connaissance, il n'avait cependant pas fait campagne et il ne parlait jamais de la guerre. Son allure guindée donnait toutefois à penser qu'il devait bien porter l'uniforme et personne ne fut donc surpris d'apprendre qu'il s'était un jour appelé commandant Avalon.

Par conséquent, le fait qu'il ait pénétré dans la salle de banquet accompagné d'un invité qui était officier dans l'armée ne surprit personne. Et quand il annonça : " Voici mon vieux copain d'armée, le colonel Samuel Davenheim ", tout le monde salua cordialement l'invité sans même l'ombre d'un froncement de sourcils. Les copains d'armée d'Avalon étaient leurs copains d'armée à tous.

Même Mario Gonzalo, qui avait effectué un service militaire peu fertile en événements à la fin des années cinquante, et qui était connu pour ses critiques acerbes à l'égard des officiers, se montra assez aimable. Il se jucha sur un buffet et commença à dessiner. Avalon jeta un bref coup d'œil par-dessus l'épaule de Gonzalo pour s'assurer que l'artiste des Veufs Noirs n'allait pas couronner d'oreilles d'âne la tête du colonel.

Ce qui aurait été parfaitement inadéquat, car tout laissait à penser que Davenheim possédait une vive intelligence. Il avait un visage un peu grassouillet, dont la rondeur était accentuée par une coiffure démodée, cheveux coupés court sur le crâne et inexistants dans la nuque. Il avait le sourire facile et aimable, sa voix était claire et ses mots bien détachés.

— Vous m'avez tous été décrits, dit-il, car Jeff, comme vous le savez probablement, est quelqu'un de méthodique. Je devrais être capable de tous vous reconnaître. Ainsi, vous, vous êtes Emmanuel Rubin, puisque vous êtes petit, que vous avez des verres épais, une barbe peu fournie:..

— Une maigre barbe, c'est en général comme ça que dit Jeff parce que la sienne est abondante, dit Rubin sans se vexer. Mais que je sache, le nombre de poils qu'on a au menton n'a aucun rapport avec...

— Et que vous êtes bavard, dit fermement Davenheim en couvrant la voix de son interlocuteur avec l'autorité paisible d'un colonel. Et vous êtes écrivain... Vous, vous êtes Mario Gonzalo, l'artiste, et je n'ai même pas besoin de vous décrire puisque vous êtes en train de dessiner... Roger Halsted, mathématicien, partiellement chauve. Le seul membre du club à ne pas avoir tous ses cheveux, alors, c'est facile... James Drake, ou plutôt, Dr James Drake...

— Nous sommes tous docteurs dès l'instant où nous faisons partie des Veufs Noirs, dit Drake derrière des volutes de fumée.

— Vous avez raison, Jeff me l'a soigneusement expliqué. Vous êtes le docteur docteur Drake parce que vous sentez le tabac à trois mètres.

— Eh bien, Jeff doit savoir de quoi il parle, dit Drake avec philosophie.

— Et Thomas Trumbull, dit Davenheim, parce que vous froncez les sourcils, et aussi par élimination... Je n'ai oublié personne ?

— Dans les membres, non, dit Halsted. Mais vous n'avez pas parlé d'Henry, qui est ici le plus important.

Davenheim regarda autour de lui, l'air perplexe.

— Henry ?

— Le serveur, dit Avalon en rougissant, les yeux fixés sur son verre. Je suis désolé, Henry, mais je ne savais pas quoi raconter au colonel Davenheim à votre sujet. Dire que vous êtes serveur aurait été ridiculement insuffisant et en dire plus aurait compromis le caractère confidentiel du club des Veufs Noirs.

— Je comprends, monsieur, dit aimablement Henry. Mais je pense qu'il conviendrait de servir le colonel. Que désirez-vous, mon colonel ?

Pendant un instant, le colonel fut perdu.

— Oh ! vous voulez dire comme boisson ? Non, ça va, je ne bois pas.

— Un ginger ale, peut-être ?

— D'accord, dit Davenheim qui se raccrochait visiblement à la perche qu'on lui tendait. Ce sera parfait.

Trumbull sourit.

— La vie de quelqu'un qui ne boit pas doit être bien compliquée.

— Il faut toujours qu'on vous force à avaler quelque chose, dit Davenheim d'un air un peu pincé. Je n'ai jamais pu m'y faire.

— Demandez qu'on mette une cerise dans votre ginger ale, dit Gonzalo. Ou encore mieux, mettez de l'eau dans un verre à cocktail et ajoutez-y une olive. Et puis buvez et remettez périodiquement de l'eau. Tout le monde admirera la façon dont vous tenez l'alcool. Bien que pour être franc, je n'ai jamais vu d'officier qui pouvait...

— Je crois que nous allons manger d'une minute à

l'autre, s'empressa de dire Avalon en regardant sa montre.

— Ne voulez-vous pas vous asseoir, messieurs ? dit Henry.

Il plaça une corbeille de pain juste devant Gonzalo, comme s'il voulait lui suggérer d'occuper sa bouche à autre chose. Gonzalo prit un petit pain, le rompit, en beurra une moitié, mordit dedans et murmura d'une voix étouffée :

— ... qui pouvait s'empêcher de rouler sous la table après un seul martini-gin.

Mais personne ne l'écoutait. Rubin, qui se trouvait placé entre Avalon et Davenheim, demanda :

— Quel genre de soldat était Jeff, mon colonel ?

— Un sacrément bon, dit gravement Davenheim, mais il n'a pas eu grande occasion de briller. Nous étions tous deux dans le secteur juridique, ce qui voulait dire du travail de bureau. La seule différence entre nous, c'est qu'il a eu le bon sens de quitter l'armée après la guerre. Moi pas.

— Vous voulez dire que vous vous occupez toujours de justice militaire ?

— Exactement.

— Eh bien, j'attends avec impatience le jour où la justice militaire sera aussi obsolète que la justice féodale.

— Moi aussi, dit paisiblement Davenheim. Mais ce n'est pas encore pour demain.

— Non, dit Rubin, et si vous...

Trumbull l'interrompit.

— Enfin, Manny ! Vous ne pouvez pas attendre que ce soit le moment de le cuisiner ?

— Oui, dit Avalon en toussant à moitié aussi fort qu'un stentor, autant laisser manger Sam avant de le mettre à l'épreuve.

— Si la justice militaire utilisait les mêmes critères... commença Rubin.

— Pas maintenant ! rugit Trumbull.

Rubin jeta un regard indigné à travers ses lunettes à verres épais mais il s'exécuta.

Halsted déclara, manifestement pour changer de sujet :

— Je ne suis pas très content de mon limerick pour le cinquième chant de l'*Iliade*.

— De votre quoi ? dit Davenheim, déconcerté.

— Ne faites pas attention, dit Trumbull. Roger ne cesse de menacer de concocter cinq vers d'inepties pour chaque chant de l'*Iliade*.

— Et de l'*Odyssée*, dit Halsted. Le problème, avec le cinquième chant, c'est qu'il parle surtout des exploits du héros grec Diomède et je me dis que je devrais le mettre en fin de vers pour lui consacrer une rime. Ça fait des mois que je m'y essaie de temps à autre.

— C'est pour ça que vous nous avez épargnés lors des deux dernières réunions ? demanda Trumbull.

— J'avais un limerick que j'étais prêt à lire, mais je n'en suis pas très satisfait.

— Dans ce cas, vous avez rejoint l'écrasante majorité, dit Trumbull.

— Le problème, dit tranquillement Halsted, c'est qu'on ne peut pas faire une belle rime avec Diomède. Ça rime avec " remède " ou " qu'on m'aide ", mais je ne vois rien qui puisse aller ici.

— Appelez-le donc fils de Tydée, dit Avalon. Homère employait fréquemment le nom patronymique.

— Qu'est-ce que c'est, un nom patronymique ? demanda Gonzalo.

— Littéralement, le nom du père, dit Halsted. Vous croyez que je n'y ai pas pensé ? Mais Tydée rime avec " idée ", ou si vous y tenez, avec " ridé ".

— Pourquoi pas " bidet " ? proposa Rubin.

— Ou " hybridé " ? dit Drake.

— Ça montre bien quel est votre niveau intellectuel, dit

Halsted. Mais ce que j'ai fait, c'est que j'ai rajouté quelque chose pour faire la rime.

— Vous avez triché, dit Rubin.

— Un peu, reconnut Halsted. Voilà :

A ce jour sans égal en adresse et courage,
Il alla au combat, Diomède, avec rage,
Il ne reculait point, même devant les dieux,
S'attaqua à Arès, entre tous belliqueux
Le laissant demi-mort sur le champ de bataille.

Avalon secoua la tête.

— Arès était seulement blessé. Il avait encore assez de force pour se lever et rugir en direction de l'Olympe.

— J'avoue que ce que j'ai fait ne me satisfait pas, dit Halsted.

— Alors, pour une fois, il y a unanimité ! dit Trumbull.

— Du veau au parmesan ! s'écria Rubin, plein d'enthousiasme.

Avec son adresse coutumière, Henry déposait en effet une assiette devant chaque convive. Après avoir consacré un temps considérable au veau, le colonel Davenheim déclara :

— Vous vous soignez, ici, Jeff.

— Oh ! nous essayons de faire de notre mieux, dit Avalon. Le restaurant nous facture en conséquence, mais ces dîners n'ont lieu qu'une fois pas mois.

Davenheim mania sa fourchette avec une belle énergie et dit :

— Docteur Halsted, vous êtes mathématicien...

— J'enseigne les mathématiques à des gamins qui ne s'y intéressent pas, ce qui n'est pas du tout la même chose.

— Mais alors, pourquoi écrivez-vous des limericks sur ces poèmes épiques ?

— Précisément parce qu'il ne s'agit pas de mathématiques, mon colonel. C'est une erreur de penser que parce que quelqu'un a une certaine profession, tous ses intérêts doivent s'y rattacher.

— Je ne voulais pas vous blesser, dit le colonel.

Avalon considéra son assiette bien nettoyée et repoussa d'un air songeur son demi-verre d'apéritif auquel il n'avait pas touché.

— En fait, dit-il, Sam sait très bien ce que c'est que d'avoir un passe-temps intellectuel. Il est un excellent phonéticien et il s'en sert pour faire des imitations.

— Oh ! seulement en amateur, dit Davenheim avec une immense modestie.

— Ça veut dire que vous pouvez raconter des blagues avec des accents différents ? demanda Rubin.

— Avec n'importe quel accent, dans les limites du raisonnable, dit Davenheim. Mais pour ce qui est des blagues, je ne suis pas très bon, même en parlant normalement.

— Ce n'est pas grave, dit Rubin. J'aime mieux entendre une mauvaise histoire racontée avec un accent authentique qu'une bonne avec un mauvais accent.

— Alors comment expliquez-vous que seules vos propres blagues, qui échouent pourtant sur les deux plans, arrivent à vous faire rire ? dit Gonzalo.

Davenheim s'empressa de prendre la parole pour couper court à la réplique de Rubin.

— Vous m'avez éloigné du sujet, dit-il en se penchant sur le côté pour permettre à Henry de poser un baba au rhum devant lui. Je pensais, docteur Halsted... très bien, Roger, que vous vous étiez peut-être intéressé à l'Antiquité pour vous libérer l'esprit d'un problème mathématique ardu. Comme ça, pendant que votre conscient effectuait des permutations de rimes, votre inconscient...

— Le plus marrant, c'est que ça marche, dit Rubin en saisissant l'occasion de s'interposer. Je n'ai jamais été coincé dans une intrigue au point de ne pas pouvoir m'en dépêtrer en allant voir un film. Pas un bon film qui m'absorberait trop. Non, un mauvais, qui occupe suffisamment mon conscient pour permettre à mon inconscient de vagabonder en toute liberté. Ce qui marche le mieux, ce sont les films d'espionnage.

— Même en faisant attention, je n'arrive pas à suivre ces histoires-là, dit Gonzalo.

— Pourtant, elles sont faites pour des gosses de douze ans, dit Rubin, en décochant enfin sa flèche.

Henry servit le café et Davenheim déclara :

— Je suis d'accord avec ce que dit Manny. Je pense en effet que pour moi, passer une journée à faire de la phonétique est parfois le meilleur moyen de m'attaquer à la résolution d'un problème. Mais n'y a-t-il pas l'autre aspect de la question ? Il n'est pas difficile de se rendre compte qu'en occupant son conscient, on laisse son inconscient libre de faire ce qui lui plaît dans les profondeurs de son esprit. Mais est-ce qu'il va rester enfoui ? Est-ce qu'il ne va pas remonter à la surface ? Est-ce qu'il ne va pas se manifester, si ce n'est pas à la personne qui pense, alors, aux autres ?

— Que voulez-vous dire exactement, mon colonel ? demanda Trumbull.

— Ecoutez, si on s'appelle par nos prénoms, il faut que ça soit valable pour tout le monde, dit Davenheim. Appelez-moi donc Sam. Voilà ce que je voulais dire : supposons que Manny travaille à une intrigue qui ferait intervenir un poison ne laissant pas de trace...

— Ça, jamais ! s'écria Rubin avec énergie. Et pas de tarentules non plus, d'Hindous mystiques ni de surnaturel. Tout ça, c'est du romantisme du dix-neuvième siècle. Je ne suis pas sûr que même les mystères de chambre close ne soient pas devenus...

— C'était pour prendre un exemple, dit Davenheim qui, pendant un instant, eut quelque difficulté à endiguer le courant. Vous faites autre chose pour permettre à votre inconscient de se mettre au travail et vous pouvez jurer que vous avez complètement oublié votre intrigue, que vous n'y pensez plus du tout, qu'elle est rayée de votre esprit. Et puis, au moment où vous voulez appeler un taxi, vous criez : " Toxique ! Toxique ! "

— C'est un peu tiré par les cheveux, dit Trumbull d'un air pensif. Mais sans prendre ça au pied de la lettre, je commence à voir de quoi vous voulez parler. Jeff, est-ce que vous avez fait venir Sam parce qu'il a un problème à résoudre ?

Avalon s'éclaircit la gorge.

— Non, pas précisément. Je l'ai invité le mois dernier pour plusieurs raisons, la plus importante étant que je pensais que vous le trouveriez tous sympathique. Mais hier soir, il est resté chez moi et... je peux leur dire, Sam ?

Davenheim haussa les épaules.

— Vous m'avez dit que cette salle était silencieuse comme une tombe.

— Absolument, dit Avalon. Sam connaît ma femme depuis presque aussi longtemps qu'il me connaît, mais hier, à deux reprises, il l'a appelée Montclair au lieu de Florence.

Davenheim sourit faiblement.

— C'est mon inconscient qui refaisait surface. J'aurais pourtant juré que je m'étais sorti tout ça de l'esprit.

— Vous ne vous en êtes même pas rendu compte, dit Avalon avant de se tourner vers les autres. Même moi, je ne l'ai pas remarqué. C'est Florence qui l'a remarqué. La seconde fois, elle a dit : " Comment m'avez-vous appelée ? " et il a dit : " Quoi ? " Elle a dit : " Vous persistez à m'appeler Montclair. " Et il a eu l'air complètement abasourdi.

— En tout cas, ce n'est pas mon inconscient qui m'embête, c'est le sien, dit Davenheim.

— Celui de Montclair ? demanda Drake en écrasant sa cigarette de ses doigts jaunis.

— Non, celui de l'autre, dit Davenheim.

— De toute façon, c'est l'heure du brandy, Jeff, dit Trumbull. Vous voulez cuisiner notre honorable invité ou quelqu'un d'autre devrait-il le faire ?

— Je ne pense pas qu'il ait besoin d'être cuisiné, dit Avalon. Peut-être nous dira-t-il simplement à quoi s'occupe son inconscient quand son conscient se divertit.

— Je ne suis pas sûr de vouloir le faire, dit Davenheim avec une mine assombrie. Il s'agit d'une question très délicate.

— Je vous donne ma parole que tout ce qui se dit ici est strictement confidentiel, dit Trumbull. Je suis sûr que Jeff vous l'a déjà dit. Et cela inclut notre estimé Henry. Bien entendu, vous n'avez pas besoin de donner tous les détails.

— Je ne peux pas me réfugier derrière des noms fictifs, n'est-ce pas ?

— Pas si Montclair est un des vrais noms, dit Gonzalo en faisant un large sourire.

— Bon, après tout ! soupira Davenheim. En fait, ce n'est pas une véritable histoire, et il n'y a peut-être rien là-dessous, rien du tout. Je peux m'être complètement fichu dedans. Mais si je ne me suis pas trompé, ça va être très embarrassant pour l'armée et ça va coûter cher au pays. Je préférerais presque avoir tort, mais d'un autre côté, je me suis tant avancé que si je m'étais trompé, ça pourrait entraver ma carrière — d'une manière définitive. Bien que je ne sois plus très loin de la retraite.

Pendant un instant, il sembla perdu dans ses pensées, puis il dit violemment :

— Non, je veux avoir raison. Quel que soit l'embarras occasionné, il faut y mettre un terme.

— C'est une affaire de trahison ? demanda Drake.

— Non, pas au sens étroit du terme. Je préférerais presque que ce soit le cas. Il peut y avoir une dignité colossale dans la trahison. Un traître n'est parfois que le revers de la médaille patriotique. Pour quelqu'un d'autre, il peut être un martyr. Je ne parle pas d'hommes de main qu'on engage pour trois fois rien, je parle de celui qui croit servir une cause plus noble que celle de son pays et qui n'accepterait pas un sou pour les risques qu'il encourt. Nous comprenons parfaitement cela lorsque nous traitons avec ceux qui ont trahi notre ennemi. Par exemple, ceux que Hitler considérait comme...

— Dans l'affaire en question, il ne s'agit donc pas de trahison ? dit Trumbull avec quelque impatience.

— Non. Seulement de corruption ! D'infecte et puante corruption. Un groupe de militaires qui, je regrette d'avoir à le dire, compte des officiers, des officiers de haut rang, a l'intention d'escroquer un peu l'Oncle Sam.

— Pourquoi n'appelez-vous pas ça trahison? lâcha Rubin. Ça nous affaiblit et ça pourrit l'armée. Des militaires qui ont si peu de respect pour leur pays qu'ils n'hésitent pas à le voler ne seront sûrement pas prêts à mourir pour lui.

— Oh ! pour ce qui est de ça, les gens rangent leurs émotions et leurs actions dans des tiroirs bien séparés, dit Avalon. Il est tout à fait possible de voler l'Oncle Sam aujourd'hui et de mourir pour lui demain en étant parfaitement sincère à chaque fois. Bien des gens qui carottent le Trésor de la moitié de leurs impôts se considèrent comme de bons et loyaux patriotes américains.

— Ne mêlez pas les impôts à ça, dit Rubin. Si on tient compte de ce qui engloutit la plus grosse part du budget fédéral, on peut à bon droit soutenir que le vrai patriote, c'est celui qui va en prison plutôt que de payer ses impôts.

— Ne pas payer ses impôts parce qu'on estime que ça va à l'encontre de ses principes, l'admettre et aller en prison, est une chose. Ne pas accepter sa part du fardeau simplement pour voir les autres s'acquitter de la leur et de la vôtre en plus, c'est autre chose. Ces deux attitudes sont illégales, mais j'éprouve un certain respect pour la première. Dans l'affaire dont je parle, la motivation n'est autre que la cupidité. Il est tout à fait possible que ça implique des millions de dollars provenant de l'argent des contribuables.

— Possible ? C'est tout ? demanda Trumbull, le front tellement plissé qu'on aurait dit une planche à laver.

— C'est tout. Pour l'instant. Je ne peux pas le prouver et c'est difficile de traquer quelqu'un quand on n'a pas une piste bougrement sûre. Si je vais trop loin sans pouvoir justifier mes soupçons point par point, je vais me faire écharper. Il se peut que des gens haut placés soient impliqués, mais ce n'est pas certain.

— Qu'est-ce que Montclair a à voir là-dedans ? demanda Gonzalo.

— Pour l'instant, nous avons attrapé deux hommes, un sergent et un simple soldat. Le sergent, c'est Montclair, Robert J. Montclair. L'autre s'appelle Orin Plouk. Nous n'avons aucun véritable chef d'accusation contre eux.

— Rien du tout ? demanda Avalon.

— Pas tout à fait. Ce que Montclair et Plouk ont fait a eu pour résultat de faire s'évaporer dans la nature des milliers de dollars de matériel militaire, mais nous ne pouvons pas prouver qu'il y a eu illégalité. Ils sont couverts.

— Vous voulez dire que des officiers supérieurs sont impliqués là-dedans ? dit Gonzalo en souriant lentement. Des officiers ? Qui seraient intelligents ?

— Aussi bizarre que ça puisse paraître, c'est bien possible, dit sèchement Davenheim. Mais je n'ai aucune preuve.

— Vous ne pouvez pas interroger les deux hommes ? dit Gonzalo.

— C'est ce que j'ai fait, dit Davenheim. Montclair, je ne peux rien en tirer. C'est un des plus dangereux, l'honnête imbécile. Je crois qu'il est trop bête pour saisir la portée de ce qu'il a fait. S'il avait compris, il ne l'aurait pas fait.

— Confrontez-le à la vérité, dit Avalon.

— Quelle est la vérité? demanda Davenheim. D'ailleurs, je ne suis pas prêt à mettre mes soupçons sur la table. Si je dis maintenant ce que je sais, ce sera au mieux la mise à pied dans le déshonneur pour les deux hommes, et le reste de la bande se fera oublier pendant un petit moment puis recommencera. Non, j'aimerais ne pas me découvrir jusqu'à ce que je puisse avoir un tuyau, un tuyau suffisamment sûr pour accepter de courir le risque.

— Vous voulez dire, un tuyau qui vous permettrait d'épingler quelqu'un de plus haut placé? demanda Rubin.

— Exactement.

— Et cet autre type? demanda Gonzalo.

Davenheim hocha la tête.

— C'est lui qui est important. Il sait. C'est le cerveau des deux. Mais je n'arrive pas à trouver de faille dans son histoire. Je l'ai passée et repassée en revue avec lui. Et puis, il est sûrement protégé.

— Si vous ne faites que supposer qu'il y a plus de gens impliqués dans cette affaire que ces deux-là, pourquoi prenez-vous ça au sérieux? dit Halsted. N'y a-t-il pas de grandes chances pour que vous vous trompiez?

— C'est ce que d'autres croiraient, dit Davenheim. Et je n'ai aucun moyen de vous expliquer pourquoi je sais que je ne me trompe pas, sauf en vous parlant de mon expérience. Après tout, Roger, un mathématicien expérimenté peut être absolument certain qu'une hypothèse particulière est vraie tout en étant incapable de le prouver par une démonstration mathématique rigoureuse. Vous êtes d'accord?

— Je ne suis pas sûr que ce soit là une analogie satisfaisante, dit Halsted.

— Moi, elle me paraît satisfaisante. J'ai parlé à des hommes qui étaient indubitablement coupables, et à des hommes qui étaient indubitablement innocents, et lorsqu'on les accuse, leur attitude est différente. Cette différence, je la sens. Le problème, c'est que ce n'est pas considéré comme une preuve. Montclair, je n'en parlerai pas, mais Plouk, lui, est un tout petit peu trop prudent, un tout petit peu trop clair. Se mesurer à moi est pour lui un jeu qui l'amuse, et c'est là quelque chose que je ne peux pas ne pas remarquer.

— Si vous insistez sur le fait que vous pouvez sentir de telles choses, ce n'est pas la peine d'argumenter, vous ne croyez pas ? dit Halsted avec un certain mécontentement. Vous vous placez sur un plan qui n'a rien de rationnel.

— Ce n'est pas possible autrement, dit Davenheim sans faire attention à lui, comme s'il était pris dans ses pensées au point que ce qu'avait dit Halsted ne constituait qu'un bruit parasite qui ne venait en rien contredire ce qu'il avançait. Plouk se contente d'avoir un petit sourire quand je le serre de près. On dirait que je suis le taureau et qu'il est le matador. Quand je fonce sur lui, il reste là, bien droit, agitant négligemment sa cape, me défiant de l'encorner. Et quand j'essaie de l'embrocher, il n'est soudain plus là et sa cape me passe par-dessus la tête.

— J'ai bien peur qu'il vous tienne, Sam, dit Avalon en secouant la tête. Si vous avez l'impression qu'il vous fait marcher, vous avez atteint le stade où vous ne pouvez plus avoir confiance en votre propre jugement. Passez le relais.

Davenheim hocha la tête.

— Non, si c'est ce à quoi je pense, et je sais que c'est bien ça, alors je veux être celui qui portera le coup décisif.

— Ecoutez, dit Trumbull. J'ai un petit peu d'expérience en la matière. Est-ce que vous vous dites que Plouk peut vous dévoiler toute l'affaire ? Il n'est qu'un simple soldat et je suppose que même s'il y a une sorte de conspiration, il n'en sait pas bien long.

— D'accord, dit Davenheim. Je veux bien le croire. Je ne m'attends pas à ce qu'il m'apporte la solution sur un plateau d'argent. Mais il doit bien connaître quelqu'un d'autre, un homme d'un grade plus élevé. Il doit bien connaître un fait, un seul fait significatif. Ce sont cet homme et ce fait que je veux découvrir. C'est tout ce que je demande. Et ce qui m'achève, c'est qu'il se trahit mais que je n'arrive toujours pas à saisir.

— Qu'est-ce que vous voulez dire par « il se trahit » ? demanda Trumbull.

— C'est là qu'intervient l'inconscient. Quand nous nous affrontons, il est tout entier à ce que je lui dis, il est complètement absorbé dans ses efforts pour m'arrêter, pour me couper toute retraite, pour m'empêcher de marquer un point, pour me faire perdre la partie. Mince alors, on peut dire qu'il s'y entend, à ce petit jeu. Me donner le renseignement qui m'intéresse est bien la dernière chose qu'il fera, mais ce renseignement, il est quand même en lui, et quand il est occupé à réfléchir à toute autre chose, ça s'échappe. A chaque fois que je le serre de près et que je l'accule, en donnant des coups de corne à un cheveu de son ventre, il chante.

— Il quoi ? explosa Gonzalo.

Il y eut une agitation générale parmi les Veufs Noirs. Seul Henry ne montra nulle trace d'émotion en remplissant plusieurs tasses de café.

— Il chante, dit Davenheim. A vrai dire, pas exactement, il fredonne. Et c'est toujours le même air.

— Quel air ? Quelque chose que vous connaissez ?

— Bien sûr que je le connais. Tout le monde le connaît. C'est *Yankee Doodle*.

Avalon déclara gravement :

— Même le président Grant, qui n'avait pourtant pas l'oreille musicale, le connaissait. Il a dit qu'il ne connaissait que deux chansons : l'une était *Yankee Doodle* et l'autre ne l'était pas.

— Et c'est *Yankee Doodle* qui vend la mèche ?

demanda Drake avec, dans ses yeux las de chimiste, une expression qui apparaissait quand il commençait à douter de la raison de quelqu'un.

— Oui, plus ou moins. Il camoufle la vérité aussi finement qu'il peut, mais elle émerge de son inconscient, juste un tout petit peu, on n'en aperçoit qu'un petit bout. Et c'est *Yankee Doodle* qui constitue le tuyau. Je n'y comprends rien. Ce n'est pas suffisant pour que je puisse m'y raccrocher. Mais c'est là ! J'en suis sûr.

— Vous voulez dire que la solution de votre problème réside dans *Yankee Doodle* ? dit Rubin.

— Oui ! s'écria Davenheim avec force. Je suis affirmatif. Ce qu'il y a, c'est qu'il ne se rend pas compte qu'il fredonne. A un moment donné, je lui ai demandé : " C'est quoi, ça ? " et il est resté muet. Je lui ai dit : " Qu'est-ce que vous chantonnez ? " et il m'a regardé avec un étonnement qui était sincère, je serais prêt à le jurer.

— Comme quand vous avez appelé Florence Montclair, dit Avalon.

Halsted secoua la tête.

— Je ne vois pas comment vous pouvez y attacher de l'importance, dit-il. Nous avons tous des chansons qui nous trottent dans la tête sans qu'on puisse s'en débarrasser pendant un bon moment. Je suis sûr que nous devons les fredonner tout bas de temps en temps.

— De temps en temps, peut-être, dit Davenheim. Mais Plouk ne fredonne que *Yankee Doodle* et seulement à des moments bien particuliers, c'est-à-dire quand je l'interroge de façon pressante. Quand une tension s'installe parce que j'essaie de lui soutirer la vérité sur cette corruption organisée qui existe, j'en suis sûr, cette chanson remonte à la surface. Il faut bien que ça ait une signification.

— *Yankee Doodle*, dit Rubin d'un air songeur, se parlant à moitié tout seul.

Il leva les yeux un instant sur Henry qui se tenait près du

buffet, un petit sillon vertical entre les sourcils. Henry croisa le regard de Rubin mais ne réagit pas.

Il y eut un silence méditatif pendant quelques instants. Tous les Veufs Noirs semblaient malheureux, à des degrés divers. Trumbull dit finalement :

— Vous vous êtes peut-être complètement trompé, Sam. C'est peut-être des ressources de la psychiatrie dont vous auriez besoin. Ce Plouk pourrait bien fredonner *Yankee Doodle* à chaque fois qu'il est tendu pour quelque raison que ce soit. Si ça se trouve, ça veut simplement dire que son grand-père chantait ça quand il avait six ans ou que sa mère s'en servait de berceuse.

Davenheim retroussa sa lèvre en signe de légère dérision.

— Vous croyez que je n'y ai pas pensé ? J'ai fait venir une dizaine de ses meilleurs amis. Personne ne l'a encore entendu fredonner quoi que ce soit !

— Ils mentent peut-être, dit Gonzalo. Moi, je ne dirais jamais rien à un militaire si je pouvais l'éviter.

— Ses amis n'ont peut-être rien remarqué, dit Avalon. La plupart des gens ne sont pas très observateurs.

— Peut-être ont-ils menti, peut-être n'en savaient-ils rien, dit Davenheim. Mais leur témoignage, dans son ensemble, m'a amené à croire que *Yankee Doodle* avait un rapport avec mon interrogatoire et avec rien d'autre.

— C'est peut-être seulement en rapport avec la vie militaire, dit Drake. C'est une marche associée à la Révolution américaine.

— Alors pourquoi la chante-t-il seulement avec moi et avec aucun autre militaire ?

— Bon, dit Rubin. Imaginons que *Yankee Doodle* veuille bien dire quelque chose dans ce contexte-là. Qu'est-ce que nous avons à perdre ? Voyons donc ce que donne cette chanson... Pour l'amour du ciel, Jeff, ne chantez pas.

Avalon, qui avait déjà ouvert la bouche dans l'intention manifeste d'entonner la marche, la referma en faisant claquer ses mâchoires. Sa faculté de chanter juste le disputait à celle d'une huître et dans ses moments de lucidité, il ne l'ignorait pas. Il dit avec quelque hauteur :

— Je vais réciter les paroles !

— Bon, dit Rubin, mais pas question de chanter.

L'air sérieux, Avalon prit une pose avantageuse et commença à déclamer de sa voix de baryton la plus sonore :

Yankee Doodle s'en est allé en ville
Monté sur son poney.
Il a mis une plume à son chapeau
Pour faire macaroni.
Yankee Doodle, hardi !
Yankee Doodle dandy.
Danse en suivant la mesure
Et sois habile avec les filles.

— Elles sont complètement idiotes, ces paroles, dit Gonzalo.

— Idiotes, mince alors ! fit Rubin, tellement indigné que sa maigre barbe en tremblait. Elles sont tout à fait sensées. C'est une satire d'un péquenot écrite par un affranchi de la ville. Un " doodle " est n'importe quel instrument primitif de la campagne, par exemple une cornemuse, donc, un Yankee Doodle, c'est quelqu'un qui sort de sa cambrousse, en Nouvelle-Angleterre, et qui n'est pas plus évolué qu'une cornemuse. Il vient en ville sur son poney dans l'intention de passer pour quelqu'un d'élégant, alors il porte ce qu'il pense être des habits de ville. Il met une plume à son chapeau et il se croit du dernier chic. A la fin du dix-huitième siècle, c'était ça, un " macaroni ", un type branché de la ville habillé à la dernière mode.

« Les quatre derniers vers constituent le refrain et

montrent le gars de la campagne qui va au bal en ville. On se moque gentiment de lui et on lui dit de ne pas danser comme un éléphant et d'être galant avec les dames. Le mot " dandy ", qu'on a commencé à employer au milieu du dix-huitième siècle, voulait dire la même chose que " macaroni ".

— Bon, Manny, vous avez gagné, dit Gonzalo. Ce n'est pas une ineptie. Mais comment est-ce que ça peut nous aider dans l'affaire de Sam ?

— Je ne pense pas que ça puisse nous aider, dit Rubin. Je regrette, Sam, mais Plouk a l'air de se prendre pour le péquenot qui fait marcher l'affranchi et il ne peut s'empêcher de penser à cette chanson ironique et à la manière dont il inverse les rôles avec vous.

— Je présume, Manny, que vous le prenez pour un péquenot parce qu'il s'appelle Plouk. En suivant le même raisonnement, vous devriez être un rabbin dans la mesure où vous vous appelez Rubin. En fait, Plouk est né et a été élevé à Philadelphie et je doute qu'il ait vu une seule ferme dans sa vie. Ce n'est vraiment pas ce qu'on pourrait appeler un péquenot.

— Bon, dit Rubin. Dans ce cas, j'ai peut-être pris les choses à l'envers. C'est lui qui est l'affranchi et qui se moque de vous, Sam.

— Parce que je suis un péquenot ? Je suis né à Stoneham, dans le Massachusetts et j'ai obtenu mon diplôme de droit à Harvard. Il le sait. Il y fait de vagues allusions quand il se met à jouer au matador.

— Est-ce que le fait que vous veniez du Massachusetts ne fait pas de vous un Yankee ? dit Drake.

— Mais pas un Yankee Doodle, s'entêta Davenheim.

— Ce n'est peut-être pas ce qu'il pense, dit Drake.

Davenheim réfléchit un instant puis il dit :

— Oui, je suppose qu'il pourrait le penser. Mais alors, il le fredonnerait ouvertement, ironiquement. Le problème, c'est que j'ai l'impression qu'il le fait inconsciemment. Il y a un lien avec quelque chose qu'il essaie de cacher, pas avec quelque chose qu'il veut démontrer.

— C'est peut-être qu'il espère retirer beaucoup de profit de ses malversations, dit Halsted. Il pourra alors se pavaner en ville, autrement dit, il pourra " mettre une plume à son chapeau ".

— Ou alors, Plouk pense que la manière dont il s'en tire avec vous fait son orgueil et représente la plume à son chapeau, dit Drake.

— Il y a peut-être un mot qui a une signification particulière, dit Gonzalo. Supposez que " macaroni " veuille dire qu'il est en cheville avec la maffia. Ou alors que " sois habile avec les filles " veuille dire que qu'il y ait une femme militaire impliquée là-dedans. Il y a encore un corps féminin, dans l'armée, n'est-ce pas ?

Ce fut à ce moment-là que Henry dit :

— Je me demande, monsieur Avalon, si en votre qualité d'hôte, vous me permettrez de poser quelques questions.

— Allez-y, Henry, dit Avalon. Vous savez bien que vous pouvez le faire quand vous voulez.

— Merci, monsieur. Est-ce que le colonel m'accorderait la même permission ?

Davenheim eut l'air surpris mais il répondit :

— Puisque vous êtes là, Henry, pourquoi pas ?

— M. Avalon nous a récité huit vers de *Yankee Doodle*, quatre vers pour le couplet, et quatre vers pour le refrain, dit Henry. Mais couplets et refrain ne se chantent pas sur le même air. Est-ce que le soldat Plouk fredonnait les huit vers ?

Davenheim réfléchit un instant.

— Non, bien sûr que non. Il chantait... euh...

Il ferma les yeux, se concentra et fredonna :

— Ti-la, ti-la, ti-la, ti-la, ti-la, ti-la, ti-la-lère. C'est tout. Seulement les deux premiers vers.

— Du couplet ?

— Oui. “ Yankee Doodle s’en est allé en ville, Monté sur son poney. ”

— Toujours ces deux mêmes vers ?

— Oui, je crois.

Drake retira des miettes de la nappe.

— Mon colonel, vous avez dit qu’il fredonnait quand il se sentait particulièrement tendu par l’interrogatoire. Est-ce que vous avez remarqué de quoi il était question à ces moments-là ?

— Oui, bien sûr, mais je préférerais ne pas entrer dans les détails.

— Je comprends, mais vous pourriez peut-être me dire ceci : est-ce qu’il était alors question de lui-même ou du sergent Montclair ?

— Généralement, dit lentement Davenheim, il fredonnait quand il protestait le plus vigoureusement de leur innocence à tous les deux. Je lui reconnais au moins ça, il n’a jamais essayé de se disculper en accusant l’autre homme. Il affirmait toujours que ni lui ni Montclair n’avaient fait ceci ou n’étaient responsables de cela.

— Mon colonel, dit Henry, j’entrevois une chance bien mince, mais je vais vous poser une question tout de même. Si la réponse est non, je n’aurais plus rien à dire. Si c’est oui, il est possible que nous tenions quelque chose.

— Quelle est cette question, Henry ? demanda Davenheim.

— Dans la base militaire du sergent Montclair et de Plouk, y a-t-il un certain capitaine Gooden ou Gooding ou quelque chose d’approchant ?

Davenheim avait jusqu’ici considéré Henry avec un tranquille amusement. Cette expression s’évanouit instantanément. Il crispa les lèvres et pâlit nettement, puis il fit grincer sa chaise en la repoussant et en se levant.

— Oui, dit-il vigoureusement. Le capitaine Charles Goodwin. Comment diable pouvez-vous le savoir ?

— Dans ce cas, il se peut que ce soit là votre homme. A votre place, mon colonel, j'oublierais Plouk et Montclair et je me concentrerais sur le capitaine. Il peut vous mener plus haut. Et il craquera peut-être plus facilement que le soldat Plouk.

Davenheim parut incapable de dire quoi que ce soit et Trumbull intervint :

— Je voudrais bien que vous vous expliquiez, Henry.

— Il s'agit effectivement de *Yankee Doodle*, comme s'y attendait le colonel. Mais l'important, c'est que Plouk le fredonnait. Il faut donc savoir à quelles paroles il pensait en le fredonnant.

— Le colonel a dit qu'il fredonnait les vers qui disent : "Yankee Doodle s'en est allé en ville, Monté sur son poney", dit Gonzalo.

Henry secoua la tête.

— Le poème dont est tirée la chanson avait des dizaines de vers et on n'y parlait pas encore de macaroni. C'est ensuite qu'on a ajouté ces lignes, bien qu'elles nous semblent maintenant les plus familières. Le poème original contait la visite d'un jeune garçon de ferme au camp de l'armée coloniale de Washington et se moquait de sa naïveté, par conséquent, je crois que l'interprétation que M. Rubin a faite de la nature de la chanson est tout à fait valable.

— Henry a raison, dit Rubin. Je me souviens, maintenant. On y parle même de Washington, mais on l'appelle "capitaine" Washington. Le garçon de ferme ne connaissait pas les grades militaires.

— Oui, dit Henry. Je ne connais pas tous les vers et j'imagine que c'est le cas de beaucoup de gens. Le soldat Plouk ne les connaissait peut-être pas non plus. Mais quiconque a entendu parler de ce poème en connaît le premier, ou les deux premiers, et c'est ce que le soldat Plouk chantonnait peut-être. Le premier vers, par exemple, dit : “Mon père et moi, on est allés au camp”, et c’est le garçon de ferme qui parle. Vous voyez ?

— Non, dit Davenheim. Pas vraiment.

— Je me suis dit qu’à chaque fois que vous pressiez le soldat Plouk de questions, en lui disant peut-être : “Est-ce que Montclair et vous, vous avez fait ceci ou cela ? ” et qu’il répondait : “Montclair et moi, on n’a pas fait ça”, il commençait à chanter. Vous avez dit, mon colonel, que c’était au moment où il niait qu’il se mettait à fredonner, et qu’il niait toujours également au nom de Montclair. Donc, quand il disait : “Montclair et moi”, ça déclenchait : “Mon père et moi, on est allés au camp. ”

Henry se mit à chanter de sa douce voix de ténor.

— Montclair et moi, on était dans le camp, dit Avalon. Mais bon Dieu, c’est vraiment tiré par les cheveux.

— S’il n’y avait que ça, sans doute, monsieur, dit Henry. C’est pourquoi j’ai demandé s’il y avait un capitaine Gooden au camp. S’il était le troisième homme du complot, l’impulsion de chanter cet air pouvait être irrésistible. Le premier vers, qui est le seul que je connaisse...

Mais Rubin l’interrompit alors et se levant, il rugit :

Mon père et moi, on est allés au camp
Avec le cap’taine Good’n,
Là, on a vu tant de gars rassemblés
Qu’on aurait dit une armée de sauterelles.

— C’est bien ça, dit calmement Henry. Montclair et moi, on est allés au camp avec le capitaine Goodwin.

— Bon Dieu, dit Davenheim. Ça doit être ça. Sinon, ça serait vraiment une coïncidence extraordinaire... Non, ça ne peut pas être une coïncidence. Henry, vous avez mis le doigt dessus.

— Je l’espère. Encore un peu de café, mon colonel ? dit Henry.

Remarque

Cette nouvelle a été pour moi l'occasion de faire une grande découverte. Voilà comment ça s'est passé :

J'écris directement à la machine à écrire. Même mes premiers jets sont tapés à la machine. Je croyais fermement que c'était pour moi la seule méthode. Quand je dictais, je ne pouvais pas me rendre compte de ce que je faisais, et quand j'essayais d'écrire à la main, j'avais les doigts si raides qu'ils n'en pouvaient plus dès le milieu de la deuxième page.

Donc, le 9 novembre 1972, je me trouvais dans un hôtel de Rochester, ville dans laquelle je devais parler en public le lendemain. Ce soir-là, je n'avais rien à faire, et sur la route de Rochester, j'avais déjà imaginé l'histoire que vous venez de terminer (à moins que vous ne sautiez les nouvelles pour passer directement aux remarques). J'étais désespéré. Tout ce que j'avais envie de faire, c'était écrire, et je n'avais pas emporté de machine à écrire.

Finalement, j'ai déniché du papier à lettres à en-tête de l'hôtel et j'ai décidé d'écrire à la main jusqu'à ce que mes doigts n'en puissent plus. Ça pouvait tuer le temps pendant un petit moment. J'ai écrit, écrit, écrit. Savez-vous que j'ai rédigé la nouvelle entière sans lever la plume et sans avoir mal à la main ?

Maintenant, je sais que je n'ai pas besoin d'emporter ma machine à écrire. Depuis, j'ai écrit à la main plusieurs autres choses, pendant que j'étais sur un bateau.

Et puis, vous ne savez pas ? Pendant que j'écrivais, j'ai découvert quelque chose de bizarre. Ecrire avec un stylo à encre ne fait pas de bruit du tout. Le bruit que je fais toujours en écrivant n'a rien à voir avec l'écriture, c'est la machine qui fait ça. Je me suis dit que ça pourrait vous intéresser de le savoir.

LA CURIEUSE OMISSION

Roger Halsted était visiblement animé d'une joie qu'il tentait vainement de maîtriser quand il arriva au banquet mensuel des Veufs Noirs. Il retira son écharpe (il faisait froid et il y avait bien plus qu'une menace de neige dans l'air puisqu'il en était déjà tombé une couche de trois centimètres) et il déclara :

— Je vous en ai trouvé, un bel invité !

Emmanuel Rubin le regarda par-dessus son whisky à l'eau et lui dit d'un ton maussade :

— Où étiez-vous donc ? Même Tom Trumbull est arrivé avant vous pour l'apéritif et on se disait que vous aviez filé pour échapper à votre responsabilité d'hôte.

Halsted eut l'air peiné et son front haut rosit.

— J'ai pourtant appelé le restaurant, dit-il. Henry...

Henry avait disposé les corbeilles de pain sur la table en veillant à ce que les muffins au son qu'affectionnait Geoffroy Avalon soient bien en vue.

— Oui, monsieur Halsted, dit-il. Les convives ont été prévenus que vous seriez un peu en retard. Je crois que M. Rubin ne fait que s'amuser à vos dépens.

— Quel invité ? demanda Trumbull.

— C'est pour ça que je suis en retard. J'ai dû aller le

chercher à White Plains et il neige beaucoup par là-bas. J'ai été obligé d'appeler le restaurant d'une station-service.

— Alors, où est-il ? demanda Mario Gonzalo, encore plus pimpant que de coutume avec son blazer marron-roux, sa chemise rayée assortie et sa cravate à motifs de la même couleur.

— En bas. Dans les toilettes. Il s'appelle Jeremy Atwood. Il a environ soixante-cinq ans et il a un problème.

Du haut de son mètre quatre-vingts et quelques, Avalon fronça ses sourcils épais et grisonnants.

— Messieurs, je pensais justement à ça. A l'origine, les réunions des Veufs Noirs avaient simplement pour but de dîner et de converser ensemble. Nous en sommes maintenant arrivés au point où nous avons immanquablement un problème pour nous agiter et troubler notre digestion. Qu'arrivera-t-il si nous n'en trouvons pas ? La dissolution du club ?

— Dans ce cas, on se mettra à parler de choses et d'autres, dit Gonzalo. Pour les bavardages inutiles, on peut faire confiance à Manny.

— Je ne parle jamais pour ne rien dire, Mario, dit Rubin tandis que sa barbe clairsemée se hérissait nettement. Si je ne réussis à rien d'autre, j'ai du moins toujours le vague espoir que mes paroles pourront servir à votre éducation. Pour commencer, je peux vous démontrer pourquoi votre dernière peinture ne va pas du tout.

— Vous avez dit que vous l'aimiez, dit Mario en fronçant les sourcils et en tombant dans le panneau.

— C'était par soulagement en vous entendant dire que c'était la dernière, alors que vous vouliez dire la plus récente.

Mais l'invité d'Halsted montait l'escalier. Il avançait assez lentement et semblait fatigué. Halsted l'aida à retirer son manteau et une fois son chapeau enlevé, l'invité se révéla presque complètement chauve. Il ne lui restait qu'une couronne de cheveux blancs.

— Messieurs, voici mon invité, Jeremy Atwood, dit Halsted. Je l'ai rencontré parce que l'un de ses neveux est professeur dans le même établissement que moi. Monsieur Atwood, permettez-moi de vous présenter tout le monde.

Lorsque les présentations furent terminées et qu'un verre de sherry sec eut été fourré dans la main d'Atwood, Henry avait déjà apporté le premier plat. Rubin le regarda d'un air soupçonneux.

— Il n'y a pas de foie, au moins ? demanda-t-il.

— Pas de foie, monsieur Rubin, dit Henry. C'est fait avec des rognons découpés en lamelles.

— Seigneur ! fit Rubin. Et la soupe ?

— C'est de la crème de poireaux.

— Il va falloir se lever sans arrêt. Ça vous oblige à aller et venir, ces trucs-là, grommela-t-il en attaquant les rognons d'une fourchette prudente.

Avec dans ses petits yeux une lueur signifiant qu'il croyait avoir dépisté un collègue chimiste, Drake demanda :

— Qu'est-ce que votre neveu enseigne, monsieur Atwood ?

— La littérature anglaise, je crois, répondit Atwood d'une voix de ténor étonnamment musicale. Je ne suis pas très intime avec lui.

— Je ne vous en blâme pas, dit immédiatement Rubin. Les professeurs de littérature anglaise sont probablement plus incultes que n'importe quels représentants de la culture non officielle, quel que soit le pays considéré.

— Voyez-vous, monsieur Atwood, dit Gonzalo qui cherchait à prendre sa revanche, Manny Rubin est un écrivain dont les œuvres n'ont jamais été étudiées par un professeur qui aurait été à jeun à ce moment-là.

Trumbull intervint immédiatement pour prévenir la repartie de Rubin :

— Et vous, monsieur Atwood, quelle est votre branche ?

— Je suis maintenant à la retraite, mais autrefois, j'étais ingénieur civil, dit Atwood.

— Vous n'êtes pas obligé de répondre maintenant, monsieur Atwood. Les questions viendront avec le dessert.

Ce conseil s'avéra inutile dans la mesure où Rubin avait pris le mors aux dents et ne voulait plus s'arrêter de parler. Pendant que l'on mangeait le potage, dont il avait pris une très petite assiettée, il développa la thèse selon laquelle les professeurs d'anglais en général, et les professeurs de littérature anglaise en particulier, tenaient à brider la langue anglaise et à faire de la littérature un fossile d'ambre bien opaque.

En mangeant le plat de résistance, du canard rôti et farci, Rubin entreprit de sonder les motifs de ces enseignants criminels et il découvrit qu'ils consistaient en une jalousie empreinte d'amertume et de haine à l'égard de ceux qui s'étaient montrés ou se montraient capables d'utiliser la langue anglaise en tant qu'outil.

— Comme Emmanuel Rubin, bien entendu, murmura Gonzalo aussi haut que s'il faisait un aparté sur une scène de théâtre.

— Oui, comme moi, dit Rubin sans se démonter. Je connais mieux la grammaire que n'importe quel soi-disant professeur d'anglais et j'ai lu plus d'œuvres qu'eux, et plus attentivement qu'aucun d'entre eux n'aurait pu le faire. Ce qu'il y a, c'est que je ne me laisse pas lier par la grammaire, ni contraindre par la littérature.

— Tous ceux qui écrivent des fadaises agrammaticales peuvent en dire autant, dit Avalon.

— Ce que vous venez de dire, Jeff, n'a de sens que si

vous êtes prêt à affirmer que j'écris des fadaises agrammaticales, dit vivement Rubin.

Ayant fait un sort à son riz sauvage mais ayant quelque peu négligé la farce, Rubin se lança dans un discours éloquent sur les dommages causés aux jeunes esprits par ces délinquants sortis de l'université, et il répondit aux objections que formulèrent à tour de rôle les cinq autres membres du club, jusqu'à ce que la poire au vin soit apportée, puis le café servi.

— Je vais plutôt prendre un verre de lait, dit Atwood avec un air d'excuse.

L'assentiment d'Henry fut couvert par le cri triomphant de Rubin :

— Voilà ! N'importe quel professeur d'anglais aurait dit : “ Puis-je avoir un verre de lait ? ” Mais Atwood sait qu'il peut en avoir. Il sait bien qu'on en sert dans ce restaurant. Donc il n'a pas posé la question dans les règles.

— En fait, je n'ai jamais été très bon en grammaire et j'aurais peut-être dû dire...

Halsted fit tinter sa cuiller contre son verre à eau en disant :

— Assez de grammaire comme ça, Manny. Il est temps de nous attaquer à notre invité.

— C'est pour ça que je ne collectionne pas les critiques, dit Rubin dans une ultime tentative. Parce que les littérateurs qui perdent leur temps à écrire des critiques...

— Il ne collectionne que les critiques favorables, dit Gonzalo. Je le sais, il m'a montré un classeur vide.

Halsted fit résolument tinter sa cuiller et déclara finalement :

— Mon ami Stuart, le neveu de M. Atwood, m'a appris il y a quelques semaines que M. Atwood avait un problème littéraire. Naturellement, ça m'a intéressé, pour des raisons que nous comprenons tous, et je l'ai questionné à ce sujet. Il se trouve que Stuart n'était pas très au courant. Je suis donc entré en contact avec M. Atwood qui m'en a raconté suffisamment pour que je me dise qu'il ferait un excellent invité. Puisque je suis l'hôte aujourd'hui et qu'il a aimablement accepté de venir...

Avalon toussa d'une voix de stentor.

— Je suppose que M. Atwood a bien compris qu'il pouvait subir un interrogatoire au lieu de simplement...

— Je lui ai tout expliqué, Jeff, dit Halsted. Je l'ai également prévenu que tout ce qui se disait ici était confidentiel. Il se trouve que M. Atwood aimerait bien trouver une solution à son problème et qu'il est désireux d'obtenir notre aide.

Le visage mat de Trumbull se creusa de sillons de fureur.

— Nom de Dieu, Roger, vous ne lui avez pas garanti que nous trouverions la solution, j'espère ?

— Non, mais jusqu'ici, on ne s'en est pas mal tirés, dit Halsted d'un air content de lui.

— Bon. Allons-y... Henry ? Est-ce que le brandy arrive ? Qui va le cuisiner, Roger ?

— Mais vous, Tom.

Le brandy fut doucement versé dans les petits verres. Atwood leva timidement la main pour refuser le digestif et Henry passa à son voisin. Atwood tourna ses yeux bleus et vifs vers Trumbull et demanda :

— On va me cuisiner ?

— Ce n'est qu'une manière de parler, monsieur. Nous nous intéressons à votre problème littéraire. Voulez-vous nous en parler à votre convenance ? Nous vous poserons des questions au moment opportun si ça ne vous ennuie pas.

— Mais pas du tout, dit gaiement Atwood tandis que son regard passait de l'un à l'autre. Je vous préviens qu'il ne s'agit pas d'un mystère bien passionnant, si ce n'est que je ne sais pas comment le résoudre.

— Nous ne saurons peut-être pas non plus, dit Gonzalo en portant son brandy à ses lèvres.

Drake, qui soignait un reste de rhume et qui avait réduit sa consommation de tabac en conséquence, écrasa une cigarette à demi fumée d'un air morose et dit :

— Nous ne pourrons pas le savoir avant que vous nous disiez de quoi il s'agit.

Il se moucha dans un mouchoir rouge vif qu'il remit dans la poche de sa veste.

— Vous voulez bien commencer, monsieur Atwood ? dit Trumbull. Et que les autres gardent le silence.

Atwood posa les mains sur la table comme s'il se retrouvait sur un banc d'école et il se mit à parler sur un ton appliqué. Il récitait.

— Cette histoire concerne mon ami Lyon Sanders, qui, comme moi, était ingénieur civil. En réalité, nous n'avions jamais travaillé ensemble, mais nous avions été voisins pendant un quart de siècle et nous nous entendions très bien. Je suis célibataire, il était veuf et sans enfant. Notre vie pouvait à première vue sembler solitaire. Mais nous ne nous sentions seuls ni l'un ni l'autre car nous nous étions fait notre petite place.

« J'ai pour ma part écrit un texte sur le génie civil qui a eu quelque succès et depuis quelques années, je prépare le récit de mes expériences dans ce domaine, un récit circonstancié mais en langage simple. Je doute qu'il soit jamais publié, quoique, évidemment, s'il l'était...

« Mais tout cela n'a rien à voir avec mon histoire. Sanders était quelqu'un de beaucoup plus agressif que moi. Il élevait la voix, il était tapageur et il avait un sens de l'humour assez primaire. Il aimait les jeux...

Rubin l'interrompit :

— C'était un fanatique de sports ?

— Non, non, il aimait jouer à l'intérieur. Je crois qu'il connaissait tous les jeux de cartes qui existent, et qu'il se débrouillait bien. Il savait jouer à n'importe quoi pourvu qu'il y ait des jetons, des pions, le tapis d'une table de jeu, ou des tournois à remporter. C'était un champion au jeu de dames chinois, au parcheesi, au backgammon, au Monopoly, aux dames, aux échecs, au go, au carré. Je ne pourrais même pas vous dire tous les noms de ce à quoi il jouait.

« Il lisait des livres spécialisés et il inventait également des jeux. Certains étaient très intelligents et je lui suggérais de les faire breveter et de les lancer sur le marché. Mais ça ne l'intéressait pas du tout. Il voulait simplement s'amuser. C'est là que j'intervenais, vous comprenez. Avec moi, il affinait ses analyses.

— Comment ça ? dit Trumbull.

— Eh bien, quand je dis qu'il jouait, je ne veux pas parler du sens ordinaire du mot jouer, dit Atwood. Il analysait soigneusement tous les jeux, presque comme s'il y avait là-dedans des principes de construction...

— Il y en a, dit soudain Rubin. N'importe quel jeu valable peut être analysé mathématiquement. Il y a toute une branche des mathématiques qu'on utilise dans les jeux.

— Je le sais bien, dit Atwood en réussissant à reprendre doucement la parole, mais je ne crois pas que Sanders employait une méthode orthodoxe. Il ne m'a jamais proposé de m'expliquer ce qu'il faisait et je n'ai jamais pris la peine de le lui demander.

« Depuis vingt ans, nous jouions régulièrement tous les week-ends, en mettant en pratique ce qu'il avait découvert pendant la semaine, et il passait souvent du temps à m'expliquer. Pas parce qu'il voulait faire mon éducation, vous comprenez, mais simplement pour rendre les parties plus intéressantes en ayant un adversaire un peu plus valable. On pouvait jouer au bridge dix semaines d'affilée, puis on passait au rami, puis à quelque chose où je devais trouver les chiffres qu'il avait à l'esprit. Naturellement, il gagnait presque toujours.

Drake regarda sa cigarette non allumée avec l'air d'avoir envie qu'elle s'allume toute seule et il dit :

— Ça ne vous déprimait pas ?

— Pas vraiment. C'était amusant d'essayer de le battre et j'y arrivais parfois. Je le battais juste assez souvent pour ne pas me désintéresser du jeu.

— Vous croyez qu'il vous laissait gagner ? dit Gonzalo.

— J'en doute. Mes victoires le faisaient enrager ou le chagrinaient et elles l'obligeaient à se plonger dans d'autres analyses. Je crois qu'il devait quand même en être légèrement content parce que quand il avait gagné trop de parties de suite, il se mettait à m'apprendre des choses. Nous avions développé d'étranges relations, mais ça marchait bien. Nous nous aimions beaucoup.

— Aimions ? dit Avalon.

— Eh oui, soupira Atwood. Il est mort il y a six mois. Ce n'était pas vraiment un choc. On s'y attendait tous les deux. Bien sûr, il me manque terriblement. Les week-ends sont bien vides, maintenant. Même la manière qu'il avait de se moquer de moi me manque. Il me chahutait sans arrêt. Il ne se lassait jamais de me chambrer parce que je ne buvais pas et il se fichait de moi à cause de ma religion.

— Il était athée ? demanda Avalon.

— Pas vraiment. En fait, nous n'allions pas tellement à l'église, ni lui ni moi. C'est simplement qu'il avait été élevé dans une religion protestante particulière et moi dans une autre. Il appelait la mienne anglicane et il ne trouvait rien de plus drôle que de me taquiner sur le rituel compliqué auquel j'échappais tous les dimanches alors que lui, il échappait à un rituel bien plus simple.

Trumbull fronça les sourcils.

— Je me dis que ça devait vous irriter. Vous n'avez jamais eu envie de lui envoyer un bon coup de poing dans la figure ?

— Jamais, dit Atwood. Il était comme ça. Il ne faudrait pas non plus que vous pensiez que la mort de ce pauvre Lyon ait pu être bizzare. Inutile de chercher des motifs de ce genre. Il est mort à soixante-huit ans des suites d'un diabète qui n'était pas trop grave mais qu'il avait depuis longtemps.

« Il m'avait dit qu'il allait me laisser quelque chose dans son testament. Il s'attendait à mourir avant moi, vous comprenez, et il disait qu'il voulait récompenser la patience avec laquelle j'acceptais la défaite. En réalité, je suis sûr que c'était par affection, mais il aurait bien été le dernier à l'admettre.

« C'est seulement un an avant sa mort, quand il s'est rendu compte qu'il baissait, que nous avons commencé à en parler. Naturellement, je protestais que ce n'était pas là un sujet de conversation convenable et qu'il ne réussissait qu'à me rendre mal à l'aise. Mais un jour, il s'est mis à rire et il m'a dit : " Je ne vais pas te faciliter la tâche, espèce d'idolâtre, avec tes fichues génuflexions ! " Vous comprenez, il me suffit de penser à lui pour retrouver sa manière de parler. Je ne sais pas de quel nom il m'a affublé à ce moment-là, mais ça devait être quelque chose de ce genre. En tout cas, si on laisse les épithètes de côté, il m'a dit : " Je ne vais pas te faciliter la tâche. Nous allons jouer jusqu'à la fin. "

« Il a dit ça sur ce qui s'est avéré être son lit de mort. J'étais tout ce qu'il avait, si on excepte les employés de l'hôpital qui s'affairaient autour de lui de manière impersonnelle. Il avait bien des parents éloignés, mais aucun ne venait lui rendre visite. Puis un soir, tard, alors que je me demandais si je ne ferais pas mieux de partir pour revenir le lendemain matin, il a tourné la tête vers moi et il m'a dit d'une voix qui semblait presque normale : " La curieuse omission dans Alice. "

« Naturellement, je lui ai dit : " Quoi ? "

« Mais il s'est mis à rire et il m'a dit : " C'est tout ce que tu obtiendras de moi, mon vieil ami, c'est tout ce que tu obtiendras. " Ses yeux se sont fermés et il est mort.

— Et c'était un message à déchiffrer ! dit Rubin.

— Vous avez dit que sa voix était claire ? demanda Avalon.

— Tout à fait claire, dit Atwood.

— Et vous l'avez parfaitement entendu ?

— Parfaitement, dit Atwood.

— Vous êtes sûr qu'il n'a pas dit : " La curieuse admission de Wallace " ?

— Ou " La furieuse décision de Dallas " ? dit Gonzalo.

— Je vous en prie, dit Atwood, je n'en ai pas terminé. J'étais présent à la lecture du testament. On me l'avait demandé. Il y avait également plusieurs parents éloignés qui n'étaient jamais venus voir le pauvre Lyon. Il y avait des cousins et une jeune petite-nièce. Lyon n'était pas vraiment riche, mais il leur a laissé un petit quelque chose à chacun, ainsi qu'à une vieille servante. Il a également légué quelque chose à son école. Je venais en dernier. Il me laissait dix mille dollars qui avaient été placés dans un coffre à mon intention et dont je pouvais obtenir la clé sur demande.

« Une fois le testament lu, j'ai demandé la clé du coffre au notaire. Inutile de prétendre que je n'ai pas l'utilité de dix mille dollars. Le notaire m'a dit qu'il fallait que je me présente à la banque dans laquelle se trouvait le coffre. Si je ne le faisais pas avant un an, le legs serait annulé et l'argent servirait à d'autres fins.

« Naturellement, je lui ai demandé où se trouvait la banque et il m'a répondu qu'à part le fait qu'elle était quelque part aux Etats-Unis, il ne pouvait pas me le dire. Il n'avait pas d'autre information qu'une enveloppe qu'il devait me remettre et qui me serait utile, l'espérait-il. Il avait lui-même une autre enveloppe qu'il devait ouvrir à la fin de l'année si je n'avais pas touché l'argent d'ici là.

« J'ai pris mon enveloppe et je n'y ai trouvé que les mots que j'avais entendus des lèvres de mon ami mourant. " La curieuse omission dans Alice "... Et voilà où nous en sommes.

— Donc, vous n'avez pas eu vos dix mille dollars ? demanda Trumbull.

— Je n'ai pas trouvé la banque. Six mois se sont écoulés et il m'en reste encore six.

— Cette phrase est peut-être un anagramme, dit Gonzalo. Peut-être qu'en transposant les lettres, vous aurez le nom de la banque.

Atwood haussa les épaules.

— C'est une possibilité à laquelle j'ai pensé. Je ne me souviens pas que Sanders se soit jamais amusé à faire des anagrammes, mais j'ai quand même essayé. Je n'ai rien trouvé de significatif.

Drake, qui se mouchait à nouveau et que les tentatives de raisonnement avaient l'air d'impatienter pour l'instant, dit :

— Pourquoi ne pas entrer dans toutes les banques de White Plains et leur demander s'ils ont la clé d'un coffre à votre nom ?

Avalon secoua la tête.

— Ce n'est vraiment pas du jeu, Jim, dit-il sévèrement.

— Dix mille dollars, ce n'est pas un jeu, dit Gonzalo.

— J'avoue que j'aurais l'impression de tricher si j'essayais simplement de résoudre cette énigme au petit bonheur la chance, mais je dois également avouer que j'ai triché. J'ai fait les banques de plusieurs localités des environs et celles de White Plains. Ça n'a rien donné. Je n'en suis pas autrement surpris. Il ne se serait probablement pas cantonné près de chez lui alors qu'il pouvait choisir n'importe quel endroit aux Etats-Unis.

— Est-ce qu'il a quitté la ville pendant la dernière

année de sa vie, à partir du moment où il a commencé à vous parler de ça ? demanda Halsted.

— Je ne crois pas, dit Atwood. Mais il n'en aurait pas eu besoin. Son notaire aurait pu s'en charger.

— Bon, dit Trumbull, essayons d'une autre manière. Vous avez eu six mois pour y réfléchir. A quelles conclusions êtes-vous parvenu ?

— Sur le message lui-même, à rien, dit Atwood. Mais je connaissais bien mon ami. Il m'a dit un jour que le meilleur moyen de cacher quelque chose était de se servir de la technologie moderne. Il était possible de convertir tous les documents, dossiers, instructions en microfilms qui, étant minuscules, pouvaient être dissimulés n'importe où sans grand risque d'être découverts, sauf par le plus grand des hasards. Je suppose que le message m'indique où chercher le microfilm.

Rubin haussa les épaules.

— Voilà qui ne fait que déplacer le problème. Au lieu d'avoir un message qui nous indiquerait où se trouve la banque, nous en avons un qui nous dit où est le microfilm. On en revient toujours à cette curieuse omission.

— Je ne crois pas que ce soit tout à fait la même chose, dit Atwood d'un air pensif. La banque peut se trouver à des milliers de kilomètres, mais le bout de microfilm, ou le bout de papier très fin, je n'en sais rien, peut se trouver à portée de la main. Mais qu'il soit à portée de la main ou pas, le résultat est le même que s'il se trouvait à des milliers de kilomètres. Ah ! soupira-t-il, le pauvre Lyon va également gagner cette partie, j'en ai peur.

— Si nous nous attaquions à ce problème et que nous réussissions à le résoudre, monsieur Atwood, auriez-vous le sentiment que vous avez triché ? demanda Trumbull.

— Oh ! absolument, dit M. Atwood. Mais je serais tout aussi content d'avoir les dix mille dollars.

— Est-ce que vous avez une idée de ce que peut bien

vouloir dire ce message, Tom ? demanda Halsted avec curiosité.

— Non, dit Trumbull, mais si, comme le dit M. Atwood, nous cherchons un minuscule message dans un endroit facilement accessible, et si nous partons du principe que M. Sanders a été beau joueur, nous pourrons peut-être procéder par élimination... A qui a-t-il légué sa maison, monsieur Atwood ?

— A un cousin, qui l'a vendue depuis.

— Et qu'est-il advenu de ce qu'il y avait à l'intérieur ? Sanders avait sûrement des livres, des jeux de toutes sortes, des meubles.

— La plus grande partie a été vendue aux enchères.

— Est-ce que vous avez hérité de quelque chose ?

— Le cousin a eu l'amabilité de me proposer de prendre tout ce que je voulais si ça n'avait pas trop de valeur. Je n'ai rien pris. Je ne suis pas du genre collectionneur.

— Est-ce que votre vieil ami connaissait cet aspect de votre personnalité ?

— Oh ! oui, répondit Atwood avant de s'agiter sur son siège. Messieurs, j'ai eu six mois pour réfléchir. Je sais bien que Sanders n'aurait pas caché le microfilm dans sa propre maison dans la mesure où il la laissait à quelqu'un d'autre que moi et où il savait que je n'aurais pas la possibilité d'aller y fouiller. Il a eu amplement l'occasion de le cacher chez moi puisqu'il venait à la maison aussi souvent que je me rendais chez lui. Je pense que c'est chez moi que ça doit se trouver.

— Pas nécessairement, dit Trumbull. Il pouvait être certain que vous auriez demandé à avoir des livres ou un carnet particuliers.

— Non, dit Atwood. Comment aurait-il pu en être certain ? Dans ce cas, il me les aurait légués dans son testament.

— Il se serait trahi, dit Avalon. Vous êtes sûr qu'il ne vous a jamais fait comprendre que vous deviez prendre un certain objet ? Ou qu'il ne vous a jamais donné quelque chose, comme ça, en passant ?

— Non, dit Atwood en souriant. Vous ne pouvez pas imaginer à quel point ça ne lui ressemblerait pas... Vous savez, je me suis dit que puisqu'il me laissait un an pour le trouver, il devait être sûr que l'objet ne changerait pas de place pendant un bon moment. Il ne s'agit probablement pas de quelque chose que je pourrais jeter, vendre ou perdre facilement.

Il y eut un murmure d'assentiment.

— Il aurait très bien pu le coller sur la moulure d'un mur, quelque part sous un meuble lourd, dans le réfrigérateur... vous voyez ce que je veux dire, ajouta Atwood.

— Et vous avez regardé ? dit Gonzalo.

— Oh ! oui, répondit Atwood. Ce petit jeu m'a bien occupé. J'ai passé beaucoup de temps à chercher sur les moulures, sous les meubles, dans les tiroirs et dans tous les endroits où on pourrait dissimuler quelque chose. Je suis même allé voir dans la cave et au grenier.

— Visiblement, vous n'avez rien trouvé, dit Trumbull. Sinon, nous ne serions pas en train d'en parler.

— Non, mais ça ne veut pas dire grand-chose. Ce que je cherche peut être si petit qu'on pourrait fort bien ne pas le remarquer. C'est probablement le cas. Je pourrais regarder au bon endroit et ne pas le voir, si je ne sais pas que c'est là que ça se trouve et si je ne suis pas en quelque sorte préparé à le voir. Je ne sais pas si vous voyez ce que je veux dire.

— Ce qui nous ramène au message, dit Avalon avec autorité. Si vous le compreniez, vous sauriez où chercher et vous trouveriez.

— Ah ! dit Atwood, si je le comprenais, comme vous dites !

— Bon, il me semble que le mot clé est Alice, dit Avalon. Est-ce que ce nom a une signification particulière pour vous ? Est-ce que c'est celui d'une personne que vous connaissiez tous les deux ? Celui de la femme décédée de Sanders, par exemple ? Le surnom de quelque objet ? Quelque plaisanterie que vous auriez partagée ?

— Non. Rien de tel.

Avalon sourit, découvrant des dents régulières sous une moustache soigneusement taillée et légèrement grisonnante.

— Alors, j'ai l'impression qu'Alice fait référence à la plus célèbre Alice qu'on connaisse, *Alice au Pays des Merveilles*.

— Bien entendu, dit Atwood sur un ton nettement surpris. C'est bien pourquoi il s'agit d'une énigme littéraire et c'est la raison pour laquelle je me suis adressé à mon neveu qui enseigne la littérature anglaise. Je me suis dit dès le départ que ce devait être une allusion à l'ouvrage de Lewis Carroll. Sanders adorait *Alice*. Il avait une collection de différentes éditions de l'œuvre et il avait des reproductions des illustrations de Tenniel dans toute sa maison.

— Vous ne nous l'aviez pas dit, remarqua Avalon, vexé.

— Ah bon ? dit Atwood. Je suis désolé. Ça fait partie des choses qui me sont tellement familières que j'ai l'impression que tout le monde les connaît.

— On aurait pu s'y attendre, dit Trumbull en pinçant les lèvres. Alice tombe sur un jeu de cartes, dans le livre.

— Il n'empêche que c'est toujours utile d'avoir des renseignements adéquats, dit Avalon d'un ton compassé.

— Bon, alors, on a maintenant la curieuse omission dans *Alice au Pays des Merveilles*... dit Trumbull. Et de quelle curieuse omission s'agit-il ? Avez-vous une idée sur la question, monsieur Atwood ?

— Non, dit Atwood. J'ai lu *Alice* dans mon enfance et je ne m'y suis pas replongé depuis... jusqu'à cette affaire de legs. Je dois avouer que je n'y ai jamais trouvé grand charme.

— Seigneur ! murmura Drake entre ses dents.

Atwood l'entendit car il tourna brusquement la tête vers Drake.

— Je ne nie pas que ça puisse avoir du charme pour d'autres, mais pour ma part, les jeux de mots ne m'ont jamais amusé. Je ne suis cependant pas surpris que Sanders ait aimé le livre. Il avait un sens de l'humour assez primaire. En tout cas, j'étais d'autant plus ennuyé d'avoir à le relire pour y trouver une omission. J'espérais que mon neveu m'aiderait.

— Un professeur de littérature ! s'exclama Rubin avec ironie.

— Taisez-vous, Manny, dit Trumbull. Et qu'est-ce que votre neveu vous a dit, monsieur Atwood ?

— En fait, M. Rubin a raison, dit Atwood. Mon neveu était perplexe. Il m'a dit qu'il y avait certains passages de la version originale qui n'avaient pas été publiés dans la version définitive. Il se trouve que cette version antérieure est maintenant disponible. J'en ai obtenu un exemplaire et j'ai vérifié. Je n'ai rien découvert qui m'ait paru significatif.

— Ecoutez ! s'écria Gonzalo. Henry nous répète tout le temps que nous cherchons toujours quelque chose de trop compliqué. Pourquoi ne pas regarder simplement le message ? Il dit : « La curieuse omission dans Alice. » Ce n'est peut-être pas la peine de reprendre le livre. Il y a une curieuse omission dans le message lui-même. Le titre du livre n'est pas *Alice*. C'est *Alice au Pays des Merveilles*.

Avalon rompit son silence blessé, le temps de dire :

— C'est *Les Aventures d'Alice au Pays des Merveilles*, si vous tenez à être précis.

— Bon, dit Gonzalo. *Les Aventures d'Alice au Pays des Merveilles*. On devrait donc se concentrer sur le reste du titre, sur ce qui est omis dans le message... N'est-ce pas Henry ?

Henry, qui se tenait tranquillement près du buffet, répondit :

— C'est sûrement là un point intéressant, monsieur Gonzalo.

— Intéressant, ça me ferait mal ! lâcha Trumbull. Qu'est-ce qu'il y a de curieux là-dedans ? C'est une omission de commodité. Des tas de gens disent *Alice*.

— En outre, je ne vois pas ce que *Les Aventures au Pays des Merveilles* nous apporterait, dit Halsted. Ça ne nous avance pas plus que le message initial. Voilà mon idée. *Alice au Pays des Merveilles*... pardon, Jeff, *Les Aventures d'Alice au Pays des Merveilles* contient des vers dont la plupart sont des parodies de poèmes en vogue à l'époque...

— De lamentables poèmes, dit Rubin.

— La question n'est pas là, dit Halsted. Il ne s'agit pas non plus de parodies parfaites. Certains vers sont omis. Par exemple, Alice récite un poème qui commence par "Voyez le petit crocodile", qui est une parodie de l'affreux poème d'Isaac Watts " Voyez s'affairer la petite abeille ", bien que je ne pense pas qu'il s'agisse là du titre véritable du poème. Alice n'en récite que deux strophes alors que le poème de Watts, j'en suis sûr, en a au moins quatre. La réponse est peut-être à chercher dans les vers qui manquent.

— Et c'est une omission curieuse ? dit Trumbull.

— Je ne sais pas, je ne me souviens pas de la version originale, sauf du premier vers, mais on devrait vérifier... Les autres poèmes qui ont donné lieu aux parodies devraient également être examinés.

— Je serais content de le faire, dit poliment Atwood. Cette idée ne m'était pas venue à l'esprit.

— A mon avis, c'est de la foutaise, dit Drake. Le message fait allusion à une curieuse omission dans *Alice*. Je pense que ça veut dire dans l'ouvrage qu'on connaît actuellement et non dans quelque source annexe.

— Vous ne pouvez pas le savoir, protesta Halsted.

— Oui, mais j'ai l'impression que c'est ce qui compte,

dit Trumbull. Il me semble que si nous avons la bonne réponse, nous le saurons tout de suite, tandis que si nous trouvons quelque chose qui ne fait que soulever une autre énigme, ça sera sûrement faux.

— Bon, je ne vois rien d'autre, dit Avalon. On demande à Henry ?

Atwood parut surpris et Avalon poursuivit :

— Il faut vous dire, monsieur Atwood, que Henry, qui semble trouver du plaisir à nous servir, a le don de voir ce qui est essentiel en laissant de côté les complications.

— C'est ce que j'ai essayé de faire, et vous m'êtes tous tombés dessus, dit Gonzalo. Henry, quel est le titre complet du livre ?

Henry sourit d'un air d'excuse et dit :

— Messieurs, vous ne devez pas m'accabler d'honneurs qui me dépassent. Je ne connais pas très bien ce livre, bien que je l'aie lu, naturellement. Si je dois pénétrer le sens de cette énigme, il faut qu'elle soit très simple.

— Si elle était très simple, on l'aurait déchiffrée, dit Atwood.

— Peut-être, dit Henry. Pourtant, j'ai l'impression que ça doit être simple. Votre ami, M. Sanders, voulait sûrement que vous ayez ce legs. Il en a fait un jeu pour que vous puissiez chercher à gagner, parce qu'il était ainsi fait, mais il devait vouloir que vous réussissiez.

— Oui, je crois, acquiesça Atwood.

— Alors, cherchons quelque chose de très simple qu'il pensait que vous ne pourriez pas manquer, avec toutefois assez de subtilité pour rendre le jeu intéressant. Comme je vous l'ai dit, je ne connais pas très bien le livre et il me faudra poser des questions.

Avalon s'éclaircit la gorge.

— Moi, je connais très bien *Alice*, Henry. Je répondrai à vos questions.

— Très bien, monsieur. M. Trumbull a dit qu'il y avait

un jeu de cartes dans *Alice au Pays des Merveilles* et je me rappelle, surtout d'ailleurs à cause d'un dessin animé de Walt Disney, que la dame de cœur criait sans cesse : « Qu'on lui coupe la tête ! »

— Oui, dit Avalon. C'était une Henry VIII femelle. Il y est également question de rois et de valets de cœur.

— Il y a d'autres cartes ?

— Elles sont toutes mentionnées, dit Avalon. Les cœurs représentent la famille royale, les trèfles les soldats, les carreaux les courtisans et les piques les travailleurs. Trois piques ont des répliques, le deux, le cinq et le neuf... Vous êtes d'accord avec moi, Atwood ?

— Oui, dit Atwood d'un air sombre. C'est encore frais dans ma mémoire.

— Je suppose que Henry va nous demander si certaines cartes ont été omises, dit Trumbull. Seules quelques-unes sont mentionnées...

— Les six dont j'ai parlé, dit Avalon. Le roi, la dame et le valet de cœur ; le deux, le cinq et le neuf de pique.

— Et alors ? dit Trumbull. On ne mentionne que celles qui sont nécessaires à l'histoire et les autres ne sont qu'en arrière-plan. Il n'y a rien de « curieux » à ça. J'insiste sur l'importance du mot « curieux ».

Henry acquiesça, puis il demanda :

— Est-ce que vous êtes épiscopalien, monsieur Atwood ?

— J'ai été élevé dans cette religion. Pourquoi me demandez-vous ça ?

— Vous avez dit que M. Sanders vous taquinait au sujet du rituel compliqué de votre Eglise et vous avez dit que vous étiez protestant. Disposant de ces deux informations, je me disais que vous deviez être épiscopalien... Avez-vous un jeu d'échecs, monsieur Atwood ?

— Certainement !

— Il est à vous ou il vous a été offert par M. Sanders ?

— Oh ! non, il est à moi. C'est un assez beau jeu qui me vient de mon père. Sanders et moi, on s'en est servi assez souvent.

Henry hocha la tête.

— Je vous le demande parce que nous avons parlé d'*Alice au Pays des Merveilles* sans préciser qu'il y avait une suite.

— *De l'autre côté du miroir*, dit Avalon. Oui, bien sûr.

— Est-ce qu'on ne pourrait pas considérer que c'est inclus dans le mot *Alice* ?

— Certainement, acquiesça Avalon. Il se trouve que le titre complet est *Ce qu'Alice trouva de l'autre côté du miroir*, donc on peut tout autant l'appeler *Alice* que l'autre.

— Et *De l'autre côté du miroir* ne parle-t-il pas d'échecs ?

— Absolument, dit Avalon d'un air bienveillant dans la mesure où se voir concéder ce rôle d'expert lui avait rendu sa bonne humeur. Les reines blanche et rouge sont des personnages importants. Le roi blanc a quelques répliques mais le roi rouge ne fait que dormir sous un arbre.

— Il y a aussi des cavaliers ?

— Oui, dit Avalon. Le cavalier blanc se bat avec le cavalier rouge puis escorte Alice jusqu'à la dernière case. C'est le personnage le plus agréable des deux livres et le seul qui semble aimer Alice. On le considère généralement comme un autoportrait de l'auteur.

— Bon, bon, dit Trumbull avec quelque irritation. Où voulez-vous en venir, Henry ?

— Je cherche des omissions. Dans le premier chapitre, on parle d'un pion blanc, je crois.

— Je pense que vous en savez beaucoup plus long sur ces deux livres que vous voulez bien le dire, dit Avalon. Il y a en effet un pion blanc qui s'appelle Lily dans le premier chapitre. Alice joue le rôle d'un pion blanc elle aussi et à la fin, elle est promue reine blanche.

— Et les tours ? dit Henry.

Avalon fronça les sourcils en silence pendant un petit moment, puis secoua la tête. Atwood intervint :

— On y fait allusion. Vous pouvez me croire sur parole, je connais ces livres stupides presque par cœur. Au premier chapitre, Alice entre dans la maison du miroir, elle voit les pièces du jeu d'échecs se déplacer et elle se dit : " Et voilà deux tours qui s'en vont bras dessus bras dessous. "

— Donc, on y parle du roi, de la reine, de la tour, du cavalier et du pion, dit Henry. Mais il existe une sixième pièce, c'est le fou. Est-ce qu'il joue un rôle dans le livre, est-ce qu'on le mentionne ?

— Non, dit Avalon.

— Deux fous figurent sur l'une des illustrations du premier chapitre, dit Atwood.

— Ça, on le doit à Tenniel, pas à Carroll, dit Henry. L'absence totale de fou ne représente-t-elle pas une curieuse omission ?

— Je ne sais pas, dit lentement Avalon. Le fou est représenté par l'évêque, dans les jeux d'échecs anglo-saxons. Lewis Carroll, qui était un victorien convaincu, avait probablement peur d'offenser l'Eglise.

— N'est-il pas curieux qu'il ait cherché à ce point à ne pas l'offenser ?

— Eh bien, et à supposer que ça le soit ? demanda Halsted.

— Je pense que si M. Atwood vérifiait les quatre fous de son jeu, un jeu que M. Sanders savait qu'il aimait et qu'il ne vendrait, ne donnerait ni ne perdrait jamais, il trouverait probablement le microfilm, dit Henry. Si la tête se dévisse, il devrait regarder à l'intérieur. Sinon qu'il décolle le morceau de feutre du socle.

Il y eut un silence gêné.

— C'est tiré par les cheveux, Henry, dit Trumbull.

— Peut-être pas, monsieur, dit Henry. M. Sanders

nous a plus d'une fois été décrit comme ayant un sens de l'humour primaire. Il taquinait constamment M. Atwood sur sa religion. Ce dernier message est un autre moyen de poursuivre la plaisanterie. Vous êtes un épiscopalien, monsieur Atwood, et je suppose que vous savez ce que ce mot veut dire.

— Ça vient du mot grec qui signifie évêque, dit Atwood en s'étranglant à demi.

— Donc, j'imagine que M. Sanders a pensé amusant de cacher le message dans un évêque.

Atwood se leva brusquement.

— Je crois que je ferais mieux de rentrer à la maison.

— Je vous raccompagne, dit Halsted.

— Je pense que la neige s'est arrêtée, dit Henry, mais soyez prudent en conduisant.

Remarque

Dans un sens, c'est là un récit que j'ai fait deux fois.

Avant que je ne commence la série des Veufs Noirs, la Union Carbide Corporation m'avait demandé d'écrire une courte nouvelle policière sans donner la solution de l'énigme pour un concours qu'elle voulait faire faire à ses employés. Ceux-ci devaient fournir des solutions tandis que je décernerais le prix d'excellence.

J'ai donc écrit la nouvelle, qui ressemblait beaucoup à celle que vous venez de lire. Le concours s'est très bien passé (deux autres écrivains avaient également envoyé des nouvelles policières) et tout était parfait.

J'étais toutefois un peu ennuyé par le fait que l'histoire que j'avais écrite n'avait jamais été publiée — sauf en guise d'introduction à une édition des *Aventures de Sherlock Holmes* remise aux concurrents. Je trouvais que c'était du gâchis et je déteste le gâchis littéraire. C'était d'autant plus embêtant que l'histoire était imprimée sans ma solution.

Je l'ai complètement récrite, en la rallongeant considérablement et en la resituant dans le cadre des Veufs Noirs, et maintenant, je me sens beaucoup mieux. Surtout parce que dorénavant, il y a ma solution.

HORS DE VUE

Le banquet mensuel des Veufs Noirs était arrivé au point où il ne restait plus grand-chose des grillades, si ce n'est une saucisse par-ci par-là et un morceau de foie — ostensiblement laissé intact — sur l'assiette de l'écrivain Emmanuel Rubin. C'est alors que le ton des voix monta pour un combat homérique.

Rubin, indubitablement rendu furieux par le fait qu'on eut osé lui servir du foie, affirmait plus catégoriquement qu'à l'ordinaire que *la poésie est du son et uniquement du son.*

— Vous ne *regardez* pas la poésie. Peu m'importe si une culture met l'accent sur la rime, la répétition ou le rythme, tout se réduit au son.

Roger Halsted n'élevait jamais la voix, mais on pouvait toujours connaître l'état de ses émotions par la couleur de son front haut. A cet instant, il était d'un rose sombre, la couleur s'étendant au-delà de la ligne marquant l'emplacement de son ex-chevelure.

— A quoi bon faire des généralisations, Manny ? Pour commencer, aucune généralisation ne peut tenir sans un système étanche d'axiomes. La littérature...

— Si vous vous mettez à discourir sur les vers figuratifs, fit Rubin avec chaleur, vous pouvez économiser votre souffle. C'est de l'ineptie victorienne.

— Qu'est-ce que c'est ? demanda l'artiste Mario Gonzalo. Est-ce qu'il n'invente pas, Jeff ?

Tout en parlant, il ajouta une retouche à la chevelure ébouriffée de Waldemar Long, l'invité du banquet, dont il faisait la caricature. Celui-ci, depuis le début du dîner, s'était confiné dans le silence mais il ne perdait de toute évidence pas un mot de la conversation.

— Non, répondit judicieusement Geoffrey Avalon, quoi que je croie Manny capable d'inventer n'importe quoi pour avoir le dernier mot. Les vers figuratifs sont des vers dans lesquels les mots sont arrangés typographiquement de façon à produire une image visuelle renforçant le sens. *La queue de la souris* dans *Alice au Pays des Merveilles* en est peut-être l'exemple le mieux connu.

La douce voix de Halsted n'était pas assez forte pour le brouhaha général de la conversation. Aussi se mit-il à battre méthodiquement de sa cuiller contre un verre jusqu'à ce que le nombre de décibels décrût peu à peu.

— Soyons raisonnables, dit-il finalement. Le sujet en discussion n'est pas la poésie en général mais le *limerick* en tant que forme de versification. Mon point de vue est, je le répète, Manny, que la valeur d'un limerick n'est pas dépendante du sujet. Il est plus facile...

James Drake écrasa sa cigarette, tortilla sa petite moustache grisonnante et lança de sa voix rauque :

— Pourquoi appelez-vous un limerick obscène, sale ? La Cour Suprême vous condamnera pour cela.

— Parce que c'est un mot de deux syllabes avec un sens que vous comprenez tous, répliqua Halsted. Que voulez-vous que je dise : sexuel-blasphématoire-et-généralement-irrévérencieux ?

— Allez-y, Roger, intervint Avalon. Développez votre idée et ne les laissez pas vous asticoter.

En fronçant ses sourcils broussailleux, il ajouta sévèrement à l'adresse des autres :

— Qu'on le laisse parler !

— Pourquoi ? fit Rubin. Il n'a rien à... Okay, Jeff. Parlez, Roger.

— Je vous remercie tous, dit Halsted sur le ton blessé de quelqu'un qui a enfin réussi à faire reconnaître les torts qu'on a envers lui. La valeur d'un limerick repose sur le côté imprévisible du dernier vers et dans l'astuce de la rime finale. En fait, un contenu osé peut sembler avoir de la valeur en soi et par conséquent nécessite moins d'habileté, mais le limerick a dans ce cas moins de valeur. Enfin, il est possible de masquer la rime par les conventions orthographiques.

— Les quoi ? demanda Gonzalo.

— L'orthographe, répondit Avalon.

— Et alors, reprit Halsted, en voyant l'orthographe et en ayant cet instant de retard pour saisir le son, vous intensifiez le plaisir. Mais dans ces conditions, il vous faut *voir* le limerick. Si vous le récitez simplement, une partie du plaisir est perdue.

— Si vous nous donniez un exemple ? proposa Drake.

— Je sais ce qu'il veut dire, coupa Rubin. Il va rimer M.A. et L.D., maître ès arts et lanceurs de dards.

— C'est un exemple qui a été employé, convint Halsted mais il est extrême. Il faut trop de temps pour saisir et le plaisir se change en irritation. Il se trouve que tout en discutant, j'ai composé un limerick.

Et maintenant, pour la première fois, Thomas Trumbull entra dans la discussion. Son visage tanné et ridé se tordit et il grommela l'air maussade :

— Mon œil, oui. Vous l'avez composé hier et vous avez arrangé toute cette sotte discussion uniquement pour pouvoir nous le réciter. Si c'est encore un de vos limericks sur l'*Iliade*, je pense personnellement...

— Ce n'est pas sur l'*Iliade,* coupa Halsted. Je n'ai pas travaillé dessus ces derniers temps. Inutile de réciter celui-ci bien entendu. Je vais l'écrire et vous le passer.

Il prit une serviette non utilisée et écrivit dessus en lettres capitales :

ON N'PEUT NOMMER
D'ANGLETERRE
LA REINE B.T.
CE N'EST PAS AUSSI
QU'ELISABETH JOLI
MAIS JE PENSE QUE
LA REINE EUT ETE
MOINS RAVIE
D'ETRE APPELEE B.B.

Gonzalo rit à haute voix quand on lui passa la serviette.

— Bien sûr, B.T. ne peut être que Babette. C'est bien le diminutif d'Elisabeth, non ?

— Pour moi, dit Drake avec dédain, B.B. signifie bonne blague.

Avalon fit la moue et secoua la tête.

— L'emploi de *n'peut* est une faute. Pour Babette, B.B.T. aurait mieux convenu que B.T.

Halsted opina.

— Vous avez raison, mais l'allusion eût été trop facile. Il faut que le lecteur saisisse vite pour rire mais pas trop. Et puis, je vous l'ai dit, je n'ai pas eu le temps de peaufiner cela.

— Avez-vous vraiment besoin de gaspiller tant de raisonnement et d'imagination pour une absurdité pareille ? s'étonna Trumbull.

— Je pense avoir fait ressortir mon point de vue. Cet humour peut être visuel.

— Bon. Eh bien, laissons tomber le sujet. Comme je suis l'hôte, cette fois, c'est un ordre. Henry, où est le dessert ?

— Ici, monsieur, répondit Henry avec douceur.

Aucunement ému par le ton de Trumbull, l'éternel

garçon des banquets des Veufs Noirs débarrassa prestement la table et répartit le sablé aux myrtilles.

Le café avait déjà été servi quand l'invité, Waldemar Long, demanda à voix basse :

— Puis-je avoir du thé, s'il vous plaît ?

Il avait la lèvre supérieure étirée et le menton allongé. Ses cheveux étaient ébouriffés mais il ne portait ni barbe ni moustache et il avait une démarche d'ours. Quand on le présenta pour la première fois, seul Rubin avait paru le reconnaître.

— Vous ne travaillez pas à la N.A.S.A. ? lui avait-il demandé.

Waldemar Long avait sursauté et répondu "oui" comme quelqu'un à moitié ennuyé et à moitié résigné à voir son anonymat troublé. Il avait alors froncé les sourcils comme il les fronçait à ce moment tandis que Henry versait le thé, avant de se fondre discrètement à l'arrière-plan.

— Je pense que l'heure est venue pour notre hôte d'entrer dans la discussion et de donner peut-être un peu de sens à cette soirée qui a été jusqu'ici particulièrement farfelue, dit Trumbull.

— Non, c'est très bien, Tom, répondit Long. Je n'ai rien contre les discussions frivoles.

Sa voix était profonde, plutôt belle avec une note de tristesse.

— Je n'ai aucune aptitude pour le badinage moi-même, mais j'aime bien écouter.

Halsted, qui rêvait toujours à ses limericks, dit avec une soudaine énergie :

— Je suggère que Manny ne soit pas le maître de cérémonie à cette occasion.

— Non ? fit Rubin, sa barbe clairsemée dressée belliqueusement.

— Non, je vous en fais juge, Tom. Si Manny questionne notre invité, il va mettre sur le tapis le programme spatial puisque la N.A.S.A. en a été chargée. On entendra les mêmes arguments pour la centième fois. J'en ai ma claque de ce sujet et je m'en moque pas mal que l'on ait bien fait ou non d'aller sur la Lune.

— Vous ne risquez pas d'en avoir plus marre que moi, intervint Long, d'une manière plutôt imprévue. Je préférerais n'avoir à discuter aucun aspect de l'exploration spatiale.

La brutalité de la remarque sembla refroidir l'atmosphère et même Halsted fut momentanément embarrassé pour proposer un autre sujet.

Rubin s'agita sur son siège.

— Je suppose que cette prise de position est récente, docteur Long, lança-t-il.

La tête de Long pivota brusquement en direction de Rubin.

— Pourquoi dites-vous cela, monsieur Rubin ?

Celui-ci se fit plus minaudier que jamais.

— Elémentaire, cher monsieur Long. Vous avez fait partie de la croisière organisée pour assister au lancement d'Apollo l'hiver dernier. J'y avais été invité en qualité de représentant littéraire mais je n'ai pu y aller. J'avais cependant reçu la documentation promotionnelle et j'avais remarqué votre nom parmi ceux des participants. Vous deviez donner une conférence sur un des aspects du programme spatial, j'ai oublié lequel. Aussi votre désenchantement a dû naître dans les six mois suivant ladite croisière.

Long hocha légèrement la tête quelques fois avant de répondre.

— On entend plus parler de moi pour cet événement que pour tout autre épisode de ma vie. Cette sacrée croisière m'a rendu célèbre, aussi.

— J'irai plus loin, fit Rubin. Je présume que quelque chose est arrivé *pendant* la croisière et que ce quelque chose vous a désenchanté au point de vouloir quitter la N.A.S.A. et de changer de branche.

Le regard de Long était fixe à présent. Il pointa un doigt effilé vers Rubin, un doigt accusateur qui ne tremblait pas.

— Ne cherchez pas à me la faire !

Puis, dominant sa colère, il se leva.

— Excusez-moi, Tom. Merci pour le repas mais je dois m'en aller.

Tous se dressèrent en même temps, parlant simultanément. Tous sauf Rubin. Celui-ci demeura assis, le visage empreint d'une surprise non feinte.

La voix de Trumbull domina les autres.

— Un instant, Waldemar. Bon sang, voulez-vous bien vous asseoir tous ? Vous aussi, Waldemar. Pourquoi toute cette excitation ? Rubin, *de quoi* s'agit-il ?

Rubin baissa les yeux sur sa tasse vide et la leva comme s'il eût souhaité qu'elle contînt encore du café, ce qui lui eût permis de retarder sa réponse en avalant une gorgée de liquide.

— Je ne faisais qu'imiter Sherlock Holmes en suivant un enchaînement logique. J'écris des nouvelles policières, après tout. Il semble cependant que j'aie touché cette fois un point sensible.

Puis sans transition, il ajouta avec gratitude en voyant sa tasse pleine à ras bords :

— Merci bien, Henry.

— Quel enchaînement logique ? questionna Trumbull.

— Voilà : le Dr Long a dit : *cette sacrée croisière m'a rendu célèbre aussi* en mettant l'accent sur ce dernier mot. Cela signifiait que la croisière avait fait autre chose pour lui et comme nous parlions de sa répugnance à traiter du sujet de l'exploration spatiale, j'en ai déduit que ce quelque chose était le motif de sa répugnance. Puis de son attitude, j'ai conclu que c'était assez grave pour l'inciter à quitter son emploi. C'est tout et ainsi que je l'ai dit, c'est élémentaire.

Long inclina de nouveau la tête, exactement comme il l'avait fait tout à l'heure.

— C'est juste. Je suis désolé, monsieur Rubin. J'avais tiré des conclusions trop hâtives. Le fait est que je *vais* quitter la N.A.S.A. Virtuellement, je l'ai déjà quittée sur la pointe des pieds. C'est tout. Changeons donc de sujet. Tom, vous pensiez que venir ici me changerait les idées. Hélas ! c'est le contraire qui s'est produit. Mon humeur vous a tous contaminés et j'ai jeté un froid sur la réunion. Veuillez tous m'excuser.

Avalon passa avec douceur un doigt sur sa moustache grisonnante et nette.

— En vérité, monsieur, vous nous avez donné ce que nous aimons par-dessus tout, c'est-à-dire l'occasion de satisfaire notre curiosité, fit-il. Nous autorisez-vous à vous questionner sur ce sujet ?

— Ce n'est guère un sujet sur lequel je suis libre de m'exprimer, répondit Long sur ses gardes.

— Vous n'aurez pas besoin de citer des détails précis et pour le reste, sachez que tout ce qui se dit dans cette pièce est confidentiel. J'ajouterai, ainsi que je le fais chaque fois en pareille occasion, que ce caractère confidentiel vaut aussi pour notre estimé ami Henry.

Ce dernier, qui se tenait près du buffet, sourit furtivement.

Long marqua une hésitation.

— En fait, votre curiosité sera facilement satisfaite et je pense que M. Rubin, avec son talent pour la déduction, aura déjà complété les détails. Je suis suspecté de m'être montré indiscret soit délibérément, soit par négligence. Dans les deux cas, je peux me voir interdit, non officiellement mais très réellement, tout avenir dans mon domaine de compétence.

— Vous voulez dire que vous allez être blackboulé ? s'étonna Drake.

— C'est un mot qui n'est jamais employé mais qui résume bien la situation.

— Je gage que vous n'avez pas été indiscret, reprit Drake.

— Si, au contraire. Je ne l'ai pas nié. L'ennui c'est qu'ils croient que l'histoire est plus grave que je n'en conviens.

Nouveau silence puis Avalon, parlant de son ton le plus austère et le plus impressionnant, s'enquit :

— Eh bien, monsieur, de quelle histoire s'agit-il ?

Long se passa la main sur le visage puis repoussa sa chaise de la table de façon à pouvoir appuyer sa tête en arrière contre le mur.

— C'est vraiment si peu dramatique. Je faisais partie de la croisière ainsi que Rubin vous l'a dit. J'allais donner une conférence sur certains projets de l'espace, plutôt lointains. J'avais imaginé d'expliquer ce qui se faisait dans certaines directions et qui ouvrait des perspectives fascinantes. Je ne peux pas vous donner les détails, cela nous entraînerait trop loin. Quelques projets avaient été classés secrets mais on m'avait assuré que je pourrais en parler. Puis, la veille du jour où je devais donner la conférence, je reçus un message en radiophonie m'informant que tout était changé, qu'il n'y aurait pas de déclassification et que ce qui était classé secret le resterait.

« J'étais furieux. Je ne nierai pas que j'ai mauvais caractère et que je suis très peu doué pour faire des conférences au pied levé. J'avais soigneusement rédigé celle-ci et j'avais l'intention de la lire. Je sais que ce n'est pas la meilleure façon de procéder mais c'est la meilleure pour moi. Et ne voilà-t-il pas que je n'avais plus rien à raconter à un groupe de gens qui avaient payé fort cher pour m'écouter ? Ma situation était des plus embarrassantes.

— Qu'avez-vous fait ? coupa Avalon.

Long eut un hochement de tête.

— Je tins une séance de questions-réponses le lendemain. Ça ne marcha pas bien du tout. Ce fut même pire que si j'avais annulé purement et simplement la conférence. A ce moment, je sus que j'allais au-devant de gros ennuis.

— Dans quel sens ? interrogea encore Avalon.

— Puisque vous voulez connaître le fin mot de l'histoire, le voici : je ne suis pas bavard au cours des repas, vous avez dû vous en rendre compte, mais ce jour-là, en entrant dans la salle à manger, je devais avoir le visage d'un cadavre qui serait mort avec une expression de colère sur les traits. Les autres essayèrent d'engager la conversation dans le but, je suppose, de m'empêcher d'empoisonner l'atmosphère. Finalement, l'un d'entre eux me dit :

« " Eh bien, monsieur Long, de quoi allez-vous parler demain ? " J'éclatai et répliquai : " Rien du tout ! Ma conférence est entièrement rédigée et les papiers sont sur mon bureau dans la cabine. Mais je ne pourrai pas la donner comme je le voudrais car je viens d'apprendre que certains éléments sont encore du domaine du secret. "

— On vous a ensuite volé les papiers ? interrogea Gonzalo.

— Non. Pourquoi voler quoi que ce soit de nos jours ? On les a simplement photographiés.

— En êtes-vous certain ?

— J'en étais presque certain sur le moment. Lorsque je revins dans la cabine après le repas, la porte n'était plus fermée à clé et les papiers avaient été remués. Depuis, c'est devenu une certitude. Nous avons la preuve que des fuites se sont produites.

Un silence plutôt déprimant s'ensuivit. Trumbull y mit fin en demandant :

— Qui a pu faire cela ? Qui vous a entendu ?

— Tous ceux qui se trouvaient à table, répondit Long avec découragement.

— Vous avez une voix qui porte, docteur Long, dit Rubin, et si vous étiez aussi en colère que je le pense, vous avez parlé avec force. Il est probable alors que ceux qui étaient assis aux tables voisines vous aient également entendu.

— Non. J'ai parlé les dents serrées, pas à voix haute. En outre, vous ne vous rendez pas compte à quoi ressemblait la croisière. Par suite d'une mauvaise publicité sans doute, le navire n'avait chargé que quarante pour cent de sa capacité et la compagnie qui l'a affrété a sûrement perdu une forte somme.

— Dans ce cas, fit Avalon, ce dut être une triste expérience pour vous, en dehors de cette mésaventure.

— Au contraire, jusqu'alors, ce fut très agréable pour moi comme pour les autres, je pense. Les hommes d'équipage étaient presque plus nombreux que les passagers et le service était excellent. Nous jouissions de toutes les facilités possibles. On nous avait dispersés à travers la salle à manger, ce qui nous donnait une certaine intimité. Nous étions sept à notre table. « C'est un nombre qui porte chance », avait dit quelqu'un au début.

Un instant, le regard de Long se fit plus lugubre.

— Aucune des tables voisines n'était occupée. Je suis pratiquement sûr que ce qui s'est dit à notre table n'a pas été entendu ailleurs.

— Il y donc sept suspects, remarqua Gonzalo pensivement.

— Six, puisqu'il n'est pas besoin de me compter. Je savais où se trouvaient les papiers et ce qu'ils contenaient.

— Vous êtes également suspect. Vous l'avez du moins laissé entendre.

— Pas à moi-même, rétorqua Long.

— J'eusse aimé que vous m'en ayez parlé plus tôt, dit Trumbull avec humeur. Il y a des mois que je me fais du souci à cause de votre attitude, manifestement empreinte d'anxiété.

— Qu'auriez-vous fait si je vous en avais parlé ?

Trumbull considéra la question.

— Ma foi, je vous aurais fait tout de même venir ici, c'est vrai. Bien, parlez-nous des six autres personnes qui étaient à votre table. A quoi ressemblaient-elles ?

— Il y avait le docteur du bord, un bel Hollandais revêtu d'un uniforme impressionnant.

— Il pouvait l'être, dit Rubin. Le navire appartenait à une ligne hollando-américaine, n'est-ce pas ?

— Oui. Les officiers étaient hollandais et les garçons, les stewards et les autres membres de l'équipage, des Indonésiens pour la plupart. Ils avaient tous eu trois mois de cours intensifs d'anglais mais nous communiquions surtout par signes. Je ne m'en plains pas cependant. Ils étaient agréables, travailleurs et d'autant plus efficaces qu'il y avait beaucoup moins de passagers que d'habitude.

— Vous avez un motif quelconque de soupçonner le docteur ? demanda Drake.

Long acquiesça.

— Je les ai tous soupçonnés. Le docteur était un homme taciturne. Lui et moi n'ouvrions pas souvent la bouche. Les cinq autres entretenaient la conversation d'une façon continue, comme vous le faites ici à cette table. Le docteur et moi écoutions. Ce qui m'a mis la puce à l'oreille à son sujet, c'est que c'est justement lui qui m'a interrogé sur la conférence. Poser des questions personnelles comme celle-ci ne lui ressemblait guère.

— Il a pu être inquiet pour vous du point de vue médical, objecta Halsted. Il a peut-être essayé de vous sortir de votre réserve.

— Possible. Je me souviens de chaque détail de ce dîner que j'ai passé et repassé plusieurs fois dans ma tête. C'était un dîner ethnologique. Chacun recevait de petits chapeaux hollandais en papier et on lui servait des plats indonésiens.

« Je déteste la nourriture au curry. Or le docteur m'a questionné sur ma conférence juste au moment où un petit plat de quelque chose au curry était posé devant moi pour m'ouvrir l'appétit. L'action conjuguée de ma colère contre la stupidité administrative et l'écœurement provoqué par l'odeur du curry ont fait que j'ai explosé. Sans le curry, peut-être bien que...

« Bref, après le repas, je me suis aperçu que quelqu'un s'était introduit dans ma cabine. Le contenu de ma conférence n'était pas très important, à mes yeux tout au moins, mais ce qui me paraissait l'être, c'est qu'on ait agi si rapidement. Ce quelqu'un faisait partie d'un réseau d'espionnage, et si ce coup-là ne prêtait pas à conséquence, le suivant risquait de l'être. Il était donc vital que j'alerte les autorités compétentes. C'est ce que je fis.

— Le docteur est le suspect logique, non ? dit Rubin. C'est lui qui vous a posé la question et il aura prêté l'oreille à la réponse tandis que les autres auront peut-être écouté d'une oreille distraite. En tant qu'officier, il devait bien connaître le navire et savoir comment gagner rapidement votre cabine. Il se peut même qu'il possédait un double de la clé. Avait-il eu l'occasion de se rendre à votre cabine avant vous ?

— Oui, j'y ai réfléchi. L'ennui est que tous les autres avaient bien entendu ma réponse car ils discutèrent un moment du système de classification des secrets. Je demeurai silencieux moi-même mais je me rappelle que la question des documents du Pentagone est venue sur le tapis. Et personne n'ignorait où se trouvait ma cabine. J'y avais la veille donné une petite réception en l'honneur de mes compagnons de table. Quant aux serrures des cabines, elles sont aisées à ouvrir pour quelqu'un un tant soit peu habile, quoique l'espion ait commis une erreur en ne refermant pas la porte à clé en partant. Il est vrai qu'il était obligé d'agir en toute hâte. Et le hasard a voulu que tous les six aient eu l'occasion de se rendre à ma cabine au cours du repas.

— Qui étaient donc ces autres ? demanda Halsted.

— Deux couples mariés et une femme célibataire. Celle-ci, appelons-la Mlle Robinson, était jolie, un peu grassouillette, avec un sens agréable de l'humour mais aussi la détestable habitude de fumer pendant le repas. J'ai l'impression qu'elle s'était entichée du docteur. Nous occupions toujours les mêmes sièges et elle s'était installée entre nous deux.

— A quel moment a-t-elle eu l'occasion de gagner votre cabine ?

— Elle s'était levée peu après mon "explosion". Je ruminais trop mes pensées pour m'en rendre compte sur le coup et ce n'est qu'en repassant les événements que je m'en suis souvenu. Elle revint avant l'histoire du chocolat chaud car je me rappelle qu'elle a essayé de prêter son concours.

— Où avait-elle déclaré se rendre ?

— Personne ne lui demanda sur le moment. Plus tard, quand on lui posa la question, elle dit être allée à sa cabine pour se rendre dans la salle de bains.

— Personne ne l'aurait croisée ?

— Personne. Tout le monde se trouvait dans la salle à manger et, pour les Indonésiens, tous les Américains se ressemblent.

— Qu'est-ce que cette histoire de chocolat chaud à laquelle vous venez de faire allusion ? s'étonna Avalon.

— C'est là où l'un des couples mariés entre en jeu. Appelons l'un d'eux les Smith et l'autre les Jones. M. Smith était l'un des conférenciers de la croisière, tout comme M. Jones. Smith parlait vite, riait facilement, tournait presque tout en calembours et donnait aux mots un double sens. Il y trouvait d'autant plus de plaisir que nous autres en faisions tout autant. C'était un être très bizarre, le genre d'homme qu'on ne peut s'empêcher de prendre en grippe au premier abord et de juger stupide. Pourtant au fur et à mesure qu'on s'habituait à lui, on s'apercevait qu'on l'aimait après tout et que sous sa sottise de surface, il était extrêmement intelligent. Je me souviens que le premier soir, le docteur le dévisageait comme s'il s'agissait d'un oiseau rare, mais qu'à la fin de la croisière, il l'estimait et le respectait.

« Jones était plus calme. Il parut horrifié au début par les remarques scabreuses de Smith mais par la suite, il lui renvoya la balle et j'ai remarqué que cette sorte de joute tournait plutôt au désavantage de Smith.

— Dans quelles branches scientifiques travaillaient-ils ? demanda Avalon.

— Smith était sociologue et Jones biologiste. Au départ, on s'est dit que l'exploration spatiale devait être considérée sous l'angle de plusieurs disciplines. L'idée était bonne mais son exécution comporta pas mal de failles. Certaines discussions furent cependant excellentes. Il y en eut une sur Mariner 9 et les nouvelles informations recueillies sur Mars qui fut formidable mais cela est à côté de la question.

« Pour l'histoire du chocolat, c'est Mme Smith qui en fut l'origine. Elle était assez grande et mince, pas très belle selon les normes convenues mais elle possédait une personnalité extraordinairement attirante. Elle parlait d'une voix douce et semblait n'être venue au monde que pour penser aux autres. Je crois que très vite nous la prîmes en affection. Smith, lui-même, semblait aux petits soins pour elle.

« Ce soir-là, elle avait commandé du chocolat chaud. On le lui apporta dans un grand verre, très lourd du haut, et bien entendu, par souci d'élégance, sur un plateau.

« Smith, selon son ordinaire, bavardait avec animation en agitant les bras. Cet homme mettait tous ses muscles en mouvement chaque fois qu'il parlait. Le bateau oscilla, il oscilla aussi, bref, le chocolat se renversa sur les genoux de sa femme.

« Elle se leva d'un bond. Nous en fîmes tout autant. Mlle Robinson alla rapidement à elle pour l'aider. J'avais noté ce fait. C'est pourquoi je sais qu'elle était revenue à ce moment. Mme Smith repoussa son aide d'un geste et partit en hâte. Smith parut soudainement confus et bouleversé. Il déchira son chapeau hollandais en papier et la suivit.

« Cinq minutes plus tard, il était de retour, parlant avec animation avec le steward principal. Il vint ensuite à nous et dit que sa femme l'avait envoyé rassurer le steward. Elle n'avait pas été brûlée, elle ne portait pas de vêtements qui ne puissent être lavés et personne n'était à blâmer pour cet accident.

« Il tenait aussi à nous rassurer et il nous a demandé de vouloir bien rester à table jusqu'au retour de sa femme. Elle était en train de se changer et ne tarderait pas à nous rejoindre. Bien entendu, nous donnâmes notre accord.

— Ce qui signifie qu'elle a eu le temps de fouiller votre cabine.

— Oui. Elle n'avait pas une tête à ça, mais je suppose que dans ce genre de jeu, il ne faut pas se fier aux apparences.

— Vous l'avez donc tous attendue ?

— Tous, à l'exception du docteur. Il s'était levé en déclarant qu'il allait chercher une pommade dans son bureau pour le cas où elle se serait brûlée. Il revint une ou deux minutes avant elle.

— Ainsi, lui aussi a eu l'occasion d'entrer dans votre cabine, fit Avalon en tapotant la table du doigt pour accentuer son propos. Et Mlle Robinson également quand elle s'est absentée avant l'incident du chocolat bouillant.

— Jusque-là, les Jones ne sont pas entrés en scène, observa Rubin.

— Attendez, j'y arrive. Quand Mme Smith revint, elle affirma n'avoir pas été brûlée et ne pas avoir besoin de la pommade antibrûlures du docteur, de sorte que nous ne pouvons pas dire qu'il soit allé la chercher. Il bluffait peut-être.

— Et si elle en avait eu besoin ?

— Il aurait pu dire alors qu'il avait cherché la pommade sans succès et que si elle voulait bien le suivre, il ferait de son mieux pour la soigner. Qui sait ? Quoi qu'il en soit, nous demeurâmes tous assis, comme si rien ne s'était passé puis, finalement, nous nous levâmes. Notre table était la dernière à être occupée. Tout le monde partit sauf Mme Jones et moi qui traînâmes un peu.

— Mme Jones ? s'étonna Drake.

— Je ne vous ai pas encore parlé d'elle ? Des cheveux et des yeux noirs, très vifs, avec un penchant pour le fromage. Immanquablement, elle s'en coupait un bout chaque fois qu'on passait le plateau. Elle avait une façon de vous regarder qui vous convainquait que vous étiez la seule personne à compter au monde. Je crois que Jones était un homme plutôt jaloux en dépit de son air placide. Je ne l'ai jamais vu à plus de deux pas d'elle sauf cette fois. Il s'était levé en disant qu'il allait dans leur cabine et elle répondit qu'elle ne tarderait pas à le rejoindre puis elle se tourna vers moi : " Pouvez-vous m'expliquer pourquoi ces champs de glace en terrasse sur Mars sont significatifs ? Je voulais vous le demander à tous pendant le repas mais je n'en ai pas eu l'occasion. "

« C'était ce jour-là que nous avions eu cette magnifique causerie sur Mars et j'étais plutôt flatté qu'elle s'adressât à moi plutôt qu'à l'astronome qui avait dirigé la discussion. Elle semblait donc estimer que j'en savais autant que lui. Nous bavardâmes un moment et pendant tout le temps elle n'arrêtait pas de répéter : " Comme c'est intéressant ! "

— Et entre-temps, Jones avait pu se glisser dans la cabine, nota Avalon.

— Effectivement. J'y ai songé après. C'était certainement une attitude concertée de leur part.

— Résumons la situation, reprit Avalon. Il y a quatre possibilités. Mlle Robinson a pu entrer dans votre cabine quand elle est partie avant l'incident du chocolat bouillant. Les Smith aussi, et tous les deux, après avoir délibérément renversé le chocolat. Le docteur également qui était supposé aller chercher la pommade. Ou les Jones, travaillant en équipe, sa femme vous faisant la conversation tandis qu'il photographiait vos papiers dans la cabine.

Long acquiesça.

— Toutes ces hypothèses ont été prises en considération et lorsque le navire accosta à New York à la fin de la croisière les agents de la sécurité avaient déjà commencé à fouiller le passé de mes six compagnons de table. Vous savez, la seule façon pour un agent secret de ne pas être démasqué est de ne jamais être soupçonné. Une fois que l'œil du contre-espionnage est sur lui, tôt ou tard, il est inévitablement démasqué. Aucune couverture ne peut tenir devant une enquête en profondeur.

— Lequel d'entre eux est le coupable ? demanda Drake.

Long poussa un soupir.

— C'est là que le bât blesse. L'enquête n'a retenu aucun des six. Tous étaient irréprochables et, d'après ce que j'ai pu comprendre, ils étaient bien ce qu'ils prétendaient être.

— Pourquoi dites-vous *d'après ce que j'ai cru comprendre ?* Ne faites-vous pas partie de l'enquête ? s'étonna Rubin.

— Certes, mais du mauvais bout. Plus les six autres paraissent innocents, plus je parais être coupable. J'ai déclaré aux enquêteurs — *je me devais de le faire* — que seuls mes compagnons de table pouvaient avoir fait le coup. Et s'ils sont innocents, on doit me soupçonner d'avoir inventé une histoire pour camoufler quelque chose de pire.

— Bon sang, Waldemar, fit Trumbull, ils ne peuvent penser cela ! Quel intérêt auriez-vous eu à signaler l'incident si vous étiez coupable ?

— C'est ce qu'ils ignorent. Mais il y a eu fuite et s'ils ne peuvent l'attribuer à aucun des six, ils me l'attribueront. Et plus mes mobiles les intriguent, plus ils pensent qu'ils doivent être inquiétants. C'est pourquoi je suis dans le pétrin.

— Etes-vous vraiment absolument certain que seuls ces six peuvent avoir eu l'occasion de faire le coup ? insista Rubin. Etes-vous sûr de ne pas avoir parlé de la conférence à quelqu'un d'autre ?

— Je suis catégorique sur ce point, répliqua Long sèchement.

Rubin revint à la charge.

— Qu'est-ce qui vous rend si affirmatif ? Vous auriez pu bavarder par inadvertance ?

— Non, non et non ! J'ai reçu l'appel radio quelques minutes seulement avant le repas. Je n'avais pratiquement pas le temps d'en parler avant de me rendre dans la salle à manger. Et une fois levé de table, je suis retourné directement dans la cabine sans voir personne.

— On a pu surprendre votre conversation téléphonique ?

— Il y avait en effet des officiers de bord autour de moi. Cependant mon patron s'est exprimé à la manière d'Esope. Je savais ce qu'il voulait dire mais personne d'autre que moi n'aurait pu comprendre.

— Vous êtes-vous également exprimé à la manière d'Esope ? interrogea Halsted.

— Je vais vous répéter exactement mes propos : *Salut, Dave,* puis, *le diable vous emporte !* Et j'ai raccroché. J'ai prononcé six mots, pas un de plus.

Gonzalo rapprocha ses mains et brusquement applaudit avec enthousiasme.

— Ecoutez, fit-il. J'ai réfléchi. Pourquoi faut-il que le

coup ait été prémédité ? Il a pu être réussi par hasard. Tout le monde était au courant de cette croisière et savait que des membres de la N.A.S.A. allaient tenir des conférences susceptibles d'être intéressantes, côté renseignement. Quelqu'un, n'importe qui, a pu fouiller des cabines différentes, chaque jour à l'heure des repas et il sera tombé finalement sur le papier de votre conférence...

— Non, coupa Long avec brusquerie. Cela passe les bornes du plausible de supposer que quelqu'un, par le plus grand des hasards, ait trouvé mon exposé, justement une heure ou deux après que j'eus annoncé qu'il était sur mon bureau et qu'il était classé secret. En outre, rien dans le papier n'aurait pu donner une idée de son importance à un profane.

— Si l'on supposait qu'un des six ait passé le renseignement en toute innocence ? remarqua Avalon l'air pensif. Il aura pu dire à quelqu'un par exemple : *Etes-vous au courant de ce qui est arrivé à ce pauvre Dr Long ? On lui a interdit de lire le papier qu'il avait rédigé sur sa conférence.* Et ce quelqu'un aura fait le coup.

Long fit un signe de dénégation.

— Je souhaiterais que ce fût vrai mais ce n'est pas possible non plus. Si les Smith étaient innocents en quittant la table, ils ne se seraient pas arrêtés pour bavarder. Ils n'auraient eu en tête que le chocolat chaud. Idem, pour le docteur, il n'aurait songé qu'à chercher la pommade. Quant à Jones, toujours dans l'hypothèse de son innocence, en se levant de table, il aurait oublié l'histoire et s'il avait dû parler de quoi que ce soit, c'eût été du chocolat chaud également.

Rubin opina.

— Effectivement. Mais Mlle Robinson ? Elle s'était absentée avant l'incident du chocolat. Elle aurait pu parler, n'ayant pas d'autre fait plus intéressant en tête que votre problème.

— Vous croyez ? Si elle est innocente, c'est qu'elle se rendait vraiment dans la salle de bains de sa cabine, comme elle le disait. Et pourquoi se serait-elle levée de table à ce moment si ce n'était pour quelque chose d'urgent ? Personne dans ce cas ne s'arrête pour bavarder.

Le silence se fit autour de la table puis Long reprit :

— Je suis sûr que l'enquête va se poursuivre, que l'on découvrira la vérité à savoir que je n'ai été coupable que d'une malheureuse indiscrétion. A ce moment-là, cependant, ma carrière sera fichue.

— Docteur Long ? lança une voix douce. Puis-je me permettre de vous poser une question ?

Long leva son regard, surpris.

— Une question ?

— Je suis Henry, monsieur. Les gentlemen du *club des Veufs Noirs* m'autorisent parfois à participer aux...

— Bien entendu que nous vous y autorisons, coupa Trumbull. Voyez-vous quelque chose qui nous aurait échappé ?

— Je n'en suis pas certain. Je constate que le Dr Long croit que seuls ses six compagnons de table pourraient être impliqués dans le coup et que les enquêteurs ont le même point de vue.

— Il n'y a pas d'autre coupable possible, dit Long.

— Eh bien, je me demande, dit Henry, si le Dr Long a parlé de son opinion sur le curry aux enquêteurs.

— C'est-à-dire que je n'aime pas le curry ?

— Oui. Sont-ils au courant ?

Long étendit les mains puis secoua la tête.

— Non, je ne le pense pas. Pourquoi leur en aurais-je parlé ? C'est hors de propos. Cela aurait fait l'effet d'une excuse supplémentaire pour avoir jacassé comme une pie. Je vous en ai parlé à vous pour gagner un peu votre sympathie, je suppose, mais cela aurait été sans intérêt pour les enquêteurs.

Henry garda le silence un bout de temps.

— Le curry présente-t-il quelque intérêt pour vous, Henry ? demanda Trumbull.

— Je pense que oui. Je crois que nous nous trouvons dans une situation similaire à celle que M. Halsted a décrite tout à l'heure en ce qui concerne les limericks. Certains limericks doivent être *vus* pour être efficaces. Le son ne suffit pas. Il en est de même pour certaines scènes. Il faut qu'on les voie.

— Je ne saisis pas, fit Long.

— Voilà, docteur : vous étiez attablé dans la salle à manger du bateau en compagnie de six personnes et, par conséquent, seules ces six personnes vous ont entendu. Mais si nous avions pu *voir* la scène au lieu de vous entendre la décrire, n'aurions-nous pas remarqué un détail que vous avez omis ?

— Non, répondit Long, têtu.

— En êtes-vous certain ? Vous êtes en ce moment même attablé en compagnie de six personnes exactement comme à bord de votre navire. Combien de personnes ont écouté votre récit ?

— Six... commença Long.

— Non, sept avec Henry, coupa Gonzalo.

— N'y avait-il pas quelqu'un pour vous servir à table, docteur Long ? Vous avez raconté que le médecin hollandais vous avait questionné sur la conférence que vous deviez tenir juste au moment où un plat au curry a été posé devant vous. L'odeur du curry vous avait écœuré au point que vous *avez explosé* littéralement, n'est-ce pas ? Bien entendu, le curry ne s'est pas placé de lui-même sous votre nez. Il est donc clair que lorsque vous *avez explosé*, il y avait six personnes à table et une septième derrière vous, hors de vue.

— Le serveur, murmura Long.

— On a tendance à ne pas remarquer celui qui vous sert

à moins qu'il ne vous importune. Un serveur efficace est invisible. Le vôtre devait l'être particulièrement car vous avez signalé l'excellence du service. Il aura imaginé soigneusement l'incident du chocolat pour créer une diversion, ou du moins en a-t-il profité. Avec beaucoup de serveurs dans la salle pour peu de monde, il lui était facile de s'absenter sans se faire remarquer. Au pis aller, il aurait prétendu être allé aux toilettes. Il devait connaître l'emplacement de votre cabine aussi bien que le docteur et il y a des chances pour qu'il ait eu sur lui un rossignol.

— Mais il était indonésien, protesta Long. Il ne connaissait pas l'anglais.

— Qu'est-ce qui vous permet de l'affirmer ? Il avait suivi un cours accéléré de trois mois, vous l'avez dit. Et il aurait pu savoir l'anglais mieux qu'il ne le prétendait. Vous voudriez que Mme Smith ait feint d'être douce et prévenante, que la vivacité de Mme Jones fût de surface, que la respectabilité du docteur ait été fausse, tout comme l'entrain de M. Smith ou le dévouement de Jones. Vous refuseriez de croire que Mlle Robinson ait dit la vérité en déclarant avoir besoin de se rendre dans la salle de bains, mais pas que le serveur ait fait semblant d'ignorer l'anglais.

— Mon Dieu, dit Long en regardant sa montre, s'il n'était pas si tard, j'appellerais Washington tout de suite.

— Si vous connaissez quelques numéros personnels, téléphonez tout de suite, conseilla Trumbull. Votre carrière est en jeu. Racontez-leur qu'on devrait interroger le serveur, mais, pour l'amour du ciel, ne leur dites pas que quelqu'un vous a soufflé ce conseil.

— Vous voulez que je leur raconte que je venais d'y penser ?

— Demandez-leur pourquoi ils n'y ont pas songé, *eux*. Pourquoi n'ont-*ils* pas pensé qu'un serveur *sert* à table dans une salle à manger.

— Il n'y avait aucune raison pour que quelqu'un y pense, dit Henry doucement. Très peu de gens s'intéressent aux serveurs autant que moi.

Remarque

Cette nouvelle a été publiée dans le numéro de décembre 1973 d'*Ellery Queen's Mystery Magazine* sous le titre *The Six Suspects* (" Les Six Suspects "). Encore une fois, je préfère mon titre.

L'inspiration m'est ici venue du fait que je faisais une croisière comparable à celle qui est décrite dans l'histoire. Quelques-uns des événements relatés s'y sont effectivement produits mais je m'empresse d'ajouter qu'à ma connaissance, il n'y a eu aucun secret scientifique à bord, et aucun mystère.

Un dernier mot. D'après mon expérience passée, je suis sûr que je vais recevoir beaucoup de lettres me demandant si j'ai l'intention d'écrire d'autres nouvelles des Veufs Noirs. Permettez-moi de répondre par un oui ferme et définitif. Cela aura peut-être pour effet de tuer des questions dans l'œuf.

En fait, au moment où j'écris ces mots, j'ai déjà achevé et vendu six nouvelles de plus, cinq à *Ellery Queen's Mystery Magazine* et une à *The Magazine of Fantasy and Science Fiction*. Vous voyez, il est donc tout à fait possible qu'un jour, on vous demande de lire quelque chose qui s'intitulerait *Nouveaux Contes des Veufs Noirs*.

Je l'espère, parce que ça m'amuse beaucoup d'écrire ces récits... et merci à tous de bien vouloir les lire.

TABLE

L'IMPRESSION ET LE BROCHAGE DE CE LIVRE
ONT ÉTÉ EFFECTUÉS PAR LA SOCIÉTÉ NOUVELLE FIRMIN-DIDOT
MESNIL-SUR-L'ESTRÉE
POUR LE COMPTE DES ÉDITIONS U.G.E. 10/18
ACHEVÉ D'IMPRIMER EN MAI 1992

Imprimé en France
Dépôt légal : janvier 1989
N° d'édition : 1881 – N° d'impression : 20915
Nouveau tirage : mai 1992